JULES
VERNE
BEST
COLLEC
TION

쥘 베른 베스트 컬렉션

＊

지구에서 달까지

김석희 옮김

De la Terre a la Lune

열림원

정확하게 겨냥된 포탄이 초속 12킬로미터의 초속도로 날아가면
달에 도달할 수 있다는 결론에 이르렀습니다.
존경하는 동지 여러분,
나는 그 작은 실험을 해보자고 정중하게 제안하는 바입니다!

| 차례 |

1

대포 클럽

미국에서 남북전쟁이 벌어지는 동안, 메릴랜드 주의 중심 도시 볼티모어[1]에서 영향력 있는 클럽이 새로 창설되었다. 선주와 상인과 기술자의 나라인 미국에서 군사적 본능이 얼마나 활기차게 발달했는지는 잘 알려져 있다. 상점 주인들이 계산대를 떠나, 웨스트포인트 사관학교의 문턱에도 가보지 않은 채 곧장 대위가 되고 대령이 되고 장군이 되었다. 그들은 당장 '전쟁 기술'에서 구세계의 동료들을 따라잡았고, 구세계의 동료들과 마찬가지로 탄약과 돈과 사람을 아낌없이 쏟아부어 승리를 거두었다.

하지만 탄도학 분야에서는 미국인이 유럽인을 훨씬 능가했다. 그렇다고 해서 미제 화기의 완성도가 더 높은 수준에 도달해 있었던 것은 아니다. 다만 크기가 훨씬 크게 만들어졌고, 따라서 사정거리가 훨씬 길어졌을 뿐이다. 소사와 감사,[2] 직접 사격과 간접 사격에서는 영국과 프랑스와 독일 사람이 미국인에게 새로 배울 게 없었지만, 유럽의 카농포나 유탄포나 구포[3] 따위는 미국의 대포에 비하면 마치 포켓용 권총 같은 것이었다.

이탈리아 사람이 타고난 음악가이고 독일 사람이 타고난 철학자인 것처럼 양키는 재능을 타고난 세계 제일의 기술자다─라고 말해도 놀랄 사람은 없을 것이다. 그렇다면 그들이 탄도학 분야에서 대담한 창의력을 발휘하는 것보다 더 자연스러운 일이 어디 있겠는가. 패럿과 달그렌과 로드먼[4] 같은 사람들이 만든 경이로운 대포는 모르는 사람이 없을 만큼 널리 알려져 있다. 암스트롱, 팔리저, 트뢰유 드 볼리외[5]는 대서양 너머의 경쟁자들에게 그저 고개를 숙일 따름이다.

미국의 북부와 남부가 서로 치열하게 싸우는 동안 대포 제조업자들은 최고의 권세를 누렸다. 북부의 신문들은 그들의 발명품을 열광적으로 찬양했다. 아무리 보잘것없는 장사꾼도, 아무리 단순한 게으름뱅이도 종잡을 수 없는 탄도를 계산하느라 밤낮으로 머리를 혹사했다.

미국인은 무언가를 생각해내면 그 생각을 공유할 두 번째 미국인을 찾는다. 생각을 공유하는 사람이 셋으로 늘어나면, 회장 한 명과 간사 두 명을 뽑는다. 네 사람이 되면 한 사람을 서무로 임명하고, 나머지 임원진은 기능을 발휘할 준비를 갖춘다. 다섯 명이 되면 총회를 열어 클럽을 결성한다. 볼티모어에서도 바로 그런 일이 일어났다. 신형 대포를 고안한 사람은 그것을 주조한 사람과 포신에 구멍을 뚫은 사람과 손을 잡았다. 이들 세 사람을 핵으로 삼아 대포 클럽이 생겨난 것이다. 설립된 지 한 달 만에 이 클럽은 정회원 1833명에 통신회원 3만 575명을 거느리게 되었다.

회원이 되려면 필요한 조건이 하나 있었다. 가입 희망자는 신형 대포를 고안하거나 적어도 개량한 적이 있어야 한다. 대포가 아니라 다른 소형 화기를 고안하거나 개량해도 좋다. 하지만 사실을 말하면 15연발 권총이나 회전식 소총, 사벨 권총 따위를 고안한 사람은 별로 높은 평가를 받지 못했다. 대포를 고안하거나 제작한 사람이 어떤 상황에서도 그들보다 우위를 차지했다.

대포 클럽에서 가장 박식한 연설자는 이렇게 말했다.

"얼마나 존경을 받느냐는 그 사람이 고안한 대포의 무게에 비례하고, 포탄이 도달하는 거리의 제곱에 정비례한다!"

이것이야말로 뉴턴의 만유인력 법칙을 인간 심리에 적용한 것이었다.

대포 클럽이 일단 설립되었다면, 미국인의 타고난 발명 재능이 거기에서 어떤 결과를 낳았을지는 상상하기 어렵지 않다. 대포는 거대해졌고, 포탄은 정상 범위를 벗어나는 거리까지 날아가 무고한 행인을 박살내기도 했다. 이런 발명품은 모두 유럽의 소심한 대포를 훨씬 뛰어넘는 것이었다. 다음 수치를 보면 그 사정은 명백하다.

'좋았던 옛날'에는 100미터 거리에서 발사한 18킬로그램짜리 포탄이 말 36마리와 사람 68명을 관통할 수 있었다. 대포는 아직 요람기였다. 그 후 대포는 장족의 발전을 이룩했다. 반 톤 짜리 포탄을 10킬로미터 거리까지 쏘아 보내는 로드먼포(砲)는 말 150마리와 사람 300명을 쉽게 쓰러뜨릴 수 있었을 것이다. 대포 클럽은 이 대포의 파괴력을 실험으로 입증하려고 생각했다. 그런데 말은 실험에 이의를 제기하지 않았지만, 실험에 기꺼이 참여할 사람은 유감스럽게도 찾을 수 없었다.

어쨌든 이런 대포들은 놀라운 파괴력을 가지고 있었다. 한 발 쏠 때마다 병사들은 큰 낫에 베어지는 밀처럼 픽픽 쓰러졌다. 이런 미국 대포에 비하면 1587년에 쿠트라에서 25명을 날려버린 저 유명한 대포알이 뭐란 말인가. 1758년에 초른도르프에서 보병 40명을 죽인 대포알은 무엇이며, 1742년에 케셀도르프에서 불을 뿜을 때마다 적군 병사 70명을 쓰러뜨린 오스트리아의 대포는 또 뭐란 말인가. 전투 결과를 결정지은 예나와 아우스터리츠의 포격전이 뭐가 그렇게 대단한가. 미국의 남북전쟁에는 '명실상부한' 포격전이 있었다. 게티즈버그 전투에서는 선조(旋條)가 새겨진 대포에서 튀어나온 원뿔형 포탄이 남부연합 병사 173명을 쓰러뜨렸다. 포토맥 강 도하전에서는 로드먼 포탄 한 발이 215명의 남군을 훨씬 살기 좋은 세상으로 날려 보냈다.[6] 대포 클럽의 유명한 회원이자 상임 간사인 J.T. 매스턴이 고안한 강력한 구포도 잊어서는 안 된다. 이것은 다른 어떤 대포보다도 치명적이었다. 처음 발사되었을 때 무려 337명을 저 세상으로 보냈기 때문이다. 물론 포탄이 아니라 대포 자체가 폭발한 탓이었지만.

이런 수치만으로도 그 위력을 증명하기에는 충분한데, 새삼스럽게 또 무엇을 덧붙일 수 있겠는가. 아무것도 없다. 따라서 통계 전문가인 피트케언의 계산을 그대로 받아들이기도 어렵지 않을 것이다. 피트케언은 대포 클럽의 화포에 희생된 사람의 수를 클럽 회원 수로 나누어, 회원 한 사람당 평균 2375과 몇분의 1명을 죽였다고 계산했다.

여기서 명백한 것은 이 학구적인 클럽이 박애적인 이유로 인류의 절멸과, 문명의 도구인 전쟁 무기의 개량을 목표로 삼았다는 것이다. 이 클럽은 '저승사자'들의 모임이었지만, 그들은 동시에 더없이 품위 있고 예의 바른 사람들이기도 했다.

덧붙여 말하면, 이 대담한 양키들은 탁상공론에만 머물지 않고 몸소 실제적인 경험을 쌓기도 했다. 회원에는 소위부터 장군까지 모든 계급의 장교가 포함되어 있었고, 이제 막 군대 생활을 시작한 신병이 있는가 하면 포차 옆에서 늙은 노병도 있었다. 많은 회원이 전쟁터에서 쓰러졌고, 그들의 이름은 대포 클럽의 명예회원 명단에 올랐다. 살아 돌아온 사람들도 대부분 의심할 수 없는 용기의 증거를 몸에 지니고 있었다. 목발, 의족, 의수, 손목에 달린 쇠갈고리, 고무턱, 은제 두개골, 백금 코 등 없는 게 없었다. 앞에서 말한 피트케언은 대포 클럽 회원 네 명당 팔이 하나 있을까 말까 하고 다리는 세 명당 하나뿐이라는 통계를 제시했다.

하지만 이 용감한 대포인들은 그런 사소한 것 따위는 염두에도 두지 않았다. 그날의 전투 결과를 보고, 사상자 수가 발사된 포탄 수의 열 배에 이르면 그들은 당연히 자랑스러운 기분을 느꼈다.

그런데 어느 슬프고 불쾌한 날, 전쟁에서 살아남은 자들이 강화를 맺어버렸다. 포성은 점점 잦아들었다. 구포는 침묵하고, 곡사포에는 재갈이 물리고, 고개 숙인 카농포는 병기고로 들어가고, 포탄은 하치장에 산더미처럼 쌓였다. 피비린내나는 기억은 희미해져가고, 비료를 듬뿍 먹은 들판에는 목화가 무성하게 자랐다. 상복은 그것이 상징하는 비탄과 함께 닳아 해지기 시작하고, 대포 클럽은 할 일 없는 따분함 속에 빠져들었다.

그래도 몇몇 부지런한 연구자들은 무적의 포탄을 꿈꾸면서 여전히 탄도 계산을 계속했다. 하지만 실제로 써볼 기회가 없으면 이론이 무슨 소용이겠는가. 대포 클럽의 홀과 방에는 인적이 끊기고, 웨이터들은 대기실에서 꾸벅꾸벅 졸고, 탁자 위에 놓인 신문에는 먼지만 쌓이고, 어두운 구석에서는 슬프게도 코 고는 소리가 들려오고, 한때는 그렇게도 시끄러웠던 회원들이 비참한 평화에 입을 다물고, 관념적인 대포를 쏘는 환상에 무기력하게 사로잡혀 있었다!

어느 날 밤, 용감한 톰 헌터가 끽연실 벽난로 앞에서 나무로 만든 의족이 까맣게 타서 천천히 숯이 되어가고 있는 것도 모른 채 말했다.

"우울해! 할 일도 없고 희망도 없어! 정말 따분한 생활이야! 아침마다 즐거운 포성에 깨어나던 시절은 어디로 가버렸지?"

대포 클럽 회원들

"그 시절은 가버렸어." 원기왕성한 빌스비가 사라진 두 팔로 기지개를 켜려고 애쓰면서 대답했다. "그때가 정말 좋았지. 곡사포를 설계하면, 만들어지자마자 적을 상대로 시험해볼 수 있었고, 숙영지로 돌아오면 셔먼 장군에게 칭찬을 듣거나 매클렐런 장군과 악수를 나누었지![7] 그런데 이제 장군들은 다시 상점 주인이 되어버렸고, 대포알이 아니라 실뭉치를 다루고 있어. 아, 성녀 바버라여![8] 미국 대포는 앞날이 캄캄해!"

"맞아, 빌스비." 블룸스베리 대령이 외쳤다. "사람을 이렇게 실망시키는 건 너무 잔인해! 어느 날 조용하고 평화로운 생활을 포기하고, 무기 교본을 공부하고, 볼티모어를 떠나 전쟁터로 가서 영웅적으로 싸우지만, 2~3년 뒤에는 그동안 애쓴 보람이 하나도 없다는 것을 깨달을 수밖에 없으니 말이야. 우리는 두 손을 주머니에 찔러넣고 멍하니 서 있는 것밖에는 아무 것도 할 일이 없어."

용감한 대령은 입으로는 그렇게 말할 수 있었지만, 실제로 그런 몸짓을 해보일 수는 없었다. 주머니가 없어서가 아니라 손이 없었기 때문이다.

"어디에도 전쟁이 없어!" 유명한 J.T. 매스턴이 고무로 만든 두개골을 팔 끝에 달린 쇠갈고리로 긁으면서 말했다. "전쟁이 일어날 조짐도 없어. 하지만 대포술에서 할 일은 아직도 많아! 사실은 오늘 아침에 내가 전쟁의 법칙을 완전히 바꾸어버릴 구포 설계도를 완성했다네!"

"정말이야?" 톰 헌터는 매스턴이 지난번에 만든 대포가 어떻게 되었는지를 생각해내고 저도 모르게 불쑥 말했다.

"물론이지." 매스턴이 대답했다. "하지만 아무리 연구를 많이 하고 어려운 문제를 모두 해결해도 그게 다 무슨 소용이람. 나는 시간만 낭비했을 뿐이야. 이 신세계 주민들은 평화롭게 살기로 작정한 모양이야. 호전적인 〈트리뷴〉은 수치스러운 인구 증가가 초래할 재앙을 예언하기 시작했다네."

그러자 블룸스베리 대령이 말했다.

"하지만 유럽에서는 민족자결을 지지하기 위해 항상 전쟁이 벌어지고 있어."

"그래서?"

"그러니까 어쩌면 우리가 유럽에서 할 일이 있을지도 몰라. 그리고 우리의 도움이 그쪽에서 받아들여지면······."

"뭐라고! 외국인을 위해서 대포를 연구하자는 말이야?" 빌스비가 외쳤다.

"그냥 손 놓고 있는 것보다는 낫지 않나." 대령이 대답했다.

"그래, 그렇겠지. 하지만 그건 불가능해." 매스턴이 말했다.

"왜?" 대령이 물었다.

"유럽에서는 진급에 대해 우리 미국과는 대조적인 사고방식을 갖고 있으니까 말이야. 우선 소위가 되지 않으면 절대로 장군이 될 수 없다고 생각하지. 그건 자기가 직접 대포를 만들지 않으면 훌륭한 포수가 될 수 없다고 말하는 거나 마찬가지야. 정말······."

"정말 어처구니가 없군." 톰 헌터가 보위 나이프[9]로 의자 팔

걸이를 쿡쿡 찌르면서 말했다. "하지만 현실이 그러니까, 우리가 할 일은 담배를 심거나 고래기름을 증류하는 것밖에 남지 않았어."

"설마……" 매스턴이 쩌렁쩌렁 울리는 목소리로 외쳤다. "화기를 개량하는 데 여생을 바치지 않겠다고 말할 작정은 아니겠지? 우리 포탄의 사정거리를 시험해볼 기회가 다시는 오지 않을 거라고 말할 작정은 아니겠지? 우리 대포의 섬광으로 하늘이 환해지는 날이 앞으로 다시는 오지 않을 거라고 말할 작정은 아니겠지? 우리가 대서양 건너편 나라에 선전포고할 수 있는 국제적 분쟁이 전혀 일어나지 말라는 법은 없잖나. 프랑스가 우리 기선을 침몰시키거나, 영국이 국제법을 어기고 미국 시민을 교수형에 처하는 일이 일어나지 말라는 법도 없지 않은가."

"아니야, 매스턴." 블룸스베리 대령이 말했다. "우리는 절대로 그렇게 운이 좋지 못할 거야. 그런 일은 결코 일어나지 않아. 설령 일어났다 해도 우리한테는 아무 도움도 안 될 거야. 미국인들은 날이 갈수록 점점 둔감해지고 있으니까 말이야. 미국이 할망구들의 나라가 될 날도 머지않았어."

"우리는 점점 시시해지고 있어." 빌스비가 말했다.

"그리고 남들에게도 시시하게 취급당하고 있어." 톰 헌터가 덧붙였다.

"맞아!" 매스턴이 다시 격렬하게 말했다. "싸울 이유는 얼마든지 있는데도 우리는 싸우지 않아. 우리는 사람들의 팔다리를 구하려고 기를 쓰지만, 그들은 사실 팔다리가 있어 봤자 그걸로 뭘 해야 할지도 모르고 있다니까. 그리고 전쟁을 해야 할 이유를 멀리서 찾을 필요도 없어. 예를 들면 미국은 한때 영국 땅이었잖아?"

"그래, 그랬지." 톰 헌터가 목발 끝으로 화난 듯이 난롯불을 쑤시면서 대답했다.

"그렇다면……" 매스턴이 말을 이었다. "다음에는 영국이 미국 땅이 되면 왜 안 되지?"

"그게 공정하겠군." 블룸스베리 대령이 말했다.

"그럼 대통령한테 가서 제안해보게." 매스턴이 말했다. "대통령이 자네 제안을 과연 어떻게 받아들일까."

"그야 정중하게 받아들이지는 않겠지." 빌스비가 전쟁터에서 살아남은 네 개의 이빨 사이로 중얼거렸다.

"다음 선거에서는 절대로 그한테 표를 주지 않을 거야!" 매스턴이 말했다.

"나도 안 찍어!" 호전적인 상이용사들이 입을 모아 외쳤다.

대담한 매스턴이 말을 이었다.

"그때까지 내가 설계한 구포를 진짜 전쟁터에서 시험해볼 기회를 얻지 못하면, 나는 대포 클럽을 탈퇴하고 아칸소의 황무지로 떠날 거야!"

"우리도 모두 함께 가겠어!" 다른 사람들도 입을 모아 말했다.

대포 클럽 회원들은 점점 흥분했고, 대포 클럽은 해체될 위기에 놓였다. 그런데 사태가 이 지경에 이르렀을 때 뜻밖의 사건이 일어나 그 파국을 막아주었다.

위와 같은 대화가 오간 이튿날, 대포 클럽 회원들은 다음과 같은 편지를 받았다.

볼티모어, 10월 3일

대포 클럽 회원 제위께,

본인은 회원 여러분께 10월 5일 모임에서 중대한 발표를 할 예정임을 삼가 알려드립니다. 따라서 만사 제쳐놓고 집회에 참석하시기를 강력하게 권하는 바입니다.

이만 총총.

대포 클럽 회장

임피 바비케인[10]

2

바비케인 회장의 연설

10월 5일 저녁 8시, 유니언 광장 21번지에 있는 대포 클럽에서는 빽빽이 들어찬 군중이 떼를 지어 돌아다니고 있었다. 볼티모어에 사는 회원은 모두 회장의 소집에 응했다. 통신회원들은 급행열차가 도착할 때마다 수백 명씩 거리로 쏟아져 나왔다. 집회장은 넓었지만, 물밀듯 들어오는 회원들을 다 수용할 수는 없었다. 그래서 그들은 옆방으로 넘쳐흐르고, 복도로 넘쳐흐르고, 결국에는 바깥 마당까지 넘쳐흘렀다.

그들은 문간에 무리지어 모여 있는 비회원과 마주쳤다. 비회원들도 바비케인 회장의 중요한 발표가 무엇인지 알고 싶어서 안으로 들어가려고 저마다 기를 쓰고 있었다. 그들이 서로 밀치락달치락하는 광경은 '자치'와 '민주주의'라는 개념과 함께 성장한 민중만이 가질 수 있는 행동의 활력을 보여주었다.

그날 저녁 볼티모어에 처음 온 사람은 아무리 많은 돈을 낸다 해도 집회장에 들어갈 수 없었을 것이다. 집회장은 정회원과 통신회원 전용으로 확보되어 있어서, 회원이 아닌 사람은 아무도 들어가지 못했다. 볼티모어 시의 유력자와 고관들도 군중들 틈에 섞여, 집회장에서 흘러나오는 이야기를 한마디라도 주워 들으려고 애써야 했다.

한편 집회장은 일대 장관이었다. 그 거대한 홀은 목적에 맞추어 멋지게 개조되어 있었다. 높은 기둥은 굵은 구포 위에 올려놓은 카농포로 이루어져 있었고, 그 기둥이 떠받치고 있는 보강재는 레이스 모양으로 세공한 연철이었디. 나팔총·화승총·머스킷총·카빈총을 비롯하여 구식과 신식의 온갖 화기가 벽을 장식하고 있었다. 권총 1천 자루로 만든 샹들리에에서 가스가 타오르고, 권총과 소총으로 만든 나뭇가지 모양의 촛대가 멋진 조명을 마무리했다. 대포 모형, 청동 견본, 구멍 뚫린 조준기, 대포 클럽 포탄에 박살난 장갑판, 화약을 재는 꽂을대와 다양한 스펀지, 실로 줄줄이 엮은 폭탄, 총알로 만든 목걸이, 탄피로 만든 화관…… 요컨대 대포인이 필요로 하는 모든 기구가 마치 살인 도구가 아니라 장식품이라도 되는 양 진열되어 있어서 보는 이들의 눈을 놀라게 했다.

아름다운 유리 상자로 보호된 영예로운 자리에는 화약의 위력으로 온통 깨지고 뒤틀린 포미(砲尾) 조각이 놓여 있었다. 그것이 바로 J.T. 매스턴이 설계한 구포의 귀중한 잔해였다.

집회장 맨 안쪽에는 넓은 연단이 있고, 회장이 네 명의 간사와 함께 연단을 차지하고 있었다. 조각한 포가(砲架) 위에 놓여 있는 그의 의자는 강력한 32인치 구포와 비슷한 모양을 하고 있었다. 의자는 90도 각도로 앞을 겨눈 채 포이(砲耳)[11]에 매달려 있어서, 회장은 흔들의자처럼 의자를 움직일 수 있었다. 더운 날씨에는 그렇게 앞뒤로 흔들리는 움직임이 무척 상쾌했다. 책상은 6문의 카로네이드포(砲)[12] 위에 거대한 철판을 올려놓은 것이었다. 책상 위에는 정교한 조각을 새긴 비스케이탄(彈)[13]으로 만든 아름다운 잉크병과, 권총 같은 폭발음을 낼 수 있는 벨이 놓여 있었다. 열띤 토론이 벌어지고 있을 때는 이 예사롭지 않은 벨소리도 흥분한 대포인들의 목소리에 묻혀 거의 들리지 않았다.

회장석 정면에는 요새 성벽처럼 지그재그로 배열된 장의자들이 능보(稜堡)와 막보(幕堡)[14]를 이루고 있었고, 대포 클럽 회원들은 거기에 진을 치고 있었다. 말하자면 그날 밤은 성벽에 병사들이 배치되었다고 말할 수 있었다. 회원들은 회장을 잘 알고 있었기 때문에, 웬만큼 중요한 이유가 없다면 회장이 굳이 회원들을 번거롭게 하지는 않았을 거라고 확신했다.

임피 바비케인은 마흔 살의 남자로, 침착하고 냉정하고 근엄하고 진지하고 강인하고, 시계처럼 정확하고, 건장한 체격과 흔들리지 않는 성격을 가지고 있었다. 기사처럼 용감하지는 않지만 모험을 좋아했고, 대담하기 짝이 없는 모험에도 실제적인 발상을 끌어들였다. 뉴잉글랜드 사람의 완벽한 표본이고, 식민지를 개척하는 북부인이며, 스튜어트 왕가에 적대적인 '원두당

바비케인 회장

(圓頭黨)'[15]의 후예였고, 미국 왕당파인 남부 신사족과는 철천지원수였다. 요컨대 그는 철두철미한 양키였다.

그는 목재업으로 재산을 모았다. 남북전쟁 때 화포국장에 임명된 그는 발명에 재능이 풍부하다는 것을 보여주었다. 그는 대담한 발상으로 무기의 발전에 크게 이바지했고, 실험적인 화포 제작에 강력한 자극을 주었다.

체격은 보통이지만, 한 가지 특징 때문에 그는 대포 클럽에서 희귀한 예외가 되었다. 바로 사지가 멀쩡하다는 것이었다. 또렷한 이목구비는 자를 대고 철필로 줄을 그은 듯이 보였다. 타고난 성격을 알아내기 위해선 옆에서 봐야 한다는 말이 사실이라면, 바비케인의 옆얼굴은 결단력과 대담성과 냉정함의 징후를 모두 보여주었다.

그는 지금 꼼짝도 않고 조용히 의자에 앉아서 생각에 잠겨 있었다. 높은 실크해트 밑에 숨어서, 주위에서 일어나는 일을 전혀 알아차리지 못하는 듯했다. 검은 실크로 만든 원통형 모자는 미국인의 두개골에 나사못으로 박혀 있는 것처럼 보였다.

동료들이 주위에서 큰 소리로 떠들어대도 그는 전혀 신경쓰지 않았다. 동료들은 서로 묻고 추측하고 회장을 빤히 쳐다보면서 그 냉정하고 침착한 얼굴의 수수께끼를 풀려고 애썼지만 소용이 없었다.

집회장의 시계가 폭발음으로 8시를 알리자, 바비케인은 용수철이 튀어오르기라도 한 것처럼 벌떡 일어났다. 침묵이 집회장을 내리덮었다. 바비케인은 다소 허풍스러운 어조로 말하기 시작했다.

"존경하는 동지 여러분, 너무나 오랫동안 불모의 평화가 계속되어 대포 클럽 회원들을 한심한 나태에 빠뜨렸습니다. 활동으로 가득 찬 몇 년을 보낸 뒤, 우리는 연구를 포기하고 진보로 가는 도중에 걸음을 멈출 수밖에 없었습니다. 나는 감히 말하겠습니다. 우리의 무기를 돌려주기만 한다면 어떤 전쟁도 환영한다고 말입니다."

"그래, 전쟁이야!" 흥분하기 잘하는 매스턴이 외쳤다.

그러자 집회장 전체에서 "경청! 경청!" 하는 외침 소리가 터져 나왔다.

"하지만 현재 상황에서 전쟁은 불가능합니다." 바비케인이 말을 이었다. "방금 내 말을 중단시킨 동지의 희망에도 불구하고, 우리 대포가 다시금 전쟁터에서 굉음을 내려면 오랜 세월이 지나야 할 것입니다. 우리는 이 사실을 현실로 받아들이고, 우리의 활동적인 정력을 쏟아낼 다른 배출구를 찾아야 합니다."

청중은 회장이 요점에 다가가고 있음을 알아차리고, 그의 말에 한층 더 귀를 기울였다.

"나는 지난 몇 달 동안 생각에 생각을 거듭했습니다. 우리가 전문 분야에서 벗어나지 않고 장기를 살려 19세기에 어울리는 위대한 실험을 할 수는 없을까. 탄도학의 진보를 성공적인 결과로 이끌어갈 수는 없을까. 나는 깊이 생각하고 연구와 계산을 거듭했습니다. 그 결과, 다른 나라에서라면 실행 불가능해 보일 계획을 우리는 반드시 성공시킬 수 있다고 확신하게 됐습니다. 신중하게 마련된 이 계획이 바로 오늘 밤 내 연설의 주제입니다. 여러분에게 어울리고 또한 대포 클럽의 영광스러운 과거에도 어울리는 이 계획은 세상을 떠들썩하게 만들 게 분명합니다."

"세상을 떠들썩하게 한다고?" 흥분한 대포인 하나가 물었다.

"그렇습니다. 말 그대로 세상이 떠들썩해질 것입니다." 바비케인이 대답했다.

"말을 가로막지 마!" 여러 목소리가 말했다.

"자, 여러분! 주목해주십시오." 바비케인이 말했다.

전율과도 같은 긴장이 청중 전체를 관통했다. 바비케인은 모자를 단단히 눌러 쓴 다음, 침착한 목소리로 연설을 계속했다.

"여러분 가운데 지금까지 달을 본 적이 없거나 적어도 달에 대한 이야기를 들어본 적이 없는 사람은 아무도 없습니다. 내가 달 이야기를 한다고 놀라지 마십시오. 우리는 어쩌면 그 미지의 세계를 발견하는 콜럼버스가 될 운명인지도 모릅니다. 여러분이 내 계획을 이해하고 그 실행을 힘닿는 데까지 돕겠다면, 나는 여러분을 이끌고 달나라를 정복하겠습니다. 그리고 우리 합중국 36개 주[16]에 이어 달의 이름이 추가될 것입니다."

"달나라 만세!" 대포 클럽 회원들은 일제히 외쳤다.

"달은 지금까지 열심히 연구되었습니다. 질량, 밀도, 무게, 부피, 구성, 운동, 거리, 태양계에서 맡은 역할은 정확하게 측정되었습니다. 지구의 지도에 못지않거나 그보다 더 정밀한 달의 지도도 완성되었습니다. 아름다운 사진도 찍혔습니다. 요컨

대포 클럽 집회

대 우리는 수학과 천문학, 지질학과 광학이 달에 대해 가르쳐 줄 수 있는 것은 전부 다 알고 있습니다. 하지만 지금까지 달과 지구의 직접적인 연락은 한 번도 이루어지지 않았습니다."

이 말은 관심과 놀라움의 물결을 불러일으켰다.

"열정적인 사람들이 공상 속에서 달나라를 여행하고 그 비밀을 발견했다고 주장했던 것을 여러분에게 간단히 상기시키겠습니다. 17세기에 다비드 파브리키우스[17]라는 사람은 자기 눈으로 달나라 주민을 보았다고 자랑했습니다. 1649년에는 장 보두앵이라는 프랑스인이 《스페인의 모험가 도밍고 곤살레스의 달세계 여행》을 출판했습니다. 거의 같은 무렵, 시라노 드 베르주라크[18]가 쓴 달나라 여행기는 프랑스에서 큰 인기를 얻었습니다. 그 후 퐁트넬[19]이라는 사람—이 사람도 역시 프랑스인인데, 프랑스인은 달에 관심이 많습니다—이 당시의 걸작인 《세계의 다양성》이라는 책을 썼습니다. 하지만 과학의 전진은 걸작도 짓뭉개버립니다! 1835년경 〈뉴욕 아메리칸〉지의 기사를 번역한 팸플릿이 프랑스에 나타났습니다. 거기에는 천문학을 연구하기 위해 희망봉에 파견된 존 허셜[20]이라는 사람이 내부 조명으로 개량한 망원경을 이용하여 달을 70미터 거리까지 끌어들였습니다. 그는 달의 동굴에 사는 하마들, 가장자리가 황금 레이스로 장식된 초록빛 산들, 상아뿔을 가진 양들, 하얀 사슴, 박쥐처럼 얇은 막으로 된 날개를 가진 주민들을 또렷이 보았다고 합니다. 로크라는 미국인이 만든 이 팸플릿은 한동안 엄청난 흥분을 불러일으켰지만, 곧 장난으로 밝혀졌습니다. 프랑스인이 맨 먼저 그것을 웃음거리로 삼았지요."

"미국인을 비웃다니!" 매스턴이 외쳤다. "그건 선전포고할
이유가 될 수 있어!"

"진정하게, 친구. 프랑스인은 미국인을 비웃기 전에 우리 동
포한테 완전히 속았으니까. 이 간략한 역사 스케치를 끝마치려
면 로테르담의 한스 팔이라는 사람의 이야기를 덧붙여야 합니
다. 그는 질소에서 끌어낸 기체를 가득 채운 풍선을 타고 19일
만에 달에 도착했는데, 그 기체는 수소보다 37배나 가벼웠다고
합니다. 이 여행은 내가 앞서 말한 달나라 여행과 마찬가지로
순전히 상상 속의 여행이었지만, 사실은 인기 있는 미국 작가
이자 괴팍하고 음울한 천재의 작품이었습니다. 그게 누구냐?
바로 에드거 앨런 포[21]입니다!"

"에드거 앨런 포 만세!" 그의 말에 흥분하여 청중이 소리
쳤다.

"이런 종류의 문학작품은 달과 진지한 관계를 확립하는 것이
불가능하니까, 그 이야기는 이 정도로 해둡시다. 하지만 실제
적인 사람들이 달과 연락을 취하려고 애썼다는 사실은 덧붙여
두어야 합니다. 예를 들면 몇 년 전에 독일의 한 기하학자가 과
학자들로 구성된 위원회를 시베리아 초원지대에 보내자고 제
안했습니다. 드넓은 평원에 반사경을 이용하여 피타고라스의
정리를 증명하는 도형을 비롯한 기하학적 도형들을 그리자는
것이지요. 그 기하학자는 말했습니다. '지성을 가진 존재라면
그 도형의 과학적 의미를 이해할 것이다. 달에 주민이 있다면

그와 비슷한 도형으로 응답할 것이고, 일단 연락이 이루어지면 달나라 주민과 대화할 수 있는 문자를 만들어내기는 쉬울 것이다.' 독일의 기하학자[20]는 그렇게 말했지만, 그의 계획은 실행되지 않았고 지금까지 지구와 달 사이에 직접적인 연락은 한 번도 이루어지지 않았습니다. 그런 위업은 실천력을 지닌 미국의 천재들 몫으로 남겨졌습니다. 달과 연락하는 수단은 간단하고 용이하고 확실합니다. 그것이 내가 지금부터 여러분에게 제안하려는 내용의 주제입니다."

이 말은 폭풍 같은 찬탄의 목소리에 파묻혔다. 청중은 모두 바비케인 회장의 말에 넋을 잃었다.

"조용히! 이야기를 들읍시다!" 집회장 곳곳에서 소리쳤다.

흥분이 서서히 가라앉자 바비케인은 더욱 엄숙한 어조로 연설을 계속했다.

"여러분도 다 알다시피 탄도학은 요즘 장족의 진보를 이룩했고, 전쟁이 계속되었다면 대포의 완성도는 훨씬 높아졌을 것입니다. 좀 과장해서 말하면, 대포의 내구력과 화약의 폭발력은 거의 무제한이라는 것도 여러분은 알고 있습니다. 나는 이 사실을 출발점으로 삼아, 필요한 내구력을 보장하도록 만든 강력하고 거대한 대포를 이용하면 포탄을 달나라까지 쏘아 보낼 수 있지 않을까 하고 생각하기 시작했습니다."

놀라서 숨을 헐떡거리는 1000개의 가슴에서 "오오!" 하는 경악의 소리가 일제히 터져 나왔다. 이어서 폭풍 전야의 고요 같은 침묵이 잠깐 흘렀다. 다음 순간, 정말로 폭풍이 휘몰아쳤다. 하지만 집회장을 뒤흔든 것은 우레 같은 박수갈채와 외침 소리였다. 바비케인은 연설을 계속하려고 애썼지만 소용이 없었다. 10분이 지난 뒤에야 청중은 겨우 그의 목소리를 다시 들을 수 있었다.

"끝으로⋯⋯" 바비케인이 침착하게 말했다. "나는 결단력을 가지고 이 문제에 접근했고, 가능한 모든 각도에서 이 문제를 검토했습니다. 논란의 여지가 없는 계산을 바탕으로 해서 나는 정확하게 겨냥된 포탄이 초속(秒速) 12킬로미터의 초속도(初速度: 발사 순간의 속도)로 날아가면 달에 도달할 수 있다는 결론에 이르렀습니다. 존경하는 동지 여러분, 나는 그 작은 실험을 해보자고 정중하게 제안하는 바입니다!"

3
바비케인의 연설의 여파

바비케인 회장의 마지막 말이 일으킨 반향을 묘사하기는 불가능할 것이다. 집회장에서는 일대 소동이 벌어졌다. 만세 삼창을 외치는 소리와 미국 말에 풍부한 열광적인 환호가 모두 튀어나왔다. 무질서와 소란은 이루 형언할 수가 없었다. 사람들은 고함을 지르고, 손뼉을 치고, 마룻바닥을 발로 굴렀다. 그 대포 박물관의 모든 화기가 일제히 발사되었다 해도, 소음이 그보다 더 격렬하지는 않았을 것이다. 이것은 놀라운 일이 아니다. 대포인들 중에는 대포만큼 시끄러운 사람이 많았기 때문이다.

바비케인은 이 요란한 박수갈채의 한복판에 있으면서도 여전히 냉정하고 침착했다. 아마 그는 동지들에게 몇 마디 더 하고 싶었을 것이다. 조용히 하라는 몸짓과 함께, 폭발음을 내는 벨을 몇 번이고 울렸기 때문이다. 하지만 아무도 그 소리를 들지 못했다. 청중은 곧 바비케인을 의자에서 들어올려 의기양양하게 집회장 밖으로 떠메고 나갔다. 바비케인은 충실한 동료들의 손에서 똑같이 흥분한 군중의 팔로 넘겨졌다.

미국인을 깜짝 놀라게 할 수 있는 것은 아무것도 없다. 프랑스인은 "프랑스어 사전에는 '불가능'이라는 단어가 없다"고 자주 말한다. 하지만 그들은 분명 잘못된 사전을 찾아본 것이다. 미국에서는 모든 것이 쉽고, 모든 것이 간단하고, 기계와 관련된 문제는 생겨나기도 전에 죽어버린다. 진정한 양키라면 바비케인의 계획을 실행에 옮기는 것을 조금도 어렵게 생각지 않았을 테고, 어려움의 그림자조차 보려고 하지 않았을 것이다. 계획은 말이 떨어지자마자 곧 실행에 옮겨졌다.

바비케인의 개선 행진은 밤늦게까지 계속되었다. 그것은 진짜 횃불 퍼레이드였다. 아일랜드인, 독일인, 프랑스인, 스코틀랜드인을 비롯하여 메릴랜드 주민을 구성하고 있는 다양한 족속이 저마다 모국어로 소리를 질렀다. "만세"와 "비바"와 "브라보"가 형언할 수 없는 감정의 홍수 속에서 한데 뒤섞였다.

그때 이 모든 소동이 자신과 관련되어 있다는 것을 알아차린 듯 달이 떠올라 찬란하게 빛나기 시작했다. 모든 불꽃은 강렬한 달빛에 가려졌다. 미국인들은 모두 빛을 내고 있는 둥근 달을 쳐다보았다. 달을 향해 손을 흔드는 사람도 있었고, 달을 다정하게 애칭으로 부르는 사람도 있었고, 달의 치수를 재는 사람도 있었고, 달을 향해 주먹을 휘두르는 사람도 있었다. 오후 8시부터 자정까지 존스폴 가의 광학기구 가게는 망원경을 팔아

바비케인의 개선 행진은 밤늦게까지 계속되었다

서 떼돈을 벌었다. 군중은 오페라 안경으로 지체 높은 귀부인을 바라보듯 망원경으로 달을 바라보았다. 한편으로는 달이 제 소유라도 되는 듯이 편안하게 대하는 사람도 있었다. 금발의 포이베(달의 여신)는 그 대담한 정복자들 손에 들어가 벌써 미국의 영토가 된 것 같았다. 하지만 그들은 이제 겨우 포탄을 달로 쏘아 보낼 계획을 세우고 있을 뿐이었다. 아무리 상대가 위성이라 해도 이런 식으로 교섭을 시작하는 것은 좀 무례하지만, 문명국들이 흔히 쓰는 방식이다.

자정이 되었는데도 열광은 여전히 사그라질 기미조차 보이지 않았다. 열광하는 수준은 계층의 구별이 없었다. 정치인, 과학자, 사업가, 상점 주인, 노동자, 지식인, 얼간이들도 모두 마음속 깊은 곳까지 흥분해 있었다. 이것은 국민적인 사업이 될 터였고, 따라서 구시가지도 신시가지도, 파탑스코 강변에 있는 부두도, 독(dock)에 들어가 있는 배들도 기쁨과 위스키에 취한 군중으로 넘쳐흘렀다. 셰리주를 마시다가 술잔을 손에 든 채 술집의 푹신한 의자에 축 늘어져 있는 신사에서부터 펠스포인트 반도의 캄캄한 선술집에서 싸구려 독주를 마시고 얼근히 취한 선원에 이르기까지, 모든 사람들이 서로 대화를 나누고 떠들어대고 토론하고 논쟁하고 찬성하고 박수를 쳤다.

밤 2시경이 되어서야 겨우 흥분이 가라앉았다. 바비케인은 온몸에 멍이 들고 상처투성이가 되어 기진맥진한 상태로 집에 도착했다. 괴력의 헤라클레스라 해도 그런 열광을 견뎌내지는 못했을 것이다. 군중은 거리와 공원에서 차츰 사라져갔다. 볼티모어에 모이는—오하이오, 스크랜튼, 필라델피아, 워싱턴에서 오는—네 개의 철도가 잡다한 인종의 사람들을 다시금 미국의 네 구석으로 돌려보냈고, 그리하여 시내는 다시 차분한 상태로 돌아갔다.

그 기억할 만한 밤에 그런 흥분에 사로잡힌 도시가 볼티모어뿐이었다고 생각해서는 안 된다. 미국의 대도시들—뉴욕, 보스턴, 올버니, 워싱턴, 리치먼드, 뉴올리언스, 찰스턴, 모빌—은 서쪽의 텍사스 주에서 동쪽의 매사추세츠 주까지, 북쪽의 미시건 주에서 남쪽의 플로리다 주까지 모두 열광 상태에 빠졌다. 대포 클럽의 통신회원 3만 명은 바비케인 회장의 편지를 받고 10월 5일의 연설을 집회장에 모인 회원들과 똑같이 초조하게 기다리고 있었다. 그리하여 그날 저녁 바비케인의 입에서 나온 한 마디 한 마디는 전선을 타고 초속 40만 킬로미터의 속도로 전국에 전해졌다. 따라서 프랑스보다 열 배나 큰 미국이 같은 순간에 일제히 "만세!"를 외쳤고, 자긍심으로 가득 찬 2500백만 개의 심장이 같은 맥박으로 고동쳤다고 확실하게 말할 수 있다.

이튿날, 1500종에 이르는 일간신문과 주간신문, 반월간지와 월간지가 일제히 그 문제를 대서특필했다. 신문들은 그 계획의 물리학적·기상학적·경제학적·도덕적 측면을 검토했고, 문명과 정치적 이익이라는 관점에서 그것을 고찰했다. 신문들은 달이 완성된 세계인지, 다시 말해서 더 이상 아무 변화도 일어나지 않는 세계인지를 궁금하게 여겼다. 달은 대기가 형성되기 전의 지구와 비슷할까? 지구에서 보이지 않는 달의 뒤쪽은 어떻게 생겼을까? 지금까지 계획된 것은 포탄을 달로 쏘아 보낸다는 것뿐이었지만, 모든 신문은 그것을 일련의 실험의 첫 단계로 생각했다. 신문들은 모두 미국이 언젠가는 신비로운 달세계의 마지막 비밀을 간파하리라고 기대했고, 일부 신문은 달 정복이 유럽에서 힘의 균형을 완전히 어지럽힐지 모른다고 두려워하는 듯했다.

일단 계획이 발표되자, 계획이 성공적으로 실행되리라는 것을 조금이라도 의심하는 신문이나 잡지는 하나도 없었다. 학회와 문학계와 종교단체에서 발행하는 잡지와 팸플릿과 회보는 그 계획의 이점을 지적하고 강조했다. 보스턴의 박물학협회, 올버니의 미국학예협회, 뉴욕의 지리통계협회, 필라델피아의 미국철학회, 워싱턴의 스미스소니언 연구소는 대포 클럽에 축하 편지를 보내고, 물심양면으로 계획의 실행을 도와주겠다고 제의했다.

따라서 역사상 그렇게 많은 지지를 끌어모은 계획은 없었다고 말할 수 있다. 망설임, 의구심, 걱정은 문제가 되지 않았다. 유럽, 특히 프랑스에서라면 달에 포탄을 쏘아 보낸다는 발상은 조롱거리가 되고 풍자 만화와 노래의 소재가 되었겠지만, 미국에서 그 발상을 조롱하거나 풍자하는 무모한 짓을 했다가는 사뭇 위험했을 것이다. 세계의 '구명 도구'를 모두 동원해도 격분한 대중한테서 목숨을 지킬 수는 없었을 것이다. 신세계에는 아무도 웃음거리로 삼지 않는 것들이 있다. 그날부터 임피 바비케인은 과학계의 워싱턴 같은 존재로서 가장 위대한 미국 시민의 하나가 되었다. 온 나라가 갑자기 한 사람을 열렬히 사랑하게 된 셈이다. 특히 한 사건은 그 애정이 얼마나 강렬했는지를 여실히 보여줄 것이다.

그 유명한 대포 클럽 집회가 열린 지 며칠 뒤, 미국에서 순회공연을 하고 있던 영국의 극단 단장이 볼티모어 극장에서 셰익스피어의 〈헛소동〉을 상연하겠다고 발표했다. 볼티모어 시민들은 이 연극 제목이 바비케인의 계획을 모욕적으로 빗댄 것이라 생각했다. 그들은 극장으로 몰려가 의자를 때려 부수고, 불운한 단장에게 프로그램을 당장 바꾸라고 요구했다. 단장은 영리한 사람이어서, 잘못 선택한 희극을 대중의 요구에 따라 〈당신 좋으실 대로〉로 바꾸었고, 이 연극은 그 후 몇 주 동안이나 '만원사례'의 흥행을 올렸다.

4
케임브리지 천문대에서 보내온 회신

　한편 바비케인은 쏟아지는 찬사 속에서도 시간을 낭비하지 않았다. 그는 우선 대포 클럽 회의실에 동료들을 소집했다. 그들은 문제를 논의한 뒤, 계획의 천문학적 측면에 대해 전문가들에게 자문을 구하기로 했다. 천문학자한테서 회답이 오면 다음에는 기계적인 수단을 고려하고, 위대한 실험을 성공시키기 위해 어떤 것도 소홀히 하지 않을 작정이었다.

　그들은 고도의 기술적 문제에 대한 몇 가지 질문이 담긴 편지 한 통을 매사추세츠 주 케임브리지에 있는 천문대[23]로 보냈다. 미국 최초의 대학이 설립된 이 도시는 천문대로도 유명하다. 천문대 직원들은 가장 우수한 과학자들로 이루어져 있다. 이 천문대의 강력한 망원경 덕에 본드[24]는 안드로메다 성운을 분석할 수 있었고, 클라크[25]는 시리우스의 위성을 발견할 수 있

케임브리지 천문대

었다. 따라서 이 유명한 천문대를 대포 클럽이 전폭적으로 신뢰한 것은 당연한 일이었다.

이틀 뒤, 초조하게 기다리던 답장이 바비케인 회장에게 배달되었다.

메릴랜드 주 볼티모어
대포 클럽 회장
임피 바비케인 귀하

친애하는 바비케인 씨,

귀하께서 대포 클럽의 이름으로 케임브리지 천문대에 보낸 10월 6일자 서한을 받고, 우리 직원들은 당장 모여서 다음과 같은 회신을 작성했습니다.

귀하의 질문은 다음과 같은 것이었습니다.

1. 포탄을 달에 쏘아 보내는 것은 가능한가?

2. 지구와 달의 거리는 정확히 얼마인가?

3. 포탄에 충분한 초속도를 부여하면 달까지 얼마나 걸릴까? 그리고 포탄을 달의 정해진 위치에 명중시키려면 언제 쏘아야 하는가?

4. 달이 포탄이 도달하기에 가장 유리한 위치에 오는 것은 정확히 언제인가?

5. 포탄을 발사할 대포는 정확히 하늘의 어느 위치를 겨냥해야 하는가?

6. 포탄이 발사될 때 달은 정확히 어느 위치에 있어야 하는가?

첫 번째 질문―포탄을 달에 쏘아 보내는 것은 가능한가?

가능합니다. 포탄을 초속 12킬로미터의 초속도로 발사하면 달에 보낼 수 있습니다. 계산 결과는 이 속도로 충분하다는 것을 보여줍니다. 포탄이 지구를 떠나면 중력은 거리의 제곱에 반비례하여 줄어듭니다. 즉 거리가 3배로 늘어나면 중력은 9분의 1로 줄어듭니다. 따라서 포탄의 무게는 급속히 줄어들어, 지구에서 달까지 거리의 52분의 47을 갔을 때 달의 인력과 지구의 인력이 균형을 이루면 포탄의 무게는 '제로'가 될 것입니다. 포탄이 그 위치를 통과하면 이번에는 달의 인력에만 이끌려 달로 떨어질 것입니다. 이론적인 가능성은 의심할 여지없이 입증되어 있습니다. 실제로 성공할지 여부는 오로지 발사장치의 성능에 달려 있습니다.

두 번째 질문―지구와 달의 거리는 정확히 얼마인가?

달이 지구를 도는 궤도는 원이 아니라 타원이고, 그 타원의 두 초점 가운데 하나를 지구가 차지하고 있습니다. 따라서 달은 지구와 더 가까워질 때도 있고 더 멀어질 때도 있습니다. 천문학 용어로 말하면, 달은 때로는 원지점에 있고 때로는 근지점에 있습니다.[26] 두 거리의 차이는 무시할 수 없습니다. 달이 원지점에 있을 때 지구와 달의 거리는 39만 8310킬로미터이고, 근지점에 있을 때는 35만 1820킬로미터이니까 4만 6490킬로미터나 차이가 납니다.[27] 이것은 지구에서 달까지 전체 거리의 9

분의 1에 해당합니다. 따라서 계산은 달이 근지점에 있을 때의 거리에 바탕을 두어야 합니다.

세 번째 질문―포탄에 충분한 초속도를 부여하면 달까지 얼마나 걸릴까? 그리고 포탄을 달의 정해진 위치에 명중시키려면 언제 쏘아야 하는가?

포탄이 초속 12킬로미터의 초속도를 유지한다면, 목적지에 도달할 때까지 9시간밖에 걸리지 않을 것입니다. 하지만 속력은 계속 떨어질 테니까, 계산해보면 지구의 인력과 달의 인력이 균형을 이루는 위치에 도달할 때까지 30만 초(83시간 20분)가 걸리고, 거기에서 달까지 가는 데에는 5만 초(13시간 53분 20초)가 걸립니다. 따라서 달이 목표 위치에 오기 97시간 13분 20초 전에 포탄을 발사해야 합니다.

네 번째 질문―달이 포탄이 도달하기에 가장 유리한 위치에 오는 것은 정확히 언제인가?

위에서 말했듯이 포탄은 달이 근지점에 있을 때 발사해야 합니다. 그리고 동시에 달이 천정(天頂)[28]을 통과할 때 포탄을 발사해야 합니다. 그러면 지구의 반지름인 6305킬로미터만큼 거리가 줄어들어, 포탄의 실제 비행거리는 34만 5515킬로미터가 됩니다. 그런데 달은 매달 근지점에 도달하지만, 반드시 그와 동시에 천정에도 도달하는 것은 아닙니다. 이 두 가지 조건이 동시에 충족되는 경우는 아주 드뭅니다. 그때까지는 포탄을 발사하면 안 됩니다. 다행히 내년 12월 4일에 달의 위치가 이 두 가지 조건을 충족시킬 것입니다. 그날 자정에 달은 지구와 가장 가까운 근지점에 있게 될 것이고, 동시에 천정을 통과할 것입니다.

다섯 번째 질문―포탄을 발사할 대포는 정확히 하늘의 어느 위치를 겨냥해야 하는가?

달이 천정에 왔을 때 포탄을 발사해야 하니까, 대포가 천정을 겨누어야 하는 것은 분명합니다. 따라서 궤도는 수평면에 대해 수직이 되고, 포탄은 지구 중력에서 더 빨리 벗어날 것입니다. 하지만 달이 정해진 지점의 천정까지 올라오려면, 발사 지점의 위도가 달의 적위(赤緯)보다 높으면 안 됩니다. 다시 말해서 그 지점은 위도 0도와 28도 사이에 있어야 합니다. 다른 지점에서 포탄을 발사하면 달을 비스듬히 겨눌 수밖에 없을 것이고, 그렇게 되면 성공할 확률이 떨어집니다.

여섯 번째 질문―포탄이 발사될 때 달은 정확히 어느 위치에 있어야 하는가?

달은 하루에 13도 10분 35초씩 나아가는데, 포탄이 발사될 때 달은 그 네 배인 52도 42분 20초만큼 천정에서 떨어져 있어야 합니다. 이것은 포탄이 달까지 날아가는 동안 달이 나아가는 거리입니다. 하지만 지구의 자전이 포탄에 미치는 영향도 고려해야 합니다. 포탄은 달에 도달할 때까지 지구 반지름의 16배, 달의 공전 궤도에서 계산하면 11도에 해당하는 거리를 벗어납니다. 따라서 위에서 말한 52도에 이 11도를 더해야 합니다. 그렇다면 포탄을 발사할 때 달은 수직에서 약 64도쯤 기울어진 각도에 있어야 합니다.

이상이 대포 클럽 회원들의 질문에 대한 케임브리지 천문대의 답변입니다.

요약하면 다음과 같습니다.

1. 대포는 위도 0도와 28도 사이에 배치해야 한다.

2. 대포는 천정을 겨냥해야 한다.

3. 포탄의 초속도는 초속 12킬로미터가 넘어야 한다.

4. 포탄은 내년 12월 1일 자정보다 1시간 13분 20초 전에 발사해야 한다.

5. 포탄은 지구를 떠난 지 4일 뒤인 12월 4일 자정,[29] 달이 천정을 통과할 때 달에 이르게 될 것이나.

따라서 대포 클럽 회원 여러분은 지체 없이 작업에 착수하여 정확한 시각에 포탄을 발사할 준비를 갖추어야 합니다. 12월 4일을 놓치면, 달이 근지점과 천정이라는 두 가지 조건을 다시 충족시킬 때까지 18년 11일을 기다려야 할 테니까요.

케임브리지 천문대 직원들은 천문학 이론에 대한 질문에는 언제든지 기꺼이 답변해드릴 것을 약속하면서, 모든 미국 국민과 함께 축하 인사를 보내는 바입니다.

케임브리지 천문대장

J.M. 벨파스트[30]

5

달의 로맨스

우주가 아직 혼돈 상태에 있을 때, 무한한 투시력을 타고난 관찰자가 우주의 회전축인 미지의 중심에 놓여졌다면 수많은 원자가 공간을 가득 메우고 있는 것을 보았을 것이다. 하지만 세월이 흐르면서 차츰 변화가 일어났다. 인력의 법칙이 작용하여, 그때까지 종잡을 수 없이 움직이던 원자들이 그 법칙에 따랐다. 원자들은 친화성에 따라 화학적으로 결합하여 분자가 되고, 가스 덩어리를 이루어 우주 공간 전역에 흩어졌다.

이런 덩어리들은 곧 중심점 주위를 도는 회전 운동을 시작했다. 성긴 분자로 이루어진 이 중심점은 빙글빙글 돌면서 점점 응축되기 시작했다. 불변의 역학 법칙에 따라, 응축으로 부피가 줄어들수록 회전 운동의 속도는 점점 빨라졌다. 이 두 가지 효과가 연속된 결과, 가스 덩어리의 중심점인 별이 생겼다.

관찰자가 주의 깊게 관찰했다면, 그 후 덩어리 안의 다른 분자들이 중앙의 별처럼 행동하는 것을 보았을 것이다. 회전 운동의 속도가 점점 빨라지면서 점점 응축되어, 이윽고 수많은 별의 형태로 중앙의 별 주위를 돌게 된 것이다. 이렇게 하여 성운이 형성되었다. 오늘날 천문학자들이 헤아린 성운은 거의 5천 개에 이른다.[31]

이 5천 개의 성운 가운데 사람들이 은하라고 이름지은 성운이 있다. 은하에는 1800만 개의 별이 들어 있는데, 그 많은 별들이 모두 저마다 태양계의 중심이 되었다.

그 관찰자가 이 1800만 개의 별들 중에서 가장 삭고 가장 어두운 별 하나―오만한 인류[32]가 태양이라는 이름을 붙인 광도 4의 별―에 주목했다면, 우주 형성의 원인이 된 모든 현상이 눈앞에서 차례로 일어나는 것을 보았을 것이다.

관찰자는 성긴 분자로 이루어진 기체 상태의 태양이 회전축을 중심으로 회전하여 완전히 응축되는 과정을 보았을 것이다. 이 회전 운동은 역학 법칙에 따라 부피가 줄어들수록 빨라졌고, 마침내 분자들을 중심부로 밀어내는 구심력보다 원심력이 더 커지는 순간이 왔다.

그러고 나서 관찰자의 눈앞에서 또 다른 현상이 일어났을 것이다. 태양의 적도면에 있던 분자들은 고무줄 새총에서 튀어나간 돌멩이처럼 날아가, 토성의 고리처럼 태양 주위에 여러 개의 동심원 고리를 이루었다. 우주 물질로 이루어진 이 고리들은 중앙의 덩어리를 중심으로 회전하다가 이차적인 덩어리, 즉 행성으로 분할되기 시작했다.

관찰자가 이 행성들을 관찰했다면, 행성이 태양과 똑같이 행동하여 우주 물질로 이루어진 고리를 만드는 것을 보았을 것이다. 이것이 위성이라고 불리는 등급 낮은 천체들의 기원이었다.

이리하여 우리는 원자에서 분자로, 분자에서 가스 덩어리로, 가스 덩어리에서 성운으로, 성운에서 별로, 별에서 태양으로, 태양에서 행성으로, 행성에서 위성으로, 우주가 탄생한 첫날부터 천체들이 겪어온 모든 변화를 훑은 셈이 된다.

태양은 광대무변한 우주 공간에서는 수많은 별들 속에 묻혀 버린 듯이 보이지만, 최근의 천문 이론에 따르면 '은하'라는 이름으로 알려진 성운 속에서 확실한 자리를 차지하고 있다. 태양은 한 세계의 중심이고, 드넓은 우주 공간에서는 아주 작아 보이지만 실제로는 거대하다. 태양은 지구보다 130만 배나 크기 때문이다. 태양 주위에는, 태양이 생겨났을 때 그 내부에서 나온 여덟 개의 행성이 돌고 있는데, 이들을 태양에서 가까운 쪽부터 차례대로 나열하면 수성·금성·지구·화성·목성·토성·천왕성·해왕성이다.[33] 게다가 화성과 목성 사이의 궤도를 수많은 소행성이 돌고 있는데, 이 소행성들은 수천 조각으로 쪼개진 큰 천체의 파편일지도 모른다. 망원경을 통해 지금까지 97개의 소행성이 확인되었다.[34]

인력의 법칙에 따라 타원 궤도에 묶여 있는 이 행성들 가운데 일부는 자신의 위성을 가지고 있다. 천왕성과 토성은 여덟 개씩, 목성은 네 개, 해왕성은 세 개인 것으로 여겨지고, 지구의 위성은 한 개다.[35] 태양계에서 가장 작은 위성에 속하는 지구의 위성은 달이라고 불린다. 대담한 미국 정신이 정복하려고 하는 목표는 바로 이 달이었다.

달은 비교적 지구에서 가깝고 다양한 위상으로 빠르게 변화하기 때문에, 처음부터 태양과 함께 사람들의 관심을 끌었다. 하지만 태양을 쳐다보면 눈이 피곤해지고, 너무 밝고 눈부신 햇빛 때문에 금방 눈을 돌릴 수밖에 없다.

하지만 '창백한 포이베'는 태양보다 자비로워서, 그 수수한 매력을 너그럽게 보여준다. 포이베는 겸손하고 온화해서 오래 바라보아도 눈이 피곤하지 않지만, 때로는 자기 오빠인 찬란한 태양신 아폴론[36]을 덮어 가리는 무례한 짓도 한다. 아폴론이 포이베를 가리는 일은 절대 일어나지 않는다. 이슬람교도들은 지구의 충실한 친구인 달의 고마움을 깨닫고, 달의 공전 주기를 토대로 한 달의 길이를 정했다.

고대 국가들은 정숙한 달의 여신을 숭배했다. 이집트인들은 달의 여신을 '이시스'라고 불렀고, 페니키아인들은 '아스타르테'라고 불렀다. 그리스인들은 '포이베'라는 이름으로 달을 숭배했다. 그리스 신화에서 포이베는 레토와 제우스 사이에 태어난 딸이다. 그리스인들은 포이베가 잘생긴 미소년 엔디미온을 몰래 방문할 때 월식이 일어난다고 설명했다. 신화는 네메아의 사자[37]가 지구에 나타나기 전에 달을 헤매다녔다고 말했고, 플루타르코스가 인용한 시인 아게시아낙스는 사랑스러운 셀레네(달의 여신)의 밝은 부분들로 이루어진 다정한 눈과 매력적인 코와 우아한 입을 찬미했다.

고대인들은 신화적인 관점에서 달의 성격과 기질과 전반적인 정신적 속성을 이해했지만, 가장 박식한 사람들도 월리학(月理學)[38]에 대해서는 극도로 무지했다.

하지만 고대의 일부 천문학자들이 달에 대해 발견한 몇 가지 사실은 근대 과학에서 그 정당성이 입증되었다. 아르카디아[39] 사람들은 달이 아직 존재하지 않을 때 지구에 살았다고 주장했고, 타티우스[40]는 달을 태양에서 떨어져 나간 파편으로 생각했고, 아리스토텔레스의 제자인 클레아르코스는 달이 바다의 상을 비추는 매끄러운 거울이라고 주장했고, 다른 사람들은 달을 지구가 방출한 수증기 덩어리일 뿐이라고 생각하거나, 절반은 불이고 절반은 얼음인 구체가 빙글빙글 돌고 있다고 생각했지만, 몇몇 학자들은 광학기구의 도움도 받지 않고 날카로운 관찰력을 동원하여 달을 지배하는 법칙을 대부분 짐작했다.

그리하여 예수 그리스도보다 500년 전에 살았던 밀레토스의 탈레스[41]는 태양이 달을 비춘다는 견해를 밝혔고, 사모스의 아리스타르코스[42]는 달의 위상을 정확히 설명했다. 클레오메데스[43]는 달의 빛이 반사광이라고 가르쳤다. 칼데아의 베로수스[44]는 달의 자전 주기가 공전 주기와 같다는 것을 발견했고, 그리하여 달이 지구에 있는 우리에게 항상 같은 쪽만 보이는 이유를 설명할 수 있었다. 끝으로, 그리스도보다 200년 전에 살았던 히파르코스[45]는 로도스 섬에서 천체를 관측하여 달 운동의 불규칙성을 확인했다.

이런 다양한 관찰 결과는 나중에 사실로 입증되었고, 후세의 천문학자들에게 도움을 주었다. 2세기의 프톨레마이오스[46]와 10세기의 아랍인 아불 웨파[47]는 달이 태양의 영향을 받아 궤도 위에서 물결 모양의 선을 그리며 나아가기 때문에 일어나는 운동의 불규칙성에 대해 히파르코스의 발견을 보완했다. 그 후 15세기의 코페르니쿠스[48]와 16세기의 티코 브라헤[49]는 태양계를 완전히 설명하고, 천체들의 무리 속에서 달이 맡고 있는 역할을 설명했다.

당시에도 달의 운동은 비교적 정확하게 측정되어 있었지만, 달의 물리적 상태는 거의 알려져 있지 않았다. 그때 갈릴레이가 등장하여, 일정한 시기에 달에서 일어나는 빛 현상을 달 표면에 산이 존재하기 때문이라고 설명했다. 갈릴레이는 달에 있는 산들의 평균 높이를 약 8000미터로 추정했다. 그 후 단치히의 천문학자 헤벨리우스는 달에서 가장 높은 봉우리의 높이를 4680미터로 낮추었지만, 그의 동료인 리촐리는 높이를 1만 2600미터로 끌어올렸다.[50]

18세기 말에 고배율 망원경으로 무장한 영국의 천문학자 허셜은 과거의 측정치를 과감하게 낮추었다. 그는 최고봉이 3400미터이고 평균 높이는 720미터밖에 안 된다고 주장했다. 이 문제를 명확하게 해결하기 위해서는 슈뢰터, 루빌, 핼리, 내스미스, 비앙키니, 파스토르프, 로르만, 그루이튀젠 등의 관찰이 필요했고,[51] 특히 베어와 뫼들러의 끈질긴 연구가 필요했다.[52] 이들 덕택에 달에 있는 산들의 높이가 완전히 알려졌다. 베어와 뫼들러는 1905개의 봉우리를 측정했는데, 그 가운데 여섯 개는 높이가 4680미터 이상이고, 스물두 개는 4320미터 이상이다. 가장 높은 봉우리는 달 표면에서 6840미터나 솟아 있다.[53)]

같은 무렵, 달에 대한 시각적 탐험도 끝나가고 있었다. 달 표면은 온통 크레이터[54)]로 뒤덮인 것처럼 보였고, 새로운 관찰이 행해질 때마다 달은 본질적으로 화산의 성질을 가지고 있다는 사실이 점점 더 분명해졌다. 달에 가려진 행성에서 나오는 빛이 굴절되지 않는다는 사실에서 달에는 대기가 거의 없다는 결론이 나왔다. 대기가 없다는 것은 물도 없다는 뜻이다. 따라서 그런 조건에서 살아가려면 달의 주민은 특수한 구조를 가져야 하고 지구인과는 근본적으로 달라야 한다는 것은 분명했다.

새로운 방법과 개량된 망원경 덕분에, 달의 지름은 지구의 4분의 1인 3460킬로미터이고 달의 표면적은 지구의 13분의 1, 부피는 지구의 49분의 1인데도, 천문학자들은 끊임없이 달을 관측하면서 눈에 보이는 달 표면을 남김없이 탐색했다. 달의 어떤 비밀도 천문학자들의 눈에서 벗어나지 못했다. 숙련된 과학자들은 놀라운 관찰을 계속했다.

그리하여 그들은 보름달일 때 하얀 선들이 달을 가로지르고 다른 때는 검은 선들이 달을 가로지르는 것을 알아차렸다. 그들은 이 선을 좀더 면밀하게 조사하여 그 성질을 알아내는 데 성공했다. 그 선은 평행으로 뻗어 있는 길고 가는 골이었고, 대개 분화구 근처에서 끝났다. 너비는 약 1.5킬로미터, 길이는 15킬로미터에서 150킬로미터 사이였다. 천문학자들은 그것을

달의 표면

'홈'이라고 불렀지만, 그들이 할 수 있는 일은 이름을 붙여주는 것뿐, 그 홈들이 마른 강바닥이냐는 질문에는 만족스럽게 대답하지 못했다. 미국인들은 언젠가는 이 지질학적 수수께끼를 풀고 싶어했다.[55] 그들은 또한 뮌헨의 그루이튀젠 교수가 발견한 '평행 성벽'의 정체를 밝혀낼 작정이었는데, 교수는 그것을 달의 토목기사들이 세운 성채로 생각했다.[56] 이 두 가지 문제도 다른 수많은 문제와 마찬가지로 달과 직접 연락이 이루어지기 전에는 명확하게 해결할 수 없었다.

달빛의 강도에 관해서는 더 알아내야 할 것이 전혀 없었다. 과학자들은 달빛의 강도가 햇빛의 30만분의 1밖에 안 되고, 열은 온도계에 뚜렷한 영향을 주지 않는다는 사실을 알고 있었다. '창백한 달빛'이라고 불리는 이 현상에 관해서는 지구가 햇빛을 반사한 것이 달에 비쳐진 것이라고 알고 있었다. 달이 상현과 하현일 때 달을 어렴풋이 원반 모양으로 보이게 하는 것이 이 '지구조(地球照)'라는 현상이었다.

지구의 위성인 달에 관해 지금까지 알려진 것은 대충 이 정도였다. 대포 클럽은 달에 대한 지식을 모든 관점에서—우주구조론적, 지질학적, 정치적, 정신적인 관점에서—확대할 작정이었다.

6

미국인들의 확신과 미신

바비케인의 제안이 낳은 직접적인 결과 가운데 하나는 달에 관한 천문학적 사실에 사람들의 관심이 집중된 것이었다. 모든 사람이 달을 열심히 연구했다. 마치 달이 처음으로 지평선 위에 떠올랐거나, 지금까지 아무도 하늘에서 달을 본 적이 없는 듯했다. 달은 인기를 모으게 되었다. 일약 당대의 저명인사가 되었지만 달은 여전히 겸손하고 소박해 보였고, '스타들' 틈에 당당히 자리를 잡았지만 거만한 태도는 조금도 보이지 않았다. 신문들은 '늑대들의 태양' [57]이 등장하는 옛날 이야기를 되살렸고, 무지한 옛날 사람들이 달에 부여한 신비로운 힘을 상기시켰고, 모든 방법을 동원해서 달의 찬가를 불렀고, 달의 재치있는 의견을 인용하기까지 할 태세였다. 온 나라가 '열병'에 걸려 있었다.

과학 잡지는 잡지대로 대포 클럽의 계획에 관한 문제를 좀더 구체적으로 다루었고, 케임브리지 천문대의 회신을 싣고, 거기에 대해 해설하고, 무조건 찬의를 표명했다.

요컨대 이제는, 아무리 무식한 미국인도 달에 대해 알려진 사실을 하나라도 모르는 것은 용납되지 않았고, 아무리 편협한 노파도 달에 대한 미신을 고집하는 것은 용납되지 않았다. 과학은 모든 형태로 그들에게 다가와 그들의 눈과 귀로 뚫고 들어갔다. 천문학에 무식한 것은 이제 불가능한 일이 되었다.

이제까지는 지구에서 달까지의 거리가 어떻게 측정되었는지도 모르는 사람이 많았다. 전문가들은 달의 시차(視差)로 거리를 측정한다고 사람들에게 말할 기회를 얻었다. 사람들은 '시차'라는 생소한 말에 놀라는 듯했지만, 지구 반지름의 양끝과 달을 연결한 두 직선이 이루는 각도가 시차라는 설명을 들었다. 사람들이 이 방법의 정확성을 의심했다 해도, 지구와 달의 평균 거리가 37만 7065킬로미터[58]이고 천문학자들의 오차는 100킬로미터도 채 안 된다는 사실이 당장 입증되었다.

신문들은 달의 운행에 익숙지 않은 사람들을 위해서, 달은 두 가지 운동, 즉 자전축을 중심으로 도는 자전 운동과 지구를 도는 공전 운동을 하며, 두 운동의 주기는 27과 3분의 1일로 같다는 것을 날마다 설명했다.

자전 운동은 달 표면에 낮과 밤을 일으키는 운동이다. 하지만 달에는 삭망월마다 한 번의 낮과 한 번의 밤밖에 없고, 낮과 밤은 각각 354와 3분의 1시간씩 지속된다. 하지만 달에게는 다행스럽게도, 지구를 향하고 있는 쪽은 달 열네 개의 빛과 맞먹는 강도로 지구에서 반사된 빛을 받는다. 우리에게 절대로 보이지 않는 반대쪽은 당연히 354와 3분의 1시간 동안 깊은 어둠이 지속되고, '별들에서 떨어지는 창백한 빛'[59]만이 그 어둠을 누그러뜨린다. 이것은 자전 운동과 공전 운동의 주기가 똑같기 때문이다. 카시니[60]와 허셜에 따르면 이것은 목성의 위성들에도 일어나는 현상이고, 아마 다른 위성들도 모두 마찬가지일 것이라고 한다.

착하지만 좀 우둔한 사람들은 달이 지구를 한 바퀴 도는 동안 자전축을 중심으로 한 바퀴 자전하기 때문에 지구에서 볼 수 있는 것은 달의 한쪽뿐이라는 사실을 처음에는 이해하지 못했다. 그들은 이런 설명을 들었다.

"당신네 식당에 들어가서, 식탁의 중심을 계속 바라보면서 식탁을 한 바퀴 돌아라. 식탁을 다 돌았을 때는 당신 자신의 자전축을 중심으로 한 번 돌았을 것이다. 당신의 눈은 식당의 모든 점을 지나쳤을 테니까. 식당은 하늘이고, 식탁은 지구이고, 당신은 달이다!"

그들은 이 비유에 만족했다.

그래서 달은 항상 지구에 같은 쪽만 보여준다. 하지만 엄밀히 말하면 우리는 '칭동(秤動)'[61]이라고 불리는 진동 현상 때문에 달 표면을 절반보다 좀더 많이 볼 수 있다. 우리가 볼 수 있는 부분은 달 표면의 100분의 57쯤 된다.[62]

몽매한 사람들도 달의 자전에 대해 케임브리지 천문대장만큼 많이 알게 되자, 이번에는 지구를 도는 달의 공전 운동에 관심을 갖게 되었다. 많은 과학 잡지들이 재빨리 달의 공전 운동을 설명하기 시작했다. 무식한 사람들은 수많은 별이 있는 하늘을 거대한 해시계로 생각할 수 있다는 것, 달은 그 해시계 위에서 움직이면서 지구 사람들에게 정확한 시각을 알려준다는 것, 이런 공전 운동을 하는 동안 달은 다양한 모양을 보여준다는 것, 달이 태양 반대쪽에 있을 때, 다시 말해서 달과 지구와 태양이 일직선을 이룰 때 달은 보름달로 보인다는 것, 달이 태양과 같은 쪽에 있을 때, 즉 태양과 지구 사이에 있을 때는 그믐달 또는 초승달로 보인다는 것, 끝으로 달이 직각삼각형의 꼭짓점이 되어 태양과도 지구와도 직각을 이룰 때는 상현달이나 하현달로 보인다는 것을 배웠다.

두뇌가 명석한 미국인들은 여기에서 달이 태양과 같은 쪽에 있거나 반대쪽에 있을 때에만 일식이나 월식이 일어날 수 있다는 결론을 끌어냈다. 그들의 추론은 옳았다. 달이 태양과 같은 쪽에 있을 때는 태양을 가려서 일식을 일으킬 수 있고, 반대쪽에 있을 때는 지구가 달을 가려서 월식이 일어날 수 있다. 이런 현상이 한 삭망월[63]에 두 번 일어나지 않는 것은 달의 공전 궤도면이 황도면, 즉 지구의 공전 궤도면에 대해 비스듬히 기울어져 있기 때문이다.

달이 지평선 위로 얼마나 높이 올라갈 수 있는지에 대해서는 케임브리지 천문대의 답신에 모두 나와 있었다. 이 높이가 관측 지점의 위도에 따라 달라진다는 것은 누구나 알고 있었다. 하지만 지구의 위도 0도와 28도 사이에서만 달은 천정을 통과한다. 바로 머리 위를 지나가는 달을 보려면 반드시 위도 0도와 28도 사이에 있어야 한다. 그래서 천문대는 포탄이 수직으로 발사되어 지구의 인력에서 좀더 빨리 벗어날 수 있도록 지구의 이 지역에서 실험을 하라고 권한 것이다. 이것은 계획의 성공에 필수적인 조건이었고, 여론은 거기에 열렬한 관심을 보였다.

달이 지구 주위를 공전할 때 따라가는 궤도에 대해서도, 그것이 원이 아니라 타원이고 타원의 두 초점 가운데 하나를 지구가 차지하고 있다는 것을 케임브리지 천문대는 모든 나라에서 가장 무식한 사람도 알 수 있을 만큼 분명히 설명했다. 이 타원 궤도는 위성만이 아니라 모든 행성에도 적용되는데, 그럴 수밖에 없다는 것을 이론 역학은 엄밀하게 입증해준다.[64] 달이 지구에서 가장 멀리 있을 때가 원지점이고 가장 가까이 있을 때가 근지점이라는 것은 이제 널리 알려져 있었다.

이것은 모든 미국인이 원하든 원치 않든 간에 알게 된 사실이었고, 웬만한 사람이라면 도저히 모르고 넘어갈 수 없는 일이었다. 하지만 이런 올바른 지식이 급속히 보급되는 반면, 명백한 잘못과 이유 없는 두려움을 뿌리뽑는 것은 그렇게 쉽지 않았다.

예를 들면 어떤 사람들은 달이 원래는 혜성이었는데 길쭉한 궤도를 따라 태양 주위를 돌다가 지구에 너무 가까이 다가오는 바람에 그만 지구의 인력에 사로잡히고 말았다고 주장했다. 이 책상물림 천문학자들은 이것이 불에 그을린 듯한 달의 외관을 설명해준다고 생각했다. 그들은 달이 혜성일 때 태양열에 그을리는 돌이킬 수 없는 재난을 당했다고 믿었다. 하지만 혜성에는 대기가 있는데 달에는 대기가 없다는 사실을 지적하자, 그들은 아무 대답도 하지 못했다.

자연 공포파에 속하는 이들은 달에 대해 강한 두려움을 품고 있었다. 그들은 칼리프 시대[65]에 달에 대한 관측이 이루어진 이래 달의 공전 속도가 점점 빨라지고 있다는 말을 들었다. 여기에서 그들은 지극히 논리적인 결론을 이끌어냈는데, 달의 속도가 빨라진다는 것은 지구와 달의 거리가 줄어드는 징조일 수밖에 없고, 이런 변화가 계속되면 달은 결국 지구로 떨어질 것이라는 결론이다. 하지만 그들은 곧 안심하고, 미래 세대를 위해 걱정하는 것을 그만두었다. 프랑스의 유명한 수학자 라플라스[66]의 계산에 따르면 달의 가속은 아주 좁은 범위에 한정되어 있을 뿐만 아니라, 속도가 빨라진 만큼 다시 느려지는 현상이 곧 뒤따라 일어날 것이고, 따라서 태양계의 평형은 앞으로 수세기 동안 끄떡없이 유지될 것이라는 말을 들었기 때문이다.

끝으로, 무지몽매한 사람들의 미신이 문제였다. 이들은 지식이 없는 것으로 만족하지 않고, 사실상 그릇된 것을 안다고 주장했다. 게다가 그들은 달에 대한 그릇된 지식을 아주 많이 '알고' 있었다. 달을 매끄러운 거울로 생각하는 사람도 있었다. 지구의 여러 지점에 있는 사람들이 달을 통해 서로 상대를 볼 수 있고 자기 생각을 전달할 수 있다는 것이다. 지금까지 관측된 수천 번의 초승달 가운데 950번은 재난과 혁명과 지진과 홍수 같은 대변동의 원인이었다고 주장하는 사람도 있었다. 그래서 그들은 달이 인간의 운명에 영향을 미치는 신비로운 힘을 가지고 있다고 믿고, 달을 존재의 '평형추'로 생각했다. 그들은 달나라 주민들이 지구인들과 한 사람씩 짝을 지어 서로 교감하는 끈으로 묶여 있다고 믿었다. 미드[67] 박사를 신봉하는 그들의 주장에 따르면, 생명 체계는 달에 완전히 의존해 있었다. 초승달일 때 주로 태어나는 것은 아들이고 하현달일 때 태어나는 것은 딸이라고, 그들은 고집스럽게 주장했다. 하지만 결국에는 그들도 터무니없이 잘못된 이런 생각을 버리고 진실로 돌아올 수밖에 없었다. 힘에는 무조건 알랑거리는 사람들의 마음속에서 모든 영향력을 잃은 달은 권위가 떨어졌고, 달에 등을 돌린 사람도 있었지만, 대다수 사람들은 달에 유리한 판정을 내렸다. 이제 미국인들의 유일한 야심은 우주에 떠 있는 신대륙을 영유하여, 그 최고봉에 성조기를 꽂는 것이었다.

7
포탄 찬가

10월 7일의 그 주목할 만한 편지에서 케임브리지 천문대는 문제를 오로지 천문학적 관점에서 다루었다. 이제는 기술적인 관점에서 문제를 해결해야 했다. 미국이 아닌 다른 나라에서라면 실제적인 어려움은 극복할 수 없을 만큼 엄청났을 테지만, 미국에서는 어린애 장난일 뿐이었다.

바비케인 회장은 지체 없이 대포 클럽 회원들 중에서 실행위원을 선임했다. 실행위원회는 세 차례의 회의에서 대포와 포탄과 화약이라는 세 가지 중대한 문제를 해결할 예정이었다. 실행위원회는 이런 문제에 정통한 네 명의 회원으로 구성되었다. 가부동수일 때 결정권을 가진 바비케인 회장, 모건 장군과 엘피스턴 소령, 그리고 마지막으로 없어서는 안 될 인물인 J.T. 매스턴. 매스턴은 간사 겸 서기를 맡았다.

10월 8일에 리퍼블리컨 가 3번지에 있는 바비케인 회장네 집에서 실행위원회가 열렸다. 배가 먹을 것을 달라고 아우성치는 소리가 그런 진지한 토론을 방해하면 안 되기 때문에, 대포 클럽의 네 회원은 샌드위치와 커다란 차주전자로 뒤덮인 탁자를 둘러싸고 앉았다. 매스턴이 손을 대신하는 쇠갈고리에 펜을 돌려 끼우자 회의가 시작되었다.

바비케인 회장이 먼저 입을 열었다.

"동지 여러분, 탄도학은 발사체, 즉 어떤 추진력으로 공중에 발사된 뒤에는 자신의 힘으로 날아가는 물체의 운동을 다루는 과학 중의 과학으로, 우리는 이 탁월한 학문에서 가장 중요한 문제들 가운데 하나를 해결해야 합니다."

"아아, 탄도학! 탄도학!" 매스턴이 흥분하여 소리쳤다.

"첫 번째 회의에서는……" 바비케인이 말을 이었다. "대포에 대해 논의하는 것이 좀더 논리적이라고 생각될지 모르나……."

"맞아요." 모건 장군이 의견을 말했다.

"하지만……" 바비케인이 다시 말을 이었다. "생각에 생각을 거듭한 결과, 나는 포탄 문제를 대포보다 우선해야 하고, 대포의 규모는 포탄의 규모에 따라 결정되어야 한다고 생각하게 됐습니다."

"의장님! 발언권을 요구합니다." 매스턴이 외쳤다.

바비케인은 매스턴의 위대한 과거에 경의를 표하면서 그에게 발언권을 주었다.

"동지 여러분." 그는 활기찬 어조로 말을 시작했다. "회장님

바비케인 회장이 먼저 입을 열었다

이 포탄 문제를 먼저 다루기로 한 것은 옳습니다. 우리가 달에 보낼 발사체는 우리의 사자, 우리의 사절이 될 겁니다. 저는 그것을 순전히 도덕적인 관점에서 고찰하고 싶습니다."

발사체를 사자나 사절로 보는 이 새로운 시각은 다른 위원들의 호기심을 불러일으켰다. 그들은 매스턴의 말에 주의 깊게 귀를 기울였다.

"친애하는 동지 여러분, 간단히 말하겠습니다. 저는 물리적인 포탄, 즉 살인용 포탄을 무시하고, 수학적인 포탄, 도덕적인 포탄만 논하겠습니다. 제가 보기에 포탄은 인간의 능력이 선명하게 드러난 가장 훌륭한 증거물입니다. 포탄에는 인간의 능력이 완전히 집약되어 있습니다. 인간이 조물주에게 가장 가까이 다가간 것은 포탄을 창조했을 때입니다!"

"옳소!" 엘피스턴 소령이 소리쳤다.

"그렇습니다." 웅변가가 말을 이었다. "신은 항성과 행성들을 만들었지만, 인간은 포탄을 만들었습니다. 포탄은 지상에서 속력을 평가하는 기준이 되고, 우주 공간을 떠도는 천체들의 축소판입니다. 천체들도 따지고 보면 일종의 발사체일 뿐입니다! 전류의 속도, 빛의 속도, 항성과 혜성의 속도, 행성과 위성의 속도, 소리와 바람의 속도는 신에게 속하지만, 가장 빠른 기차와 말의 속도보다 백 배나 빠른 포탄의 속도는 우리 인간에게 속합니다!"

매스턴은 황홀경에 빠졌다. 이 성스러운 포탄 찬가를 부르는 그의 목소리는 서정적인 억양을 띠었다.

"여러분! 숫자를 좋아하십니까? 포탄의 성질을 잘 나타내고 있는 숫자를 몇 개 제시하지요. 수수한 12킬로그램짜리 포탄만 생각해봅시다. 이 포탄의 속도가 전류 속도의 80만분의 1, 광속의 64만분의 1, 지구가 태양 주위를 도는 공전 속도의 76분의 1밖에 안 되는 것은 사실이지만, 포탄이 대포를 떠날 때의 속도는 음속보다 빨라서 초속 400미터로 날아갑니다. 10초면 4킬로미터, 1분에 24킬로미터, 한 시간에 1440킬로미터, 하루에 3만 4560킬로미터, 1년이면 1261만 4400킬로미터를 날아갑니다. 이것은 적도에서 잰 지구의 자전 속도와 거의 같습니다. 이 속도라면 달에 가는 데 11일, 태양까지는 12년, 태양계의 가장 바깥쪽에 있는 해왕성까지는 360년이 걸릴 겁니다.[68] 우리 손으로 만든 수수한 포탄이 그런 일을 해낼 수 있는 것입니다, 여러분! 우리가 그보다 30배나 빠른 초속 12킬로미터의 속도로 포탄을 발사하면 어떻게 될지 생각해보세요. 아아, 위대한 포탄이여. 나는 그대가 달나라에 가면 지구의 사절로서 그에 어울리는 정중한 대우를 받게 되리라고 믿고 싶구나!"

이 열변의 마무리는 요란한 박수갈채를 받았다. 매스턴은 감정에 겨운 얼굴로 동료들의 축하를 받으며 자리에 앉았다.

이윽고 바비케인이 입을 열었다.

"시에 충분한 경의를 표했으니, 이제는 문제에 직접 접근하도록 합시다."

"우리는 준비됐어요." 실행위원들은 저마다 여섯 개째 샌드위치를 먹을 준비를 하면서 대답했다.

"해결해야 할 문제가 뭔지는 알고 있겠지요?" 바비케인이 말했다. "우리는 포탄을 초속 12킬로미터의 속도로 발사해야 합니다. 나는 성공을 확신할 만한 이유가 있습니다. 하지만 우선 지금까지 포탄이 얻은 속도를 검토해봅시다. 그 문제에 대해서는 모건 장군께서 자세히 설명해주실 수 있을 겁니다."

"그렇소. 특히 난 전쟁 때 실험부대에 소속되어 있었으니까." 모건 장군이 말했다. "우선 내가 말할 수 있는 것은, 사정거리가 5킬로미터인 달그렌포(砲)는 50킬로그램짜리 포탄이 포구를 떠나는 순간 초속 500미터의 속도를 포탄에 부여했다는 거요."

"좋습니다. 그러면 로드먼의 콜럼비아드[69]는 이떻습니까?" 바비케인이 물었다.

"뉴욕 근처의 해밀턴 요새에서 시험 발사한 콜럼비아드는 반 톤짜리 포탄을 10킬로미터 거리로 날려 보냈고, 초속도는 초속 800미터였소. 영국의 암스트롱과 팔리저는 결코 얻지 못한 결과였지."

"똥 같은 영국놈들!" 매스턴이 지평선을 향해 쇠갈고리를 휘두르며 외쳤다.

"그러면 초속 800미터가 지금까지 도달한 최고 속도인가요?" 바비케인이 물었다.

"그렇소." 모건이 대답했다.

"하지만 제가 한마디하고 싶군요." 매스턴이 말했다. "내가 만든 구포가 폭발하지 않았다면……."

"그래. 참 안타까운 일이야." 바비케인은 자비로운 몸짓을 하면서 말했다. "그러니까 이제 그 초속 800미터를 우리의 출

로드먼의 콜럼비아드

발점으로 삼읍시다. 우리는 그 속도를 열다섯배 늘려야 할 겁니다. 그 속도에 도달하는 방법에 대한 논의는 다음 회의로 미루겠습니다. 지금은 포탄의 크기에 주의를 기울여주시기 바랍니다. 여러분도 충분히 상상할 수 있겠지만, 우리가 다루게 될 것은 무게가 기껏해야 반 톤밖에 나가지 않는 작은 총알이 아닙니다."

"왜요?" 엘피스턴 소령이 물었다.

그러자 매스턴이 재빨리 말했다.

"우리 포탄은 달나라 주민들의 주의를 끌 만큼 커야 하니까요. 달에 외계인이 살고 있다면 말이지만."

"맞습니다." 바비케인이 말했다. "그리고 그보다 훨씬 중요한 이유도 있습니다."

"무슨 뜻이오?" 소령이 물었다.

"포탄을 쏘아 보내고 그냥 잊어버리는 것으로는 충분치 않다는 뜻입니다. 포탄이 목표에 도착할 때까지 그 궤도를 지켜볼 수 있어야 합니다."

"뭐라고!" 장군과 소령이 놀라서 외쳤다.

"포탄을 지켜볼 수 없다면 우리의 실험은 아무 의미도 없습니다."

"그러면 당신은 어마어마하게 큰 포탄을 생각하고 있겠군!" 소령이 말했다.

"아니요. 잘 들으세요. 아시다시피 광학기계는 장족의 발전을 이룩했습니다. 물체를 6천 배로 확대할 수 있는 망원경도 있어서, 그것을 사용하면 달을 65킬로미터 거리까지 끌어올 수 있습니다. 그 거리라면 20평방미터의 물체를 식별할 수 있습니다. 더욱 강력한 망원경이 아직 만들어지지 않은 이유는 배율이 높아질수록 상의 선명도가 떨어지기 때문이지요. 그리고 달은 일종의 반사경에 불과하니까 충분한 빛을 내지 않고, 따라서 그 한계점보다 더 배율을 높이는 것은 바람직하지 않습니다."

"그럼 어떻게 할 거요?" 장군이 물었다. "지름 20미터짜리 포탄을 만들 거요?"

"아닙니다."

"그럼 달을 더 밝게 만들 작정이오?"

"그렇습니다."

"설마 진담은 아니겠죠?" 매스턴이 외쳤다.

"사실은 아주 간단합니다. 달빛이 통과하는 대기의 밀도를 줄이는 데 성공하면, 결과적으로 달빛이 더 밝아지지 않을까요?"

"아, 그렇군요."

"망원경을 아주 높은 산에 설치하기만 하면 그 결과를 얻을 수 있습니다. 그게 우리가 할 일입니다."

"나는 두 손 들었소." 소령이 말했다. "당신은 문제를 아주 단순화하는 요령을 알고 있군. 그런데 그런 식으로 하면 상이 얼마나 확대될까요?"

"4만 8천 배요. 그러면 달을 8킬로미터 거리까지 끌어올 수 있고, 너비가 3미터밖에 안 되는 물체도 볼 수 있을 겁니다."

"놀랍군요." 매스턴이 말했다. "그러면 우리 포탄은 지름이 3미터겠네요!"

"맞아요."

"하지만 지적할 게 있는데……" 엘피스턴 소령이 말했다. "그렇게 되면 포탄이 너무 무거워서……"

"포탄의 무게를 논하기 전에……" 바비케인이 소령의 말을 가로막았다. "우리 조상들이 그 분야에서 이룩한 경이로운 성과를 말씀드리죠. 탄도학이 진보하지 않았다고 말할 생각은 추호도 없지만, 먼 옛날인 중세에 이미 조상들이 놀라운 결과를 얻었다는 것을 깨달아야 합니다. 그것은 우리가 거둔 성과보다 더욱 놀랍다고 말할 수도 있습니다."

"그건 믿을 수 없소!" 모건이 말했다.

"그 말을 입증할 수 있습니까?" 매스턴이 날카롭게 물었다.

"물론이지." 바비케인이 대답했다. "내 말을 뒷받침할 실례가 있습니다. 1453년에 모하메드 2세가 콘스탄티노플을 포위했을 때 돌 포탄을 발사했는데, 포탄 하나의 무게가 900킬로그램이나 되었다니까, 크기도 어마어마했을 게 분명합니다."

"아아, 900킬로그램이라면 상당한 무게지!" 소령이 말했다.

"십자군 원정 당시, 몰타 섬에서는 성 엘모 요새에 설치된 대포가 1200킬로그램짜리 포탄을 발사했답니다."

"믿을 수 없어!"

"어느 프랑스 역사가에 따르면, 루이 11세 시대에 무게가 250

십자군 당시 몰타 섬의 성 엘모 요새에 설치된 대포

킬로그램밖에 안 되는 포탄을 구포로 쏘았는데, 그 포탄은 정신병자가 멀쩡한 사람들을 가두어둔 바스티유에서 분별 있는 사람들이 미치광이들을 가두어둔 샤랑통까지 날아갔답니다."[70]

"알았어요!" 매스턴이 말했다.

"그때부터 지금까지 우리는 뭘 했지요? 암스트롱포(砲)는 250킬로그램짜리 포탄을 쏘고, 로드먼의 콜럼비아드는 반 톤짜리 포탄을 쏠 뿐입니다. 포탄은 사정거리에서 얻은 것을 무게에서 잃은 것 같아요. 우리가 그 방면에 노력을 기울이면, 과학이 상당히 진보했으니까 모하메드 2세와 몰타 기사단이 쏜 것보다 열 배나 무거운 포탄을 만들 수 있을 겁니다."

"그건 분명해요." 소령이 말했다. "그런데 포탄을 만들 때 어떤 금속을 쓸 작정이오?"

"보통 주철이오." 모건 장군이 말했다.

"주철이라고요?" 매스턴이 경멸하듯 말했다. "달까지 갈 포탄에 쓰기에는 너무 평범하군요."

"너무 지나치면 안 좋아, 매스턴." 모건이 말했다. "주철이면 충분할 거야."

그러자 엘피스턴 소령이 말했다.

"무게는 부피에 비례할 테니까, 지름 3미터짜리 주철 포탄은 엄청나게 무거울 겁니다!"

"속이 비지 않은 주철 덩어리라면 그렇겠지만, 속이 비어 있으면 별로 무겁지 않습니다." 바비케인이 말했다.

"속이 비었다고! 그럼 포환이 아니라 유탄을 만들 건가요?"

"그러면 그 속에 메시지를 넣을 수도 있겠군요." 매스턴이 말했다. "여기 지구에서 생산된 제품 견본도 넣을 수 있고."

"맞아. 유탄이 될 거야." 바비케인이 말했다. "그럴 수밖에 없습니다. 속이 꽉 찬 3미터짜리 포환은 무게가 10만 킬로그램을 넘을 테고, 그건 너무 무겁습니다. 하지만 포탄은 어느 정도 안정성을 가져야 하니까 무게를 1만 킬로그램 정도로 할 작정입니다."

"외벽의 두께는 얼마나 될까요?" 소령이 물었다.

"표준 비율에 따르면……" 모건이 대답했다. "지름이 3미터라면 외벽의 두께가 적어도 60센티미터는 되어야 할 거요."

"그러면 너무 무거울 겁니다." 바비케인이 말했다. "우리는 장갑판을 꿰뚫을 포탄을 설계하는 게 아니라는 사실을 명심해야 합니다. 포탄의 외벽은 포신 속에서 화약 가스의 압력을 견딜 수 있을 만큼만 두꺼우면 됩니다. 그러니까 우리의 문제는 이겁니다. 주철로 만든 포탄의 무게가 1만 킬로그램밖에 나가지 않으려면 외벽이 얼마나 두꺼워야 하는가? 그 대답은 계산의 달인인 매스턴 씨가 즉각 말해줄 수 있을 겁니다."

"기꺼이 대답하지요." 실행위원회의 명예로운 간사가 대답했다.

그는 종이에다 수학 공식 몇 개를 적었다. 그리고 여기저기에 π 나 x 따위를 적어넣었다. 세제곱근을 아주 쉽게 구하는 것처럼 보이기도 했다. 마침내 그가 말했다.

"외벽은 5센티미터보다 더 두꺼우면 안 됩니다."

"그걸로 충분할까요?" 소령이 미심쩍은 얼굴로 물었다.

"아니, 물론 안 됩니다." 바비케인이 대답했다.

"그럼 어떻게 하지요?" 소령이 당혹스러운 표정으로 말했다.

"주철이 아니라 다른 금속을 사용해야 할 겁니다."

"구리?"

"구리도 너무 무겁습니다. 좀 더 나은 금속을 제안하겠습니다."

"뭔데요?"

"알루미늄입니다." 바비케인이 말했다.

"알루미늄?" 나머지 세 사람이 동시에 소리쳤다.

"그렇습니다. 아시다시피 1854년에 유명한 프랑스 화학자 앙리 생트클레르드빌이 압축된 덩어리 모양의 알루미늄을 얻는 데 성공했습니다. 이 귀중한 금속은 은처럼 하얗고, 금처럼 변하지 않고, 쇠처럼 내구성이 강하고, 구리처럼 녹기 쉽고, 유리처럼 가볍습니다. 알루미늄은 쉽게 만들 수 있고, 자연계에 아주 널리 퍼져 있습니다. 알루미늄은 대다수 암석의 주성분을 이루고 있으니까요. 게다가 알루미늄은 무게가 철의 3분의 1밖에 안 되니까, 우리에게 포탄 재료를 제공하려는 특별한 목적으로 일부러 창조된 것처럼 보일 정도예요!"

"알루미늄 만세!" 매스턴이 외쳤다. 그는 무언가에 열중했을 때는 항상 시끄럽기 짝이 없는 사람이었다.

"하지만 알루미늄을 만들려면 비용이 많이 들지 않을까요?" 소령이 물었다.

"전에는 그랬지요." 바비케인이 대답했다. "처음 발견되었을 때는 1킬로그램을 만드는 데 520달러에서 560달러까지 들었지만, 그 후 54달러로 떨어졌다가 지금은 다시 18달러로 내려갔습니다."

"하지만 1킬로그램에 18달러면……" 쉽사리 포기하지 않는 소령이 말했다. "그래도 비용이 엄청난데!"

"엄청나긴 하지만 터무니없는 액수는 아닙니다."

"알루미늄 포탄은 무게가 얼마나 되겠소?" 모건 장군이 물었다.

"내가 계산한 결과는 이렇습니다. 지름이 3미터에 외벽 두께가 30센티미터인 유탄을 주철로 만들면 3만 3700킬로그램이 나갈 겁니다. 그런데 알루미늄으로 만들면 9625킬로그램밖에 안 됩니다."

"완벽해!" 매스턴이 말했다. "우리 계획에 멋지게 들어맞겠어."

"완벽하군, 완벽해!" 소령도 같은 말을 되풀이했다. "하지만 1킬로그램에 18달러라면 포탄 제작비는……."

"정확하게 17만 3250달러가 듭니다. 그건 나도 알고 있습니다. 하지만 걱정하지 마세요. 우리 계획이 자금 부족에 시달리는 일은 절대 없을 테니까요. 장담합니다."

"돈이 홍수처럼 넘쳐날 겁니다!" 매스턴이 덧붙였다.

"알루미늄에 대해선 어떻게 생각하십니까?" 바비케인이 물었다.

"동의합니다!" 세 위원이 한 목소리로 대답했다.

그러자 바비케인이 말을 이었다.

"포탄의 모양은 중요하지 않습니다. 포탄이 일단 대기권을 통과하고 나면 진공 속을 날아가게 될 테니까요. 그래서 나는 둥근 공 모양을 제안합니다. 둥근 포탄은 원하면 빙글빙글 돌 수도 있고, 어떤 식으로든 마음대로 움직일 수 있습니다."

실행위원회의 제1차 회의는 그렇게 끝났다. 포탄 문제는 해결되었고, 매스턴은 알루미늄 포탄을 달나라 주민들에게 쏘아 보낼 생각에 들뜬 나머지 이렇게 외쳤다.

"알루미늄을 보면 그 외계인들은 우리 지구인을 대단하게 생각할 겁니다!"

8
대포 이야기

이 회의에서 내려진 결정은 바깥 세상에 큰 반향을 불러일으켰다. 소심한 사람들은 1만 킬로그램이나 되는 포탄을 공중으로 쏘아 올린다는 생각에 겁을 먹었다. 그렇게 무거운 포탄에 충분한 초속도를 부여할 수 있는 대포는 도대체 어떤 대포일까, 모두 궁금해했다. 실행위원회의 제2차 회의록은 이런 의문에 대해 의기양양하게 답변할 수 있을 터였다.

이튿날 저녁, 네 명의 실행위원은 다시 산더미처럼 쌓인 샌드위치와 바다 같은 차가 놓인 탁자 앞에 자리를 잡았다. 이번에는 준비 단계도 없이 당장 토론이 재개되었다.

"동지 여러분." 바비케인 회장이 말했다. "오늘 검토할 것은 대포에 관해서입니다. 대포의 길이, 형태, 재료, 그리고 무게도 검토해야 합니다. 대포의 크기는 물론 거대해야 하겠지만, 어려움이 아무리 크더라도 우리 산업계의 천재들은 그 어려움을 쉽게 극복할 수 있을 것입니다. 그러니 내 말을 잘 듣고, 이의가 있으면 주저하지 말고 말씀해주십시오. 나는 반대를 두려워하지 않습니다!"

이 말에 세 위원은 툴툴거리는 소리로 동의를 표시했다.

"어제 우리가 어디까지 논의했는지를 상기시켜드리죠. 우리는 지름이 3미터에 무게가 1만 킬로그램이나 나가는 포탄에 초속 12킬로미터의 초속도를 부여하는 것이 문제라는 데 의견이 일치했습니다."

"맞아요. 바로 그게 문제요." 엘피스턴 소령이 말했다.

"그러면 거기서부터 시작하겠습니다. 포탄을 공중으로 발사하면 어떤 일이 일어날까요? 공기의 저항, 지구의 인력, 그리고 대포가 부여한 추진력이라는 세 가지 힘이 따로따로 포탄에 작용합니다. 그럼 이들 세 가지 힘을 검토해봅시다. 공기 저항은 중요하지 않을 겁니다. 지구의 대기층은 두께가 대략 60킬로미터밖에 안 됩니다. 초속 12킬로미터로 날아가는 포탄이면 5초만에 대기층을 통과하게 될 겁니다. 아주 짧은 동안이니까 공기 저항은 무시해도 좋습니다. 다음은 지구의 인력을 생각해봅시다. 다른 말로 표현하면 포탄의 무게지요. 포탄이 지구에서 멀어질수록 그 무게는 거리의 제곱에 반비례하여 줄어들 것입니다. 물리학에서는 이렇게 말하고 있습니다. 물체가 지표면 가까이에서 떨어지면 처음 1초 동안 4.5미터가 떨어지지만, 그 물체가 지구에서 달만큼, 그러니까 39만 8310킬로미터나 멀리 떨어져 있으면 처음 1초 동안 1밀리미터밖에 떨어지지 않을 것입니다. 요컨대 거의 움직이지 않고 제자리에 머물러 있을 것이란 얘기지요. 그러니까 우리는 중력의 힘을 점진적으로 정복해야 합니다. 어떻게 하면 될까요? 우리가 이용할 추진력으로 정복하는 겁니다."

"그게 어려운 문제군." 소령이 말했다.

"맞습니다. 하지만 우리는 그 어려움을 극복할 겁니다. 우리가 필요로 하는 추진력은 대포의 길이와 화약의 양에서 나오는 결과니까요. 화약의 양을 제한하는 것은 대포의 강도뿐입니다. 이제 우리는 대포의 크기를 결정해야 합니다. 좀 과장해서 말하면, 우리는 대포를 원하는 만큼 강하게 만들 수 있습니다. 대포를 움직일 필요는 없을 테니까요."

"그건 그렇소." 모건 장군이 말했다.

"지금까지 만들어진 대포 가운데 가장 길고 거대한 콜럼비아드도 포신의 길이가 7.5미터밖에 안 됩니다. 그러니까 우리가 만들어야 하는 대포의 크기는 세상을 깜짝 놀라게 할 겁니다."

"물론 그렇겠죠!" J.T. 매스턴이 외쳤다. "우리가 만들 대포는 길이가 적어도 반 마일(약 800미터)은 되어야 할 겁니다!"

"반 마일!" 소령과 장군이 소리쳤다.

"예, 반 마일요. 그래도 아직 반 마일이 부족할 겁니다."

"여보게, 매스턴. 그건 너무 지나쳐." 모건 장군이 말했다.

"천만에요!" 성미가 불 같은 간사가 격렬하게 반박했다. "어떻게 그런 말씀을 할 수 있는지 모르겠군요!"

매스턴이 꿈꾸는 거대한 대포

"자네 말이 너무 지나쳐서 그래."

"장군님." 매스턴이 거만하게 말했다. "대포인은 포탄과 같다는 걸 기억하시는 게 좋을 겁니다. 아무리 멀리 날아가도 지나치다고 할 수 없죠!"

바비케인은 토론이 인신공격으로 나아가지 않도록 둘 사이에 끼어들었다.

"진정들 하시고, 논리적으로 생각해봅시다. 우리 대포는 포탄 뒤에서 팽창하는 가스를 충분히 이용할 수 있을 만큼 길어야 하지만, 어떤 한계를 넘어서면 쓸모가 없게 될 겁니다."

"당연하죠." 소령이 말했다.

"그런 경우에 지켜지는 규칙은 어떤 걸까요? 대포의 길이는 대개 구경의 20배에서 25배 사이고, 무게는 포탄의 235배에서 240배입니다."

"그걸로는 부족해요!" 매스턴이 성급하게 외쳤다.

"동감이오. 그 규칙에 따르면, 지름이 3미터에 무게가 1만 킬로그램인 포탄을 발사할 대포는 길이가 기껏해야 75미터밖에 안 되고 무게는 기껏해야 240만 킬로그램밖에 안 됩니다."

"말도 안 돼요!" 매스턴이 말했다. "차라리 권총을 사용하는 편이 낫겠군요!"

"나도 그렇게 생각하네, 매스턴." 바비케인이 말했다. "그래서 나는 그 길이를 네 배로 늘려 길이가 300미터인 대포를 만들자고 제안하는 바입니다."

장군과 소령은 몇 가지 이의를 제기했지만, 그 제안은 J.T.

매스턴의 열렬한 지지를 받아 결국 채택되었다.

"그러면 대포의 외벽은 얼마나 두껍게 만들어야 할까요?" 소령이 말했다.

"2미터요." 바비케인이 대답했다.

"그렇게 큰 대포를 설마 포가 위에 올려놓을 생각은 아니겠죠?" 소령이 물었다.

"그러면 굉장하겠군요!" 매스턴이 말했다.

"하지만 실행할 수는 없지." 바비케인이 말했다. "그래서 나는 땅 속에서 대포를 주조할 생각입니다. 연철로 만든 띠로 대포를 보강하고, 석축을 쌓아 대포를 둘러싸면 주위에 있는 땅의 저항력이 대포에 유리하게 작용할 겁니다. 포신이 주조되면 조심스럽게 구멍을 넓히고, 대포의 내강과 포탄 사이에 아주 작은 틈도 생기지 않도록 조정할 겁니다. 그렇게 하면 가스가 전혀 새어나가지 않아서, 화약의 폭발력을 완전히 추진력으로 사용할 수 있을 겁니다."

"만세! 만세!" 매스턴이 외쳤다. "대포는 됐어요."

"아직은 아닐세." 바비케인은 손으로 매스턴을 진정시키면서 말했다.

"왜요?"

"대포의 형태를 아직 논의하지 않았으니까. 카농포로 할 것인가, 아니면 곡사포나 구포로 할 것인가?"

"카농포." 모건 장군이 말했다.

"유탄포." 엘피스턴 소령이 말했다.

"구포!" 매스턴이 말했다.

세 사람이 저마다 좋아하는 대포를 옹호하는 논쟁이 막 벌어지려 할 때, 바비케인이 논쟁을 가로막았다.

"여러분이 모두 동의할 타협안을 내가 제시하겠습니다. 우리 콜럼비아드는 그 세 가지 대포의 특징을 모두 겸비하게 될 겁니다.[71] 약실과 내강의 지름이 같을 테니까 카농포라고 할 수 있고, 속이 빈 유탄을 발사할 테니까 유탄포라고 할 수 있고, 90도 각도로 발사될 테고 또 반동을 일으킬 염려가 전혀 없도록 땅속에 고정되어 모든 추진력을 포탄에 전달할 테니까 구포라고 할 수 있습니다."

세 사람 모두 동의한다고 말했다.

"한 가지 질문이 있는데……" 소령이 말했다. "그 카농-곡사-구포는 내강에 선조를 새길 건가요?"

"아니요." 바비케인이 대답했다. "우리는 어마어마한 초속도가 필요한데, 아시다시피 선조가 새겨진 포신보다는 내강이 매끄러운 포신에서 발사된 포탄이 더 빠릅니다."

"그건 사실이오."

"이제 됐군요!" 매스턴이 외쳤다.

"아직은 아니야, 매스턴." 바비케인이 말했다.

"왜요?"

"대포를 어떤 금속으로 만들 것인지 결정하지 않았으니까."

"지금 당장 결정합시다."

"나도 지금 그렇게 제안하려던 참이었네."

네 명의 실행위원들은 샌드위치를 각자 열두 개씩 먹고 차를 큰 잔으로 가득 마신 다음, 다시 토론을 시작했다.

"동지 여러분!" 바비케인이 말했다. "우리 대포는 잘 부서지지 않고 아주 단단해야 합니다. 용해되지 않고 녹도 슬지 않고 산의 부식작용에도 영향을 받지 않아야 합니다."

"그건 두말할 나위도 없습니다." 소령이 대답했다. "게다가 엄청난 양의 금속을 사용해야 할 테니까, 선택의 여지는 그렇게 넓지 않아요."

"지금까지 발견된 합금 중에서 가장 좋은 것을 씁시다." 모건 장군이 말했다. "구리 100에 주석 12, 놋쇠 6의 비율로 섞은 합금이오."

"지금까지는 그게 최상의 합금이었지요. 그건 나도 인정하겠습니다." 바비케인이 말했다. "하지만 이번 경우에는 너무 비싸고 다루기가 어려워서 쓸 수 없을 겁니다. 나는 주철처럼 값싸지만 우수한 금속을 써야 한다고 생각합니다. 소령님은 내 의견에 동의하지 않으십니까?"

"물론 동의합니다."

"주철은 가격이 청동의 10분의 1밖에 안 됩니다. 주철은 녹기 쉽고, 거푸집으로 간단히 주조할 수 있습니다. 게다가 빨리 세공할 수 있으니까, 돈만이 아니라 시간도 절약될 겁니다. 게다가 주철은 아주 우수합니다. 애틀랜타 포위전[72] 때 주철로 만든 대포가 20분 간격으로 1천 발을 쏘았는데도 아무런 손상도 입지 않았던 게 기억나는군요."

"하지만 주철은 너무 깨지기 쉽지 않소?" 장군이 말했다.

"그러면서도 아주 단단하지요. 우리 대포는 폭발하지 않을 겁니다. 그건 내가 책임지고 보증합니다."

"포신이 폭발하는 건 결코 수치가 아닙니다." 매스턴이 마치 격언이라도 말하는 듯한 투로 발언했다.

"물론이지." 바비케인이 대답했다. "이제 훌륭한 우리 간사께 길이가 300미터에 구경이 3미터, 외벽 두께가 2미터인 주철 대포의 무게를 계산해달라고 부탁하겠습니다."

"잠깐만 기다리세요." 매스턴이 말했다.

그는 전날처럼 놀랄 만큼 쉽게 공식을 적은 다음, 1분 뒤에 이렇게 발표했다.

"그 대포의 무게는 6만 8040톤이 될 겁니다."

"1킬로그램에 4센트면, 비용은 모두 얼마나 들까?"

"272만 1600달러[73]는 들 겁니다."

매스턴과 소령과 장군은 걱정스러운 얼굴로 바비케인을 쳐다보았다.

그러자 바비케인이 말했다.

"어제 한 말을 다시 되풀이하겠습니다. 걱정하지 마세요. 돈은 절대로 부족하지 않을 테니까."

대포 클럽 회장이 이렇게 장담한 뒤 회의가 끝났다. 실행위원들은 이튿날 저녁에 다시 모이기로 합의했다.

9

화약 문제

아직 화약 문제가 해결해야 할 과제로 남아 있었다. 대중은 이 마지막 결정을 간절히 기다리고 있었다. 포탄과 대포의 엄청난 크기가 확정된 지금, 필요한 추진력을 공급하려면 화약이 얼마나 필요할까? 인간이 통제하는 데 성공한 이 만만찮은 물질을 지금까지 들어본 적이 없을 만큼 대량으로 사용해야 할 것이다.

화약은 14세기에 슈바르츠라는 수도사가 발명한 것으로 널리 알려져 있고, 그 위대한 발견을 한 대가로 목숨을 잃었다는 이야기가 자주 되풀이되었다. 하지만 이제 이 이야기는 중세의 전설로 분류되어야 한다는 것이 거의 확실하게 입증되었다.[74] 화약은 아무도 발명하지 않았다. 화약은 역시 유황과 초석으로 이루어져 있는 '그리스 화약'에서 직접 유래한 것이다.[75] 차이

슈바르츠 수도사는 화약을 발명한 대가로 목숨을 잃었다

점이라면 이 고대의 혼합물이 단순한 방화용 연소물이었던 반면, 화약은 폭발성을 지니고 있다는 것이다.

학자들도 화약의 엉터리 역사에는 훤하지만, 화약의 물리적인 힘을 확실히 이해하고 있는 사람은 거의 없다. 실행위원회가 검토할 문제의 중요성을 인식하려면 그 힘을 알아야 한다.

화약 1리터의 무게는 약 1킬로그램이다. 화약이 타면 400리터의 가스를 만들어낸다. 이 가스가 방출되어 2400도의 열을 받으면 가스는 팽창하여 4000리터의 용적을 차지하게 된다. 따라서 화약의 양과 그 화약이 만들어내는 가스량의 비율은 1 대 4천이다. 4천분의 1밖에 안 되는 공간에 갇혀 있을 때 그 가스의 가공할 위력은 상상하기 어렵지 않다.

실행위원들은 다음날 세 번째 회의를 시작할 때 이것을 잘 알고 있었다. 바비케인은 전쟁 때 화약 생산을 담당했던 엘피스턴 소령에게 발언권을 주었다.

유명한 화학자가 입을 열었다.

"동지 여러분. 우선 부인할 수 없는 몇 가지 수치를 제시할 테니까, 그것을 바탕으로 토론을 진행합시다. 훌륭한 우리 간사가 그저께 그토록 시적으로 이야기한 12킬로그램짜리 포탄을 발사하는 데 필요한 화약은 8킬로그램밖에 안 됩니다."

"그 수치는 확실합니까?" 바비케인이 물었다.

"확실합니다. 암스트롱포는 400킬로그램짜리 포탄에 화약을 40킬로그램밖에 쓰지 않고, 로드먼의 콜럼비아드는 반 톤짜리 포탄을 10킬로미터 날려 보내는 데 화약을 80킬로그램밖에 안 씁니다. 이런 사실들은 논란의 여지가 없어요. 내가 화포위원회의 기록에서 직접 얻은 자료니까요."

"그건 틀림없는 사실이오." 모건 장군이 말했다.

"이런 수치에서 끌어낼 수 있는 결론은……" 소령이 말을 이었다. "화약의 양은 포탄의 무게에 정비례하여 늘어나지 않는다는 것입니다. 12킬로그램짜리 포탄은 포탄 무게의 3분의 2에 해당하는 화약 8킬로그램을 사용하지만, 이 비율이 항상 일정하지는 않습니다. 비율이 일정하다면 반 톤짜리 포탄이 필요로 하는 화약은 333킬로그램이겠지만, 실제로 필요한 화약은 80킬로그램밖에 안 됩니다."

"그래서 말하고자 하는 요점이 뭡니까?" 바비케인이 물었다.

"보세요, 소령님." J.T. 매스턴이 말했다. "소령님 이론에 따르면, 포탄을 아주 무겁게 만들기만 하면 화약은 전혀 필요 없다는 결론이 나옵니다."

"매스턴, 당신은 진지한 토론을 하고 있는 중에도 장난을 치는군. 하지만 걱정 말아요. 대포인으로서 당신의 자존심을 만족시킬 만한 화약의 양을 곧 제시할 테니까. 하지만 전쟁 때 가장 큰 대포에 사용하는 화약의 양은 여러 가지 시행착오 끝에 포탄 무게의 10분의 1까지 줄어들었다는 점을 지적하고 싶군요."

"그것도 틀림없는 사실이오." 장군이 말했다. "하지만 우리 포탄을 쏘는 데 필요한 화약의 양을 결정하기 전에, 어떤 종류의 화약을 사용할 것인지부터 결정하는 게 나을 듯싶소."

"알갱이 화약을 사용할 겁니다." 소령이 말했다. "그게 가루 화약보다 더 빨리 타니까요."

"그건 그렇지만, 알갱이 화약은 폭발력이 높아서 결국 대포의 내강을 손상시키지." 장군이 말했다.

"오래 사용할 대포라면 그게 큰 결점이겠지만, 우리의 콜럼비아드는 아닙니다. 다만 포신이 폭발할 위험은 절대 무릅쓸 수 없습니다. 화약의 에너지가 완전히 활용되도록 화약을 아주 빨리 점화시켜야 할 겁니다."

그러자 매스턴이 말했다.

"점화공을 몇 개 뚫어놓고 여러 곳에서 동시에 화약에 불을 붙이면 되겠군요."

"그렇겠지." 소령이 대답했다. "하지만 그렇게 하면 작업이 더 어려워질 거요. 알갱이 화약은 그런 어려움을 줄여줄 테니까, 나는 끝까지 알갱이 화약을 고집할 겁니다."

"그렇다면 어쩔 수 없지." 장군이 말했다.

"로드먼은 자신의 대포에 알갱이가 밤톨만 한 화약을 사용했지요." 소령이 말을 이었다. "그건 버드나무를 철제 보일러에 구워서 만든 숯이었어요. 숯으로 만든 화약은 단단하고, 반들반들 광택이 나고, 만져도 손에 흔적이 남지 않고, 수소와 산소가 많이 들어 있고, 순식간에 타오르고, 파쇄력은 강하지만 포신은 손상시키지 않았습니다."

"그렇다면 망설일 이유가 없군요." 매스턴이 말했다. "그걸로 결정합시다."

"당신이 금가루를 선택하지 않는다면." 소령이 웃으면서 말하자, 매스턴은 화가 나서 쇠갈고리로 위협하는 시늉을 했다.

그때까지 바비케인은 잠자코 있었다. 다른 사람들의 말에 귀를 기울이고 그들에게 말을 시켰을 뿐이다. 그에게 무슨 생각이 있는 것은 분명했다. 그는 이렇게 말하는 것으로 만족했다.

"그런데 화약의 양은 어느 정도를 제안하시겠습니까?"

세 동료는 잠시 동안 얼굴을 서로 마주 보았다. 그러다가 장군이 말했다.

"10만 킬로그램."

"25만 킬로그램." 소령이 말했다.

"40만 킬로그램!" 매스턴이 외쳤다.

이번에는 소령도 도가 지나치다고 매스턴을 비난할 수 없었다. 뭐니뭐니 해도 그들은 1만 킬로그램짜리 포탄을 초속 12킬로미터의 초속도로 달에 쏘아 보낼 계획을 세우고 있었다. 세 남자가 제각기 화약의 양을 제안한 뒤, 잠시 침묵이 흘렀다.

마침내 바비케인이 침묵을 깨뜨렸다.

"여러분." 그가 침착하게 말했다. "나는 우리 대포가 제대로 만들어지면 무한한 강도를 가질 거라는 신조에서 출발하겠습니다. 그래서 나는 매스턴 씨가 제안한 40만 킬로그램의 두 배를 제안하여 그를 깜짝 놀라게 할 작정입니다."

"그럼 80만 킬로그램?" 매스턴이 의자에서 벌떡 일어나면서 말했다.

"그렇다네."

"하지만 그러려면 내가 제안한 반 마일짜리 대포를 다시 한 번 고려해야 할 겁니다."

"맞아요." 소령도 말했다.

"화약 80만 킬로그램은 약 62만 3000리터의 용적을 차지할 겁니다." 매스턴이 말을 이었다. "회장님이 제안한 대포는 용량이 152만 9000리터밖에 안 되니까 화약이 거의 절반을 채울 테고, 내강은 너무 짧아져서 팽창하는 가스가 포탄에 충분한 속도를 부여할 수 없을 겁니다."

여기에는 대답할 말이 없었다. 매스턴의 말은 사실이었다. 그들은 모두 바비케인을 쳐다보았다.

"그래도 나는 그만한 양의 화약을 고집하겠습니다. 생각해보세요. 80만 킬로그램의 화약은 60억 리터의 가스를 만들어낼 겁니다. 60억 리터! 그게 뭘 의미하는지 아시겠습니까?"

"하지만 어떻게 그럴 수 있지?" 장군이 물었다.

"아주 간단합니다. 화약의 위력을 줄이지 않고 그 어마어마한 화약의 부피를 줄이면 됩니다."

"그렇군. 하지만 어떻게?"

"말씀드리죠." 바비케인은 간단하게 말했다. 다른 사람들은 열심히 그를 바라보았다. "그만한 양의 화약을 정상적인 부피의 4분의 1로 줄이는 것보다 더 간단한 일은 없습니다. 식물의 기본 조직을 이루는 섬유소라는 이상한 물질은 모두 잘 아실 겁니다."

"아아, 이제 알겠다!" 소령이 말했다.

"섬유소는 다양한 물질에서 순수한 상태로 얻을 수 있습니다. 특히 목화씨를 둘러싸고 있는 섬유 조직인 솜에 섬유소가 많이 들어 있지요. 솜이 차가운 질산과 결합하면 불용성과 가연성과 폭발성이 아주 높은 물질로 바뀝니다. 1832년에 브라코노라는 프랑스 화학자가 그걸 발견해서 '크실로이딘'이라고 이름지었지요. 1838년에는 역시 프랑스 화학자인 펠루즈가 크실로이딘의 다양한 특성을 연구했고, 1846년에는 바젤의 화학 교수인 쇤바인이 그걸 화약으로 쓰자고 제안했습니다. 그 화약이 바로 면화약입니다."[76]

"또는 피록실린." 소령이 말했다.

"질산섬유소라고도 부르지." 장군이 말했다.

"그걸 발견하는 데 관여한 미국인이 적어도 한 명은 있지 않았을까요?" 애국심이 강한 매스턴이 물었다.

"애석하게도 미국인은 한 명도 없소." 소령이 말했다.

"이런 말을 하면 자네 기분이 좀 나아질지 모르겠군." 바비케인이 말했다. "섬유소 연구에 중요한 이바지를 한 미국인이 하나 있다네. 사진의 감광막에 쓰이는 용액인 콜로디온은 피록실린을 알코올과 에테르 혼합액에 녹인 건데, 그걸 발견한 사람이 당시 보스턴의 의학도였던 메이너드니까."

"메이너드 만세! 피록실린 만세!" 대포 클럽의 시끄러운 간사가 소리쳤다.

"면화약 이야기로 돌아가면……" 바비케인이 말을 이었다. "면화약의 어떤 특징이 우리에게 그렇게 귀중한지는 모두 아실 겁니다. 면화약은 아주 쉽게 만들 수 있습니다. 솜을 15분 동안 질산에 담갔다가 물로 헹궈서 말리기만 하면 되니까요."

"정말 간단하군." 장군이 말했다.

"게다가 면화약은 습기에 영향을 받지 않습니다. 이건 우리의 목적에 아주 귀중한 속성이지요. 대포에 화약을 장전하는 데에는 며칠이 걸릴 테니까요. 또한 면화약은 섭씨 240도가 아니라 170도에 불이 붙고, 아주 빨리 연소하기 때문에 보통 화약 위에 면화약을 놓고 불을 붙이면 보통 화약에 미처 불이 붙기도 전에 다 타버릴 겁니다."

"완벽하군." 소령이 말했다.

"하지만 비용이 많이 듭니다."

"그게 문제가 되나요?" 매스턴이 말했다.

"끝으로 면화약은 보통 화약보다 네 배나 빠른 속도를 포탄에 부여할 수 있습니다. 면화약이 제 무게의 80퍼센트에 상당하는 양의 질산칼륨과 혼합되면 폭발력이 훨씬 커집니다."

"그럴 필요가 있을까요?" 소령이 물었다.

"필요 없을 겁니다. 그러니까 우리는 화약 80만 킬로그램이 아니라 면화약 20만 킬로그램만 있으면 됩니다. 면화약 250킬로그램은 760리터의 부피로 안전하게 압축할 수 있으니까, 대포에 20만 킬로그램을 모두 채워 넣어도 55미터밖에 차지하지 않을 겁니다. 60억 리터의 가스가 폭발하면 포탄은 대포의 내강을 200미터가 넘게 달려서 달을 향해 날아갈 겁니다."

이 감동적인 말에 매스턴은 감정을 억누를 수가 없었다. 그는 대포알 같은 힘으로 바비케인의 품에 몸을 던졌다. 바비케인이 가장 격렬한 포격도 견딜 수 있을 만큼 건장한 체격이 아니었다면 납작하게 짜부라졌을 것이다.

이렇게 하여 실행위원회의 제3차 회의도 막을 내렸다. 바비케인과 그의 대담한 동료들은 포탄과 대포와 화약이라는 중요하고도 복잡한 문제를 모두 해결했다. 그들에게는 불가능한 일이 아무것도 없어 보였다. 그들의 계획은 결정되었다. 이제 그 계획을 실행에 옮기는 일만 남았다.

"그건 사소한 문제일 뿐이에요." 매스턴이 말했다.

덧붙임—위의 토론 과정에서 바비케인은 콜로디온을 발명한 공로를 제 동포인 미국인에게 돌렸다. J.T. 매스턴에게는 미안한 이야기지만, 이것은 두 이름이 비슷한 데서 일어난 실수다.

1847년에 당시 보스턴의 의학도였던 메이너드(Maynard)가 상처 치료에 콜로디온을 이용할 생각을 한 것은 사실이지만, 콜로디온은 1846년에 이미 발명되었다. 그 위대한 발명을 한 명예는 루이 메나르(Menard)라는 프랑스인에게 돌려져야 한다. 메나르는 화학자일 뿐만 아니라 화가이자 시인이며 철학자이자 그리스 연구가인 뛰어난 지성인이었다.

10

2500만 명의 동지들 가운데 한 명의 적

　미국인들은 대포 클럽의 계획이라면 아무리 사소한 것에도 뜨거운 관심을 쏟았다. 연일 계속된 실행위원회의 토론에는 대중의 이목이 쏠렸다. 그 위대한 실험을 위한 준비 작업은 아무리 간단한 것도 대중을 흥분시켰다. 대중은 실험이 제기하는 수학적인 문제, 해결해야 할 기계적인 어려움, 요컨대 계획을 실행에 옮기는 모든 과정에 정신이 팔렸다.

　작업을 시작해서 끝낼 때까지 1년이 넘는 시일이 걸리겠지만, 그 기간에도 흥분은 가라앉지 않을 것이다. 대포를 설치할 장소를 선정하고, 주형을 만들고, 대포를 주조하고, 화약을 장전하는 일련의 과정은 대중의 호기심을 충분히 불러일으키고도 남았다. 발사된 포탄은 수십분의 1초 만에 시야에서 사라질 것이다. 그때부터는 특권을 부여받은 몇 사람만이 포탄이 어떻게 될지, 우주 공간에서 어떻게 움직일지, 달에 어떻게 도달하는지를 볼 수 있을 것이다. 이 때문에 세간의 관심은 주로 실험의 준비 작업과 그 실행의 세부 사항에 집중되었다.

하지만 이 드라마는 순수한 과학적 문제에만 머물지 않을 운명이었다. 얽히고설킨 인간관계를 둘러싸고 생각지도 않은 사건이 일어나, 그로 말미암은 흥분이 갑자기 거기에 추가되었기 때문이다.

앞에서도 말했듯이, 바비케인의 계획은 많은 지지자와 찬미자를 끌어모았다. 하지만 그 지지가 아무리 놀랄 만큼 광범위한 것이었다 해도 만장일치는 아니었다. 대포 클럽의 프로젝트에 이의를 제기한 사람이 미국 전체에 딱 한 사람 있었다. 그는 기회가 있을 때마다 그 계획을 맹렬히 공격했고, 인간의 본성은 원래 그런 것이어서 바비케인은 다른 모든 사람의 찬사보다 그 한 사람의 반대에 더 강한 영향을 받았다.

하지만 바비케인은 그 반감의 동기를 잘 알고 있었다. 반대자가 유독 혼자서 그와 대립하는 이유, 반대자의 적개심이 개인적이고 집요한 이유, 그 앙심을 낳은 악의적인 경쟁심을 잘 알고 있었다.

바비케인은 그 단호한 적을 한 번도 만난 적이 없었다. 이것은 다행이었다. 두 사람이 만났다면 틀림없이 유감스러운 결과를 낳았을 것이기 때문이다. 그 경쟁자는 바비케인처럼 과학자였고, 자존심 강하고 대담하고 진지하고 격렬하며 순수한 양키였다. 이름은 캡틴 니콜이고, 필라델피아에 살고 있었다.

남북전쟁 때 포탄과 군함 장갑판 사이에 벌어진 기묘한 싸움은 모르는 사람이 없다. 포탄은 장갑판을 뚫으려 하고, 장갑판은 포탄에 저항하려고 했다. 이 경쟁으로 말미암아 두 대륙의 해군에 급격한 변화가 일어났다. 포탄과 장갑판은 무자비하게 싸웠고, 장갑판이 점점 두꺼워질수록 포탄은 점점 커졌다. 막강한 대포로 무장한 군함이 어떤 포탄도 뚫을 수 없는 강철 장갑판의 보호를 받아 전투에 참가했다. '메리막' 호, '모니터' 호, '테네시' 호, '위호큰' 호 같은 배들은 장갑판으로 적의 포탄을 막아내면서 거대한 포탄을 쏘아댔다. 남에게 당하면 곤란하다고 생각하는 일을 남에게 하라는 것이 모든 전쟁의 바탕을 이루는 부도덕한 원칙이다.

바비케인은 위대한 대포 제작자였고, 니콜은 위대한 장갑판 제작자였다. 바비케인은 볼티모어에서 밤낮으로 대포를 만들었고, 니콜은 필라델피아에서 밤낮으로 장갑판을 만들었다. 두 사람은 본질적으로 정반대되는 사고방식을 가지고 있었다.

바비케인이 새 포탄을 개발하자마자 니콜은 새로운 장갑판을 발명했다. 바비케인은 구멍을 뚫는 데 모든 시간을 바쳤고, 니콜은 구멍이 뚫리는 것을 막는 데 모든 시간을 바쳤다. 그래서 끊임없이 경쟁이 벌어졌고, 이 경쟁심은 곧 개인적인 적개심이 되었다. 니콜은 바비케인의 꿈속에 뚫을 수 없는 장갑판으로 등장하여, 거기에 고속으로 충돌한 바비케인의 몸을 튀겨냈다. 바비케인은 니콜의 꿈속에 포탄으로 등장하여 니콜의 몸을 꿰뚫었다.

두 사람은 서로 다른 길을 가고 있었지만, 기하학의 원리와는 반대로 결국에는 서로 만났을 것이다. 하지만 그들이 만난 곳은 결투장이었을 게 분명하다. 국가에 유용한 두 시민에게는 다행한 일이지만, 그들 사이에는 80킬로미터 내지 100킬로미터의 거리가 가로놓여 있었고, 친구들은 그들이 절대 만나지 못하도록 둘 사이에 수많은 장애물을 놓아두었다.

두 발명가 가운데 누가 이겼는지는 분명치 않았다. 그들이 얻은 결과만으로는 정확한 판단을 내리기가 어려웠다. 하지만 결국에는 장갑판이 포탄에 굴복할 수밖에 없을 것처럼 보였다.

그런데도 여기에 의문을 품는 유능한 사람들이 있었다. 최근에 이루어진 시험 발사에서 바비케인의 원통원뿔형 포탄은 니콜의 장갑판에 마치 바늘처럼 꽂혔다. 니콜은 자기가 이겼다고 생각하고 경쟁자를 마구 경멸했다. 하지만 바비케인이 나중에 원뿔형 포탄을 평범한 300킬로그램짜리 포탄으로 바꾸자 니콜도 태도를 바꿀 수밖에 없었다. 300킬로그램짜리 포탄은 중간 정도의 속도밖에 내지 못했지만(사용된 화약 무게는 포탄 무게의 12분의 1에 불과했다), 가장 우수한 장갑판을 꿰뚫고 부수고 박살냈다.

이 단계에서는 포탄이 승리한 듯이 보였다. 그런데 니콜이 새로운 장갑판을 만든 바로 그날 전쟁이 끝나버렸다! 그것은 장갑판의 걸작으로, 세계의 어떤 포탄도 막아낼 수 있는 장갑판이었다. 니콜은 워싱턴 부근의 시험 사격장으로 장갑판을 가져가서 바비케인에게 그것을 꿰뚫어보라고 도전했다. 하지만 전쟁이

캡틴 니콜

끝났기 때문에 바비케인은 도전에 응하고 싶어하지 않았다.

격분한 니콜은 상상할 수 있는 모든 종류의 포탄—속이 꽉 찬 포탄, 속이 빈 포탄, 둥근 포탄, 원뿔형 포탄—으로 자기 장갑판을 뚫어보라고 제의했지만, 바비케인은 이미 얻은 승리를 위험에 빠뜨리지 않기로 작심한 듯 또다시 니콜의 제의를 거절했다.

이 지독한 고집불통에 격분하여 광란 상태에 빠진 니콜은 최대한 바비케인에게 유리한 조건을 제시하여 그를 싸움판에 끌어내려고 했다. 니콜은 장갑판을 대포에서 200미터밖에 떨어지지 않은 곳에 놓겠다고 제의했다. 그래도 바비케인은 고집스럽게 거부했다. 그럼 100미터는? 싫다. 75미터도 싫다.

"그럼 50미터!" 니콜은 신문 광고를 통해서 제의했다. "아니면 내 장갑판을 25미터 떨어진 곳에 놓고 내가 그 뒤에 서 있을 용의도 있다."

바비케인은 니콜이 장갑판 앞에 선다 해도 대포를 쏠 생각은 없다고 응수했다.

니콜은 이 대답을 듣고 더는 자신을 억제하지 못했다. 그래서 몇 마디 인신공격적인 발언을 했다. 겁쟁이는 어떤 말로 변명해도 겁쟁이고, 대포 쏘기를 거부하는 것은 사실은 대포 쏘기를 두려워하는 것이며, 오늘날 10킬로미터나 떨어진 곳에서 싸우는 포병들은 머리가 수학 공식으로 가득 차서 개인의 용기 따위는 티끌만큼도 없는 타산적인 자들이고, 모든 조건이 바람직할 때 대포를 쏘는 것도 장갑판 뒤에서 침착하게 대포알을 기다리는 것만큼 많은 용기를 필요로 한다고 말한 것이다.

바비케인은 이 비방에 한마디도 대꾸하지 않았다. 어쩌면 그것을 알지도 못했을지 모른다. 그때 그는 원대한 실험을 계획하는 데 몰두해 있었기 때문이다.

바비케인이 대포 클럽에서 그 유명한 연설을 했을 때, 캡틴 니콜의 분노는 절정에 이르렀다. 격렬한 질투심과 완전한 무력감이 그 분노와 뒤섞였다. 어떻게 하면 300미터짜리 대포보다 나은 대포를 발명할 수 있을까? 어떤 장갑판이 1만 킬로그램짜리 포탄을 견뎌낼 수 있을까? 그도 처음에는 그 잔인한 타격에 비틀거리고 압도당하고 정신이 멍해졌다. 하지만 곧 기력을 되찾아, 갑론을박의 논전으로 바비케인의 계획을 짓뭉개기로 결심했다.

그는 대포 클럽의 계획을 맹렬히 공격했다. 그리고 신문사에 수많은 투서를 보냈고, 신문사들은 그것을 기꺼이 실어주었다. 니콜은 바비케인의 계획을 과학적으로 분쇄하려 했다. 일단 선전포고를 한 니콜은 수단 방법을 가리지 않았고, 그의 논거는 겉만 번드르르하고 비신사적인 경우가 많았다고 말할 수밖에 없다.

우선 니콜은 바비케인이 제시한 숫자를 맹렬히 공격했다. 바비케인의 계산이 틀렸다는 것을 면밀한 논리로 입증하려 했고, 바비케인이 탄도학의 기본 원리도 모른다고 비난했다. 무엇보다도 그는 어떤 물체에 초속 12킬로미터의 초속도를 부여하는 것은 절대 불가능하다고 말했고, 그렇게 무거운 포탄은 설령 그렇게 빠른 속도로 날아가더라도 지구의 대기권을 절대 벗어

니콜은 신문사에 수많은 투서를 보냈다

날 수 없다고 대수학을 방패 삼아 주장했다. 그렇게 무거운 포탄은 30킬로미터 상공에 도달하기도 전에 땅으로 떨어질 것이다! 게다가 그런 속력을 얻을 수 있다 해도, 그리고 그 속력으로 충분하다 해도, 포탄은 화약 80만 킬로그램이 연소하면서 생겨나는 가스의 압력을 견뎌내지 못할 것이다. 설령 가스의 압력을 견뎌낸다 해도 고온에는 저항하지 못할 것이다. 포탄이 포구(砲口)를 떠날 때쯤에는 이미 녹아버려서, 타는 듯이 뜨거운 비가 되어 우매한 구경꾼들의 머리 위에 쏟아져 내릴 것이다.

그러나 바비케인은 이런 공격을 무시하고 작업에만 몰두했다.

그러자 니콜은 다른 방식으로 공격해왔다. 계획 자체가 모든 관점에서 볼 때 쓸모가 없다는 것은 고려하지 않고, 그 한심한 대포가 설치될 인근 도시와 그 괘씸한 구경거리에 정당성을 부여해줄 시민들에게 실험이 얼마나 위험한지를 강조한 것이다. 니콜은 또한 포탄이 목표에 도달하지 못할 것은 불을 보듯 뻔하고, 그렇게 되면 다시 지구로 떨어질 수밖에 없고, 그렇게 거대한 포탄의 무게에 거리의 제곱을 곱하면 낙하의 충격이 엄청나게 커서 낙하 지점은 엄청난 피해를 당하게 될 것이라고 지적했다. 이 때문에 그는 자유 시민의 권리와 관련하여 한 사람의 변덕이 수많은 사람을 위험에 빠뜨리지 않도록 정부가 개입할 필요가 있다고 생각했다.[77]

캡턴 니콜은 그런 극단적인 과장으로 자신을 내몰았다. 그의 의견에 공감하는 사람은 하나도 없었고, 그래서 그의 암담한 예언에 귀를 기울이는 사람도 없었다. 그는 목이 쉬도록 외쳤지만, 분명히 그것을 즐기고 있었다. 그는 이미 실패한 주장의 옹호자가 되었다. 그의 목소리는 사람들의 귀에 닿았지만 아무도 그의 말에 귀를 기울이지 않았고, 바비케인의 찬미자는 단 한 명도 줄어들지 않았다. 바비케인은 경쟁자의 주장에 대꾸조차도 하지 않았다.

니콜은 마침내 배수의 진을 치고 나왔다. 명분 싸움에 목숨을 걸 수는 없으니까, 대신 돈을 걸기로 결심한 것이다. 그는 〈리치먼드 인콰이어러〉지에 다음과 같은 내기 광고를 실었다.

1. 대포 클럽은 계획을 추진하는 데 필요한 자금을 구할 수 없다……1000달러

2. 300미터짜리 대포를 주조하는 것은 실행할 수도 없고 성공할 수도 없을 것이다……2000달러

3. 대포에 화약을 장전하는 것은 불가능하고, 면화약은 포탄의 압력으로 사전에 점화될 것이다……3000달러

4. 대포는 처음 발사될 때 폭발할 것이다……4000달러

5. 포탄은 10킬로미터 상공에도 도달하지 못하고, 발사된 뒤 몇 초 만에 다시 지구로 떨어질 것이다……5000달러

이리하여 고집스럽기 짝이 없는 캡틴 니콜은 무려 1만 5000달러를 위험에 내맡겼다!

내깃돈은 막대했지만, 10월 19일에 그는 오만할 만큼 간단명

료한 대답이 적힌 봉함 편지를 받았다.

볼티모어, 10월 18일

좋다!

바비케인

11

플로리다와 텍사스

한편, 결정해야 할 문제가 아직 하나 남아 있었다. 알맞은 실험 장소를 선정하는 문제였다. 케임브리지 천문대의 충고에 따르면 포탄은 수평면에 대해 수직으로, 즉 천정을 향해 발사해야 할 것이다. 달은 위도 0도와 28도 사이에서만 천정까지 올라온다. 다시 말하면 달의 적위는 28도밖에 안 된다.[78] 따라서 대포 클럽은 거대한 대포를 주조할 정확한 지점을 결정해야 했다.

10월 20일 열린 대포 클럽 총회에 바비케인은 Z. 벨트롭의 훌륭한 미국 지도를 가져갔다. 하지만 그가 미처 지도를 펼치기도 전에 J.T. 매스턴이 여느 때처럼 격렬하게 발언권을 요구하고는 이렇게 말하기 시작했다.

"여러분, 우리가 오늘 다루려고 하는 문제는 실로 국가적인 중대사이고, 우리가 애국심을 발휘할 수 있는 더없이 좋은 기회를 제공할 겁니다."

대포 클럽 회원들은 매스턴의 참뜻을 헤아리지 못해 서로 얼굴을 쳐다보았다. 매스턴이 말을 이었다.

"우리나라의 명예가 손상되어도 좋다고 생각할 사람은 여러분 가운데 아무도 없을 것입니다. 미국이 주장할 수 있는 한 가지 권리가 있다면, 그것은 우리의 강력한 대포를 미국 국경 안에 놓아둘 권리입니다. 그런데 현재 상황에서……."

"이보게, 매스턴……." 바비케인이 말했다.

"내 말을 끝까지 들어주세요. 현재 상황에서 우리는 적도와 아주 가까운 곳을 선정해야 합니다. 그래야 우리 실험에 적당한 조건이……."

"미안하지만……." 바비케인이 다시 말했다.

"나는 자유롭게 토론할 것을 요구합니다." 매스턴이 대꾸했다. "그리고 우리의 멋진 포탄은 반드시 미국 땅에서 발사되어야 한다고 강력히 주장하는 바입니다."

"그야 당연하지!" 몇몇 회원이 말했다.

"우리 국경 지대는 그리 넓지 않고, 남쪽에는 바다가 넘을 수 없는 장벽을 이루고 있고, 위도 28도인 지역은 우리 미국이 아니라 이웃 나라에서 찾을 수밖에 없습니다. 이것은 전쟁을 벌일 논리적인 이유가 됩니다. 나는 멕시코에 선전포고할 것을 요구합니다!"

"안 돼! 그건 안 돼!" 홀 곳곳에서 회원들이 외쳤다.

"안 된다고요? 여기서는 그런 말을 듣지 않을 줄 알았는데요!"

"하지만 내 말을 좀⋯⋯." 바비케인이 말렸다.

"천만에요!" 성품이 격렬한 연설자가 소리쳤다. "조만간 전쟁은 벌어질 겁니다. 나는 오늘 당장 선전포고하라고 요구하겠습니다!"

"매스턴." 바비케인이 폭음을 내는 벨을 울리면서 말했다. "자네한테는 이제 발언권이 없어!"

매스턴은 뭐라고 대꾸하려 했지만 몇몇 동료가 그를 말렸다.

"우리의 실험이 미국 영토 안에서만 이루어질 수 있고 또 그래야 한다는 데에는 나도 동의합니다. 하지만 성급한 동지가 나에게 말할 기회를 주고 또 이 지도를 보았다면, 이웃에게 전쟁을 선포할 필요는 전혀 없다는 것을 알았을 겁니다. 미국의 일부 국경 지대는 북위 28도 밑에 있으니까요. 이 지도를 보면 알 수 있듯이, 우리는 텍사스와 플로리다의 남부 전역을 마음대로 쓸 수 있습니다."

사건은 끝났지만, 매스턴은 자기 의견이 받아들여지지 않은 것을 유감으로 생각했다. 대포는 텍사스나 플로리다에서 주조하기로 결정되었다. 하지만 이 결정은 두 주의 도시들 사이에 유례없는 경쟁을 불러일으켰다.

북위 28도선은 미국 해안과 만나면 우선 플로리다 반도를 가로지르면서 반도를 남북으로 이등분한다. 그 다음에는 멕시코만으로 뛰어들어, 앨라배마 주와 미시시피 주와 루이지애나 주의 해안으로 이루어진 원호 아래를 지나 멕시코로 들어간 뒤, 소노라 주와 바하칼리포르니아 반도를 가로질러 드넓은 태평

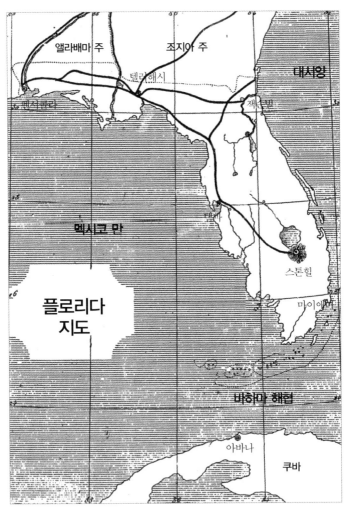

앨라배마 주　　　조지아 주

대서양

텔러해시

펜서콜라

잭슨빌

멕시코 만

탬파

스톤힐

마이애미

플로리다
지도

바하마 해협

아바나

쿠바

플로리다 지도

양으로 들어간다. 따라서 케임브리지 천문대가 제시한 위도 조건을 충족시키는 곳은 텍사스 주와 플로리다 주의 남쪽 지역뿐이었다.

플로리다 남부에는 큰 도시가 없고, 떠돌이 인디언을 막기 위해 세운 요새가 있을 뿐이다. 이 지역에서 자기 위치를 내세워 실험 장소로 선정해달라고 요구할 수 있는 도시는 탬파뿐이었다.

그와는 반대로 텍사스에는 큰 도시가 많았다. 뉴에이서스 군의 코퍼스크리스티, 리우그란데 강변에 있는 모든 도시들, 웨브 군의 러레이도와 코맬리티즈, 산이그나시오 같은 도시들, 스타 군의 로마와 리우그란데시티, 이달고 군의 에든버그, 캐머런 군의 산타리타와 엘팬다, 브라운즈빌은 위압적인 동맹을 결성하여 플로리다 주의 요구에 맞섰다.

대포 클럽의 결정이 알려지자마자 텍사스와 플로리다의 대표단이 볼티모어에 도착했다. 이때부터 바비케인 회장과 대포 클럽의 유력한 회원들은 강력한 주장과 요구에 밤낮으로 시달리게 되었다. 그리스의 일곱 도시는 호메로스의 출생지라는 명예를 차지하기 위해 싸웠지만,[79] 이제 미국에서는 두 주가 대포를 유치하기 위해 서로 치고받는 싸움이라도 벌일 태세였다.

이들 열렬한 '애향단'은 무장하고 떼를 지어 거리를 누비고 다녔다. 그들이 마주칠 때마다 충돌이 일어날 위험이 있었다. 이 충돌은 불운한 결과를 초래할 수도 있었을 것이다. 다행히 바비케인의 경고와 기민한 대처가 이 위험을 막아주었다. 개인 감정은 여러 주의 신문에서 배출구를 찾아냈다. 예를 들면 〈뉴욕 헤럴드〉와 〈트리뷴〉은 텍사스를 지지했고, 〈타임스〉와 〈아메리칸 리뷰〉는 플로리다를 편들었다. 대포 클럽 회원들은 누구의 말을 들어야 할지 알 수 없었다.

텍사스는 전투대형으로 배치해놓은 듯한 26개 군을 자랑스럽게 가리켰다. 플로리다는 여섯 배나 넓은 텍사스 주에 딸린 26개 군보다 플로리다의 12개 군이 훨씬 많은 일을 할 수 있다고 반박했다.

텍사스는 33만 인구를 자랑했고, 플로리다는 텍사스보다 훨씬 좁은 면적에 5만 6천 명의 주민이 살고 있어서 인구밀도는 훨씬 높다고 자랑했다. 게다가 플로리다는 텍사스에서 특히 많이 발생하는 말라리아가 해마다 수천 명의 목숨을 앗아간다고 비난했다. 이것은 사실이었다.

텍사스는 열병이라면 플로리다도 뒤지지 않는다고 응수하면서, 고질병인 황열병에 해마다 시달리는 주제에 다른 주의 위생 상태를 비난하는 것은 줄잡아 말해도 무분별한 짓이라고 비난했다. 이것도 사실이었다.

텍사스 사람들은 〈뉴욕 헤럴드〉를 통해 덧붙여 말했다.

"전국에서 가장 질 좋은 면화를 재배하고, 최고급 선박용 참나무를 생산하고, 막대한 양의 석탄이 매장되어 있고, 함유량 50퍼센트의 철광석을 산출하는 철광이 있는 주를 거부하는 것은 생각할 수도 없는 일이다."

이에 대해 〈아메리칸 리뷰〉는 플로리다의 토양이 텍사스만큼 비옥하지는 못하지만 모래와 점토로 이루어져 있기 때문에 대포의 거푸집을 만들고 주조하기에는 더 낫다고 응수했다.

그러자 텍사스 사람들은 말했다.

"하지만 어떤 곳에서 무언가를 주조하려면 우선 그곳에 가야 하는데, 플로리다에 가기는 어려운 반면 텍사스 주의 해안에는 갤버스턴 만이 있다. 해안선이 55킬로미터에 이르는 이 만은 세계의 모든 함대를 수용하고도 남을 만큼 드넓다."

그러자 플로리다를 지지하는 신문들은 이렇게 응수했다.

"갤버스턴 만은 북위 29도선 위에 있으니까 잊어버리는 게 좋을 것이다. 그 대신, 플로리다에는 탬파 만이 있다. 이 만은 북위 28도선 남쪽으로 열려 있고, 배들이 이 만을 통해 탬파로 직행할 수 있다."

"그것도 만이냐! 절반은 갯벌로 메워져 있는 주제에!" 텍사스가 코웃음쳤다.

"그건 너도 마찬가지야! 내가 야만인의 땅이라고 비방할 작정이냐?" 플로리다가 응수했다.

"세미놀족이 아직도 그곳을 활보하고 다니는 건 사실이잖아."

"너희 아파치족과 코만치족은 어떤데? 그 인디언들은 문명인이 됐냐?"

논쟁이 이런 식으로 며칠 동안 계속되자, 플로리다는 논점을 바꾸려고 했다. 어느 날 아침, 〈타임스〉는 대포 클럽의 계획이 '순전히 미국적'이니까 실험도 '순전한 미국' 땅에서만 이루어져야 한다고 주장했다. 여기에 대해 텍사스는 소리쳤다.

"미국적이라고? 우리도 너만큼은 미국적이야! 텍사스와 플로리다는 둘 다 1845년에 연방에 병합됐잖아!"

"그건 그래." 〈타임스〉가 말했다. "하지만 우리는 1820년부터 미국에 속해 있었어."

"그건 그래." 〈트리뷴〉이 대꾸했다. "200년 동안 스페인과 영국의 영토였다가 500만 달러에 미국에 팔렸지!"

"그래서 그게 어쨌다는 거야?" 플로리다 사람들이 말했다. "그건 결코 부끄러운 일이 아니야. 루이지애나 주도 1803년에 단돈 1600만 달러를 주고 나폴레옹한테 사들였잖아."

"이건 정말 치욕이야." 텍사스 사람들이 소리쳤다. "플로리다 같은 볼품없는 땅덩어리가 감히 우리 텍사스를 자신과 비교하다니. 텍사스는 자기를 팔지 않고 1836년 3월 2일 멕시코인을 몰아내어 독립을 쟁취하고, 샌저신토 강둑에서 샘 휴스턴이 산타 아나의 군대를 무찌른 뒤 공화국을 선언했고, 나중에 '자발적으로' 미국에 합류했어!"[80]

"그건 멕시코에 겁을 먹었기 때문이야." 플로리다가 대꾸했다.

겁을 먹었다! 이 말은 너무 심했다. 이 말이 나오기가 무섭게 상황은 걷잡을 수 없게 되었다. 언제라도 볼티모어 거리에서 두 집단의 유혈극이 벌어질 거라고 누구나 생각했다. 당국은 항상 그들을 엄중하게 감시했다.

바비케인은 어찌할 바를 몰랐다. 편지와 서류와 협박장이 쏟아져 들어왔다. 어떤 결정을 내릴 것인가? 토양의 적합성, 교통 편의, 수송 속도 등의 관점에서 보면 두 주는 정말로 막상막하

당국은 항상 그들을 엄중하게 감시했다

였다. 정치적인 고려 사항은 관계가 없었다.

이 망설임과 혼란이 오랫동안 계속되었을 때, 바비케인은 마침내 그런 상태를 끝장내기로 결심했다. 그는 회의를 소집하여 동료들에게 해결책을 제안했다. 나중에 알게 되겠지만, 그가 제시한 해결책은 아주 현명한 것이었다.

"플로리다와 텍사스 사이에 벌어진 싸움을 보건대, 어느 주를 선택한다 해도 그 주의 도시들 사이에 똑같은 불화가 일어날 건 뻔합니다. 경쟁이 '속(屬)'에서 '종(種)'으로, 다시 말하면 '주'에서 '도시'로 넘어갈 뿐입니다. 텍사스에는 필요한 조건을 모두 갖춘 도시가 열한 개나 됩니다. 텍사스를 선택하면, 그 열한 개의 도시들이 실험 장소로 선정되는 명예를 얻으려고 다툴 겁니다. 그러면 우리는 더욱 골치가 아파질 뿐입니다. 하지만 플로리다는 조건을 갖춘 도시가 하나뿐입니다. 따라서 우리의 선택은 분명하다고 생각합니다. 플로리다의 탬파[81]를 선택합시다!"

이 결정이 공표되자 텍사스 대표단은 결정적인 타격을 받았다. 그들은 말할 수 없이 격분하여, 대포 클럽의 모든 회원들에게 각자 개인적으로 결투장[82]을 보냈다. 볼티모어 당국이 취할 수 있는 방침은 한 가지뿐이었다. 당국은 그 방침을 채택했다. 특별열차를 편성하여 텍사스 사람들을 무조건 열차에 태운 다음, 시속 50킬로미터의 속도로 볼티모어에서 내쫓은 것이다.

그들은 이처럼 황망하게 볼티모어를 떠났지만, 그래도 적에게 마지막 악담을 던질 시간은 있었다. 그들은 플로리다 반도가 좁은 것을 언급하면서, 그렇게 좁은 반도는 대포가 발사되자마자 거대한 폭발의 충격을 견뎌내지 못하고 산산조각으로 날아가버릴 거라고 말한 것이다.

　그러자 플로리다 사람들은 고대 스파르타 사람들처럼 간결한 표현[83]으로 대구했다.

　"그럼 그러지 뭐!"

12

도시와 전세계

천문학적·기계적·지리적 문제가 일단 해결되자, 이번에는 자금 문제가 떠올랐다. 계획을 추진하려면 막대한 비용을 조달해야 할 것이다. 수백만 달러의 소요 자금을 한 개인이나 한 나라가 댈 수는 없었다.

그래서 바비케인은 모든 나라의 경제적 협력을 요구하여, 미국의 프로젝트를 전세계적인 계획으로 만들기로 작정했다. 지구의 위성과 관련된 사업에 참여하는 것은 모든 지구인의 권리이자 의무였다. 이 목적을 위해 시작된 기부 신청은 볼티모어에서 전세계로 확대되었다. 그야말로 '도시와 전세계'[84]였다.

기부는 빌려주는 것이 아니라 말 그대로 내어놓는 것이지만, 모금은 예상을 훨씬 뛰어넘는 성공을 거둘 수 있을 터였다. 그것은 이익을 얻을 가능성이 전혀 없고 따라서 사사로운 욕심이 전혀 없는 행위였다.

바비케인의 연설이 준 충격은 미국 국경 안에만 머물지 않고, 대서양과 태평양을 건너 아시아와 유럽, 아프리카, 오세아니아까지 침범했다. 미국의 천문대들은 당장 외국의 천문대들과 연락하기 시작했다. 파리, 상트페테르부르크, 케이프타운, 베를린, 알토나, 스톡홀름, 바르샤바, 함부르크, 부다페스트, 볼로냐, 몰타, 리스본, 베나레스, 마드라스, 베이징의 각 천문대는 대포 클럽에 축하와 격려의 서신을 보내왔다. 다른 천문대들은 사태의 추이를 신중하게 관망했다.

그리니치 천문대는 성공 가능성을 대담하게 부정하고, 캡틴 니콜의 이론을 지지한다고 선언했다. 영국의 22개 천문대도 그리니치 천문대의 입장에 동조했다. 그래서 많은 학회가 탬파에 대표단을 보내겠다고 약속했지만, 그리니치 천문대는 직원 회의에서 바비케인의 계획을 무뚝뚝하게 물리쳤다. 그것은 단순히 영국인의 질투심일 뿐, 다른 이유는 전혀 없었다.

전반적으로 보면 학계의 반향은 대단했고, 그것은 대체로 이 프로젝트에 열렬한 관심을 가지고 있는 일반 대중에게 퍼져갔다. 이것은 중요한 사실이었다. 바비케인은 대중에게 막대한 자금을 기부해달라고 요청할 작정이었기 때문이다.

10월 8일, 바비케인은 '지구상의 선의를 가진 모든 사람'에게 열렬한 성명을 발표했다. 모든 언어로 번역된 이 성명은 대성공을 거두었다.

미국의 주요 도시에 기부금 창구가 개설되었다. 본부는 볼티

주요 도시마다 기부금 창구가 개설되었다

모어 시 볼티모어 가 9번지에 있는 볼티모어 은행이었다. 이어서 두 대륙의 여러 나라에도 다음 회사에 기부금 창구가 생겼다.

빈―S.M. 로트실트 회사

상트페테르부르크―스티글리츠 회사

파리―크레디 모빌리에 은행

스톡홀름―토티 아르푸레드손 회사

런던―N.M. 로스차일드 앤드 선 회사

토리노―아르두인 회사

제네바―롬파르드 오디에 회사

콘스탄티노플―오스만 은행

브뤼셀―S. 람베르트 회사

마드리드―다니엘 바이스벨러 회사

암스테르담―네덜란드 은행

로마―토를로니아 회사

리스본―르센 회사

코펜하겐―사설 은행

부에노스아이레스―마우아 은행

리우데자네이루―마우아 은행

몬테비데오―마우아 은행

발파라이소―토마 라 창브레 회사

멕시코시티―마르틴 다란 회사

리마―토마 라 창브레 회사

바비케인의 성명이 발표된 지 불과 사흘 만에 미국의 여러 도시에서 400만 달러가 모였다. 이 자금만으로도 대포 클럽은 벌써 활동에 착수할 수 있었다.

며칠 뒤, 외국에서도 사람들이 기부금 모금에 열심이라는 연락이 들어왔다. 많은 돈을 선뜻 기부하는 나라도 있었고, 지갑 끈을 그리 쉽게 풀지 않는 나라도 있었다. 요컨대 국민의 기질 문제였다.

말보다 숫자가 더 많은 것을 말해주니까, 기부금 창구가 닫힌 뒤에 대포 클럽 계좌에 예치된 액수의 공식 일람표를 여기에 제시하겠다.

러시아는 36만 8733루블(약 27만 3000달러)이라는 막대한 액수를 기부했다. 하지만 러시아인들이 과학에 많은 관심을 가지고 있고, 200만 루블이 든 가장 중요한 천문대를 비롯한 수많은 천문대 덕분에 천문학 연구에서 많은 진보를 이룩했다는 사실을 안다면, 이것은 별로 놀라운 액수가 아닐 것이다.

프랑스는 처음에는 미국인들의 주장을 비웃었다. 달은 진부한 농담거리가 되었고, 악취미와 무지를 여지없이 드러내는 수많은 희극의 소재가 되었다. 하지만 프랑스인들은, 전에는 노래를 부른 뒤에 돈을 내더니 이제는 웃은 뒤에 돈을 내서, 125만 3930프랑(약 23만 2000달러)을 모금했다. 이 돈으로 그들은 작은 즐거움을 누릴 권리를 얻은 셈이다.

오스트리아는 한창 재정적인 어려움을 겪고 있으면서도 충분한 너그러움을 보여주었다. 오스트리아의 기부금은 21만 6000플로린(약 9만 5000달러)밖에 안 되었지만, 이 정도만이라도 고마운 일이었다.

스웨덴과 노르웨이는 5만 2000릭스달러(약 5만 5000달러)를 기부했다. 인구에 비하면 많은 액수였지만, 스톡홀름만이 아니라 오슬로에서도 모금이 이루어졌다면 그 액수는 훨씬 늘어났을 게 분명하다. 무엇 때문인지 노르웨이 사람들은 스웨덴으로 돈을 보내고 싶어하지 않는다.[85]

프로이센은 25만 탈러(약 17만 5000달러)를 보내 프로젝트에 찬성한다는 뜻을 보여주었다. 이 나라의 천문대들은 많은 돈을 선뜻 기부했고, 바비케인을 가장 열렬히 성원해주었다.

투르크는 너그럽게 행동했지만, 이 문제에 개인적인 관심을 가지고 있었다. 투르크에서 달은 1년의 경과를 실제로 지배하고, 라마단[86]의 단식을 지배한다. 투르크는 137만 2640피아스터(약 6만 5000달러)나 기부했지만, 그 열성적인 태도는 오스만 제국 정부로부터 상당한 압력을 받은 것을 드러내고 있었다.

벨기에는 51만 3000프랑(약 9만 5000달러)을 기부했는데, 이는 1인당 2센트가 넘는 금액으로, 작은 나라들 중에서는 단연 돋보였다.

네덜란드와 그 식민지들은 1만 1000플로린(약 4만 3000달러)을 기부하면서, 현금으로 낼 테니까 5퍼센트를 깎아달라고 요구했다.

덴마크는 좁은 영토에서 형편이 좀 옹색했지만, 9000두카트(약 2200달러)를 기부했다. 이것은 과학적 탐험에 대한 덴마크

사람들의 열정을 보여주는 증거다.[87]

독일 연방은 3만 4285플로린(약 1만 3000달러)을 내기로 동의했다. 독일에 더 많은 액수를 요구할 수는 없었을 테고, 요구해도 어차피 독일은 내지 않았을 것이다.

이탈리아는 재정적으로 어려운 상황에서도 아이들의 호주머니를 뒤져 20만 리라(약 3만 7000달러)를 긁어 모았다. 베네치아가 이탈리아 영토였다면 훨씬 많은 돈을 모금할 수 있었겠지만, 베네치아는 이제 다른 나라의 손에 넘어가 있었다.[88]

교황령은 의무감 때문에 7040스쿠도(약 7030달러)나 기부했고, 포르투갈은 3만 크루사두(약 2만 달러)를 기부하여 과학에 대한 관심을 나름대로 보여주었다.

멕시코의 기부금은 86피아스터(약 300달러)밖에 안 되었지만, 사실은 그만한 돈을 낼 여유도 없었다. 신생 제국은 언제나 현금이 부족한 법이다.

스위스는 미국의 프로젝트에 257프랑(약 50달러)이라는 적은 돈을 기부했다. 솔직히 말하면 스위스는 이 실험에서 실제적인 가치를 찾지 못했다. 달에 포탄을 쏘아 보낸다 해도 달과 사업 관계를 맺게 될 것 같지도 않았고, 그런 모험적인 사업에 큰돈을 투자하는 것은 위험하다고 스위스는 생각했다. 결국에는 스위스인들의 생각이 옳았을지도 모른다.

스페인은 110레알(약 11달러)밖에 모금하지 못했다. 철도를 개통시켜야 한다는 것을 핑계로 내세웠지만, 사실을 말하면 스페인에서는 과학이 별로 높은 평가를 받지 못한다. 스페인은 아직도 좀 뒤떨어져 있다. 게다가 스페인에는 교육을 받지 못한 사람이 아닌데도 포탄의 질량과 달의 질량의 관계를 분명히 이해하지 못하는 경우도 있었다. 그들은 포탄이 달의 궤도를 바꾸어놓을지도 모른다고 걱정했다. 그렇게 되면 달이 지구의 위성이기를 그만두고 지구로 떨어져 충돌하지 않을까. 이런 걱정 때문에 그들은 아무 일도 하지 않는 편이 낫겠다고 생각했고, 실제로 그렇게 했다.

아직 영국이 남아 있었다. 영국이 바비케인의 계획을 과소평가하고 반대했다는 것은 앞에서 이미 이야기했다. 영국 제도에 사는 2500만 명은 하나의 영혼을 가지고 있었다. 그들은 대포 클럽의 프로젝트가 '불간섭 원칙'에 어긋난다고 주장했고, 그런 계획에는 땡전 한푼도 줄 수 없다고 말했다. 이 소식을 듣고도 대포 클럽 회원들은 어깨만 으쓱하고, 다시 원대한 계획을 추진하는 일로 돌아갔다.

남아메리카—페루, 칠레, 브라질, 아르헨티나, 콜롬비아—가 30만 달러를 기부하자, 대포 클럽은 상당한 금액의 자금을 마련할 수 있게 되었다. 미국에서 모금한 400만 달러와 외국에서 들어온 기부금 144만 6675달러를 합쳐, 총액이 544만 6675달러에 이르렀다.

깜짝 놀랄 만한 액수는 아니었다. 어림잡아 계산해보니, 그 돈은 대포를 주조하고, 구덩이를 파고, 석조 공사를 하고, 사람이 살지 않는 지역에 일꾼들을 이주시켜 거처를 마련해주고, 용광로와 건물을 짓고, 공장에 설비를 갖추고, 화약과 포탄을 구입하고, 운영비와 유지비 등 부대비용을 지출하는 데 거의 다 소비될 것이다. 남북전쟁 때는 한 발을 쏘는 데 1000달러가 든 대포가 있었다. 대포 역사에서 유례를 찾아볼 수 없는 바비케인의 거포를 한 발 쏘는 데에는 그 5천 배도 너끈히 들어갈 수 있을 것이다.

10월 20일, 뉴욕 근처에 있는 골드스프링 공장과 계약이 체결되었다. 이곳은 전쟁 때 최대의 주철 대포를 로버트 패럿에게 인도한 공장이었다.

계약서에는 회사 경영진이 대포 주조에 필요한 자재를 탬파까지 책임지고 수송한다는 조항이 명기되었다. 이 작업은 이듬해 10월 15일까지 끝나야 했다. 그때까지 대포가 언제든지 발사할 수 있는 상태로 완성되지 않으면, 다음에 달이 똑같은 위치에 올 때까지, 다시 말해서 18년 11일 동안 하루에 100달러씩 배상금을 지불한다는 조건이었다. 일꾼을 고용하고 임금을 지불하고 관리하는 일도 모두 회사가 책임지기로 했다.

이 계약서는 두 통 작성되었고, 대포 클럽 회장 바비케인과 골드스프링 회사의 지배인 J. 머치슨은 계약 조건을 승인한 뒤 서명했다.

뉴욕 근처의 골드스프링 공장

13

스톤힐

대포 클럽이 텍사스를 배제한 뒤, 글을 읽을 줄 모르는 사람이 없는 미국에서 플로리다의 지리를 공부해야 한다는 의무감을 느끼지 않은 사람은 하나도 없었다. 서점에서 바트럼[89]의 《플로리다 기행》, 로먼의 《동서 플로리다 박물지》, 윌리엄의 《플로리다 지방》, 클레런드의 《플로리다의 사탕수수 재배》가 그렇게 많이 팔린 것은 역사상 처음이었다. 출판사들은 책을 새로 찍어내야 했고, 책은 날개 돋친 듯이 팔려 나갔다.

바비케인은 너무 바빠서 책을 읽을 시간도 없었다. 그는 대포를 설치할 장소를 제 눈으로 직접 보고 싶었다. 그래서 그는 한시도 허비하지 않고 바쁘게 일했다. 망원경을 만드는 데 필요한 자금을 케임브리지 천문대에 보내고, 올버니에 있는 브레드월 회사와 알루미늄 포탄 제조 계약을 맺은 다음, J.T. 매스

턴과 엘피스턴 소령과 골드스프링 회사의 지배인과 함께 볼티
모어를 떠났다.

이튿날 네 사람은 뉴올리언스에 도착하여 당장 '탬피코' 호
에 올라탔다. 정부가 그들을 위해 그곳에 배치해둔 해군의 공
문서 송달용 선박이었다. 배는 전속력으로 항구를 떠났다. 루
이지애나 해안선은 곧 시야에서 사라졌다.

항해는 길지 않았다. 닻을 올린 지 이틀 뒤, '탬피코' 호는
770킬로미터를 달려 플로리다 해안이 보이는 곳에 이르렀다.
해안이 가까워졌을 때 바비케인이 본 것은 낮고 평탄하고 황량
한 땅이었다. '탬피코' 호는 굴과 바다가재가 우글거리는 후미
를 여러 개 지나 탬파 만으로 들어갔다.

이 만의 위쪽 끝은 두 부분으로 나뉘어 있다. '탬피코' 호는
곧 동쪽 만으로 들어갔다. 잠시 후에 브루크 요새의 낮은 포대
가 시야에 들어오고 탬파 시내가 나타났다. 탬파는 힐즈버러
강 어귀가 만든 작은 천연항 끝에 아무렇게나 펼쳐져 있었다.

10월 22일 저녁 7시에 '탬피코' 호가 닻을 내린 곳은 바로 그
곳이었다. 네 승객은 당장 상륙했다.

바비케인은 플로리다 땅을 밟는 순간 가슴이 세차게 두근거
리는 것을 느꼈다. 그는 집이 얼마나 견고한지를 시험하는 건
축가처럼 플로리다의 흙을 시험하고 있는 것 같았다. 매스턴은
손목에 달린 쇠갈고리로 흙을 긁었다.

"여러분." 바비케인이 말했다. "낭비할 시간이 없습니다. 내
일 말을 타고 이 지역을 탐험합시다."

바비케인이 오기 전의 탬파

바비케인이 해안에 발을 내딛자마자 탬파 주민 3천 명이 그를 맞으러 나왔다. 그는 플로리다를 선택하여 그들에게 호의를 베풀었으니까 그런 예우를 받을 자격이 충분했다. 그들은 요란한 박수갈채로 바비케인을 환영했지만, 그는 서둘러 프랭클린 호텔 객실로 들어가 아무도 만나지 않으려 했다. 유명인사 역할은 그에게 전혀 어울리지 않았다.

이튿날인 10월 23일 아침, 몸집은 작지만 원기왕성한 스페인산 말들이 그의 객실 창문 밑에서 뒷발로 뛰어오르고 있었다. 그런데 말은 네 마리가 아니라 쉰 마리였고, 사람이 타고 있었다. 바비케인과 세 명의 일행은 아래층으로 내려갔다. 기마대에 둘러싸인 바비케인은 처음에는 깜짝 놀랐다. 그는 기수들이 모두 어깨에 소총을 메고 안장 홀스터에 권총집이 들어 있는 것을 알아차렸다. 이렇게 무장 병력이 출동한 이유를 한 플로리다 젊은이가 설명해주었다.

"세미놀 때문입니다."

"무슨 소리를 하고 있는 건가?"

"세미놀은 야만적인 인디언입니다. 그래서 우리가 선생님 일행을 호위하는 게 낫겠다고 생각했습니다."

"말도 안 돼!" 매스턴이 말에 올라타면서 말했다.

"하지만 더 안전합니다." 플로리다 젊은이가 말했다.

"생각해줘서 고맙네." 바비케인은 말했다. "이제 그만 가세."

기마대는 당장 출발하여 먼지구름 속으로 사라졌다. 새벽 5시였다. 태양은 벌써 빛나고 있었고 기온은 29도였지만, 시원한 바닷바람이 더위를 식혀주었다.

바비케인은 탬파를 떠난 뒤 남쪽으로 말머리를 돌려 해안을 따라 앨리피아 강까지 내려갔다. 이 작은 하천은 탬파에서 20킬로미터 밑에 있는 만으로 흘러든다. 바비케인과 호위대는 오른쪽 강둑을 따라 동쪽으로 나아갔다. 만은 곧 언덕 너머로 사라지고 플로리다의 평야가 시야를 가득 채웠다.

플로리다는 두 부분으로 나뉜다. 북부 지역은 인구가 더 많고 덜 황량하다. 주도는 탤러해시이고, 펜서콜라에는 미국 해군의 주요 기지 가운데 하나가 있다. 대서양과 멕시코 만 사이에 끼어 있는 남부 지역은 멕시코 만류에 침식당한 좁은 반도이고, 작은 다도해 속에 휩쓸려 보이지 않게 된 땅끝일 뿐이다. 수많은 배들이 바하마 해협을 오가는 길에 끊임없이 지나가는 이곳은 멕시코 만 일대를 강타하는 난폭한 허리케인에 맞서는 전초기지다. 플로리다의 면적은 3803만 3267에이커이고, 드넓은 이곳에서 바비케인은 북위 28도선 밑에 있고 프로젝트에 적합한 곳을 한 군데 찾아내야 했다. 그래서 그는 말을 타고 나아가면서 지형과 토질을 주의 깊게 살폈다.

플로리다는 1513년 종려주일[90]에 후안 폰세 데 레온[91]이 발견했기 때문에, 처음에는 스페인어로 '파스쿠아 플로리다(꽃피는 부활절)'라고 불렸다. 플로리다의 뜨겁고 황량한 해안은 이런 매력적인 이름을 얻을 자격이 없었다. 하지만 내륙으로 조금 들어가면 풍광이 점점 바뀌어, 그 이름에 어울리는 면모를 보여주었다. 그곳에는 시내와 강이 이리저리 엇갈려 있고, 수로와 못과 작은 호수가 산재해 있었다. 어찌 보면 네덜란드나 기아나와 비슷한 풍경이기도 했다. 그곳을 지나면 땅이 높아지기 시작하여 북부와 남부의 온갖 농작물이 무성하게 자라는 경작지가 나타나고, 점토질 토양 속에 보존된 물과 열대의 태양이 농사일을 거의 다 해주는 드넓은 들판이 나타나고, 끝으로 파인애플과 고구마 · 담배 · 쌀 · 면화 · 사탕수수 밭은 태평스럽게 아낌없이 자신의 부를 과시하면서 지평선 끝까지 뻗어 있었다.

바비케인은 땅이 점점 높아지는 것을 알아차리고 기뻐하는 눈치였다. 매스턴이 묻자 그는 이렇게 대답했다.

"대포는 높은 곳에서 주조하는 것이 중요하다네."

"달에 더 가깝기 때문인가요?"

"천만에." 바비케인은 빙긋 웃으면서 말했다. "그래 봤자 몇 미터나 차이가 나겠나? 하지만 높은 곳에서는 일하기가 더 쉽지. 물과 싸울 필요가 없으니까. 길고 값비싼 파이프도 필요 없을 거야. 30미터 깊이의 구덩이를 팔 때는 그것을 반드시 고려해야 돼."

"맞습니다." 머치슨이 말했다. "구덩이를 파는 동안에는 최대한 물을 피해야 합니다. 하지만 지하수를 만나도 성가신 문제가 일어나지는 않을 겁니다. 물길을 돌리거나 우리 기계로 퍼내면 되니까요. 그렇다고 수직으로 우물을 파지는 않겠습니다. 우물의 경우에는 착암기와 파이프, 측심기를 비롯한 모든 연장을 어둠 속에서 사용해야 하니까요. 우리는 환한 대낮에 맑은 공기 속에서 곡괭이와 삽으로 일할 겁니다. 발파 작업의 도움을 받으면 일을 더 빨리 할 수 있겠지요."

그러자 바비케인이 말했다.

"그래도 땅의 높이나 토질이 지하수를 처리해야 하는 어려움을 덜어준다면, 일을 더 빠르게 잘 해낼 수 있을 겁니다."

"맞습니다, 바비케인 씨. 그리고 내 예감이 틀리지 않다면 오래지 않아 좋은 장소를 찾을 수 있을 겁니다."

"하루 빨리 최초의 곡괭이 소리를 듣고 싶군!"

"나는 하루 빨리 마지막 곡괭이 소리를 듣고 싶은데요!" 매스턴이 외쳤다.

"곧 그렇게 될 겁니다." 머치슨이 말했다. "정말로 골드스프링 회사는 지연료를 단 한푼도 낼 필요가 없을 겁니다."

"나도 그렇게 되기를 바랍니다. 당신네를 위해서!" 매스턴이 말했다. "달이 다시 똑같은 위치에 올 때까지 18년 11일 동안 하루에 100달러면 무려 65만 8100달러라는 걸 아십니까?"

"아니, 그건 몰랐는데요. 알 필요도 없을 겁니다."

아침 10시까지 기마대는 20킬로미터를 달렸다. 비옥한 들판은 다양한 나무가 무성하게 자라는 열대 숲으로 이어졌다. 거의 뚫고 들어갈 수 없는 이 숲은 수많은 덩굴식물과 석류나무·오렌지·레몬·무화과·올리브·살구·바나나 나무로 이루어져 있었다. 나무 열매와 꽃들은 다투어 화려한 색깔과 달콤한 향기를 뿜냈다. 그 향기로운 나무 그늘에서 화려한 빛깔의 새들이 노래를 부르며 날아다니고 있었다. 그중에서도 넓은 부리해오라기가 특히 눈에 띄었다. 그렇게 아름다운 새의 둥지로는 보석상자가 어울릴 것이다.

매스턴과 엘피스턴 소령은 울창한 숲을 보면서 현란한 아름다움을 찬탄하지 않을 수 없었다. 하지만 바비케인은 그런 자연의 경이에는 무감각했고, 빨리 앞으로 가고 싶어서 조바심을 쳤다. 그는 이 비옥한 지역이 바로 그 비옥함 때문에 못마땅했다. 지팡이로 수맥을 찾는 사람이 아닌데도 그는 발밑에 물이 있는 것을 느꼈고, 지하수가 없다는 확실한 증거를 열심히 찾아보았지만 소용이 없었다.

일행은 계속 앞으로 나아갔다. 시내를 여러 개 건너야 했는데, 길이가 5미터나 되는 악어들이 득실거려서 얕은 여울을 따라 건너는 것도 위험했다. 매스턴은 무적의 쇠갈고리로 대담하게 악어들을 위협했지만, 펠리컨과 오리와 파에톤[92]을 비롯하여 강기슭에 사는 야생동물들만 겁을 먹고 달아났을 뿐이다. 커다란 홍학들은 그저 멍하니 그를 바라보았다.

마침내 이 습지의 주민들이 사라졌다. 나무들은 점점 작아지고 성기어져, 나중에는 드넓은 평원에 작은 숲만 드문드문 흩어져 있을 뿐이었다. 기마대를 보고 놀란 사슴들이 쏜살같이 달아났다.

"드디어 소나무가 자라는 지역에 왔군!" 바비케인이 등자를 딛고 일어서서 외쳤다.

"그리고 인디언도!" 소령이 말했다.

세미놀족 몇 명이 지평선에 모습을 나타냈다. 흥분한 그들은 빠른 말을 타고 앞뒤로 내달리거나 긴 창을 휘두르고 허공에다

시내를 여러 개 건너야 했다

라이플총을 쏘아댔다. 총성은 거리 때문에 희미하게 들렸다. 하지만 인디언들은 이런 위협적인 시위 행동만으로 만족했고, 바비케인 일행도 겁을 먹지는 않았다.

그들은 이제 햇볕에 탄 돌투성이의 넓은 땅 한복판에 와 있었다. 탁 트인 공간은 몇 에이커나 되어 보였다. 그곳은 주변보다 높았고, 대포 설치 장소에 필요한 조건을 두루 갖추고 있는 듯이 보였다.

"정지!" 바비케인이 말고삐를 잡아당기면서 말했다. "이곳에 이름이 있나?"

"스톤힐이라고 부릅니다." 플로리다 젊은이들 가운데 하나가 대답했다.

바비케인은 말없이 말에서 내리더니, 도구를 꺼내 자신의 위치를 정밀하게 측정하기 시작했다. 그의 주위에 모인 일행은 말없이 그를 지켜보았다.

태양은 그때 막 자오선을 지나고 있었다. 잠시 후 바비케인은 관측 결과를 재빨리 계산한 다음 이렇게 말했다.

"이곳은 해발 550미터, 위도는 북위 27도 7분, 경도는 서경 5도 7분입니다.[93] 건조하고 돌이 많은 것은 우리 계획에 적합한 조건을 두루 갖추고 있다는 것을 나타냅니다. 그러니까 이곳에 화약고와 작업장, 용광로, 노동자 숙소를 짓고, 바로 이곳에서……" 그는 스톤힐을 발로 쾅쾅 구르면서 단호하게 말했다. "달을 향해 우리 포탄을 발사할 것입니다!"

14

곡괭이와 삽

그날 저녁, 바비케인 일행은 탬파로 돌아갔다. 머치슨은 뉴올리언스에 가려고 다시 '탬피코' 호를 탔다. 그는 많은 일꾼을 고용하고 자재의 대부분을 가지고 돌아올 예정이었다. 바비케인과 매스턴은 탬파에 남아서 현지 주민들의 도움을 얻어 준비 작업을 시작하기로 했다.

'탬피코' 호는 떠난 지 여드레 만에 기선 함대와 함께 탬파만으로 돌아왔다. 머치슨은 1500명의 일꾼을 모집했다. 사악한 노예제도가 남아 있던 시절이라면 시간과 노력을 낭비한 셈이 되었겠지만, 자유의 나라 미국의 국경 안에는 이제 자유인만 살고 있었다. 그들은 돈을 많이 주는 일자리가 있는 곳이면 어디든 기꺼이 가서 일했다. 돈이라면 대포 클럽은 부족하지 않았다. 그래서 일꾼들에게 높은 임금과 많은 보너스를 제시했다. 플로리다에서 일하기로 고용 계약을 맺은 사람은 프로젝트가 끝났을 때 볼티모어 은행에 꽤 많은 돈이 그의 명의로 예치되어 있으리라고 믿어도 좋았다. 그래서 머치슨은 많은 지원자들 중에서 일꾼을 고를 수 있었고, 일꾼의 두뇌와 기술에 높은 기준을 설정할 수 있었다. 머치슨이 기계공과 화부·제련공·대장장이·광부·벽돌공을 비롯한 온갖 부류의 노동자를 인종이나 피부색과는 관계없이[94] 가장 우수한 인력으로 채웠다고 믿는 것은 당연하다. 그들은 대부분 가족을 동반했다. 그것은 진짜 이주였다.

10월 31일 오전 10시, 이 대부대가 탬파에 상륙했다. 인구가 하루 사이에 갑절로 늘어난 이 작은 도시에 흥분과 활기가 넘쳐났을 것은 쉽게 상상할 수 있다. 탬파는 대포 클럽의 프로젝트 덕택에 막대한 이익을 볼 예정이었지만, 그것은 스톤힐로 당장 이주한 일꾼들 때문이 아니라 세계 각지에서 플로리다로 모여드는 호기심 많은 사람들 때문이었다.

처음 며칠 동안은 함대의 짐을 내리는 작업에 사람들의 관심이 쏠렸다. 배에는 연장과 기계류와 식량, 그리고 엄청나게 많은 강판 주택이 실려 있었다. 강판 주택은 운반하기 편하도록 해체되었고, 나중에 쉽게 조립할 수 있도록 부품마다 번호가 매겨져 있었다. 이 무렵 바비케인은 탬파와 스톤힐 사이에 25킬로미터 길이의 철도를 설계했다.

미국 철도가 건설되는 방식은 유명하다. 미국 철도는 직선에 전혀 관심이 없어서 변덕스럽게 구불거리고, 경사는 대담할 만큼 가팔라서 높은 언덕을 기어오르는가 하면 깊은 골짜기로 곤두박질치듯 뛰어들면서 마구잡이로 달린다. 비용이 많이 들지도 않고 성가신 문제를 일으키지도 않지만, 그 대신 열차가 선로에서 제멋대로 탈선한다. 탬파와 스톤힐을 잇는 정도의 시시한 선로를 건설하는 데에는 시간도 노력도 거의 들지 않았다.

바비케인은 그의 부름에 응답한 이들로 구성된 그 작은 공동체의 중심이고 지도자였다. 그는 자신의 추진력과 열정과 확신을 그들에게 전달했다. 그는 동시에 도처에 존재할 수 있는 능력이라도 부여받은 듯 동시에 어디에나 있는 것처럼 보였다. 그리고 매스턴은 붕붕거리는 파리처럼 언제나 바비케인을 따라다녔다. 바비케인의 실제적인 정신은 독창적인 발명품을 수없이 내놓았다. 그에게는 어떤 걸림돌도 없었고, 어려움이나 복잡한 문제도 없었다. 그는 모든 질문에 대답했고, 어떤 문제에도 해결책을 가지고 있었다. 그는 대포 클럽 및 골드스프링 회사와 활발하게 연락을 주고받았다. '탬피코' 호는 밤이고 낮이고 항구에서 증기압을 최대로 높인 채 그의 명령을 기다렸다.

11월 1일에 그는 한 무리의 일꾼과 함께 탬파를 떠났다. 이튿날 강판을 조립한 주택촌이 스톤힐 주변에 생겨났다. 마을 주변에는 울타리를 둘러쳤고, 그 혼잡과 활기는 미국에서 가장 큰 대도시 못지않았다. 마을 생활은 규율로 통제되었고, 작업은 질서정연하게 시작되었다.

조심스럽게 땅에 구멍을 파서 토양의 성질을 알아낸 뒤, 드디어 11월 4일에 굴착 공사가 시작되었다. 그날 바비케인은 작업반장들을 불러 모은 다음 이렇게 말했다.

"내가 왜 여러분을 플로리다의 이 황무지로 데려왔는지는 모두 알고 있을 겁니다. 우리는 구경이 3미터에 외벽 두께가 2미터인 대포를 주조할 겁니다. 그런데 6미터 두께의 석축으로 대포를 둘러쌀 테니까, 우리가 팔 수직갱은 너비가 20미터에 깊이는 300미터가 될 겁니다. 이것은 엄청난 작업이고, 게다가 8개월 만에 일을 끝내야 합니다. 여러분은 앞으로 255일 동안 9만 4200입방미터, 하루에 약 370입방미터씩 흙을 파내야 할 겁니다. 천 명이 충분히 넓은 공간에서 작업하면 그리 어려운 일이 아니겠지만, 공간이 비좁으면 그렇게 쉽지는 않을 겁니다. 하지만 그래도 해내야 하고, 또 반드시 해낼 겁니다. 나는 여러분의 기술만이 아니라 여러분의 의지와 용기도 믿고 있습니다."

아침 8시에 첫 번째 곡괭이가 플로리다 땅을 때렸다. 그때부터 그 훌륭한 연장은 땅 파는 일꾼들의 손에서 잠시도 게으름을 피우지 않았다. 일꾼들은 여섯 시간 교대로 밤낮없이 하루 24시간을 일했다.

공사가 아무리 거대하다 해도 인간 능력의 한계를 넘지는 못했다. 넘기는커녕 한참 미치지 못했다. 그보다 훨씬 어렵고 게다가 자연력과 직접 싸워야 하는 난공사가 지금까지 얼마나 많이 성공적으로 이루어졌는가! 비슷한 공사를 예로 든다면, 기계가 인간의 힘을 백 배나 강화해주기 전에 술탄 살라딘의 명령으로 카이로 근처에 판 '요셉의 우물'[95]을 인용하는 것으로 충분할 것이다. 이 우물은 나일 강의 수위보다 낮은 100미터 깊이까지 내려간다. 또한 코블렌츠에는 바덴의 요한 후작이 판 200미터 깊이의 우물이 있다. 바비케인의 인부들이 할 일은 살라딘의 우물보다 세 배 깊고 열 배 넓은 우물을 파는 것뿐이었다. 너비가 넓으면 땅을 파기가 훨씬 수월할 것이다. 반장과 인부들 중에 계획의 성공을 조금이라도 의심하는 사람은 하나도 없었다.

머치슨이 바비케인의 승인을 얻어 내린 중요한 결정이 작업에 더욱 박차를 가했다. 계약서에는 대포가 주철 띠로 보강되어야 하고, 주철이 아직 뜨거울 때 제자리에 놓여야 한다고 명시되어 있었다. 이것은 쓸데없는 걱정이었다. 대포에 그런 쇠고리가 필요 없다는 것은 분명했기 때문이다. 이 조항은 삭제되었다.

그래서 시간을 많이 절약할 수 있었다. 이제 우물에 적용된 새로운 공법을 채택할 수 있었기 때문이다. 이것은 구덩이를 파면서 동시에 석축을 쌓아 보강하는 공법인데, 이 간단한 방법 덕분에 흙이 무너지지 않도록 버팀대로 흙을 받칠 필요가 없어졌다. 석축은 흔들리지 않는 힘으로 흙을 밀어내고, 자신의 무게에 눌려 아래로 내려간다.

이 작업은 단단한 지층에 도달하고 난 뒤에야 비로소 시작할 수 있었다.

11월 4일, 50명의 인부가 울타리를 둘러친 곳 한복판, 즉 스톤힐 꼭대기에 지름 20미터의 둥근 구덩이를 팠다.

처음에 그들은 15센티미터 두께의 검은 부식토층을 만나 쉽게 돌파했다. 다음엔 50센티미터 두께의 고운 모래층이 나왔다. 이 모래는 거푸집을 만들 때 사용할 수 있기 때문에 조심스럽게 파냈다.

모래층에 이어 1미터 두께의 하얀 점토층이 나왔다. 영국의 이회토처럼 조밀한 점토였다.

이어서 곡괭이가 단단하고 메마른 암석에 부딪혀 불꽃이 튀었다. 석화한 조가비로 이루어진 단단한 바위였다. 인부들은 굴착 공사가 끝날 때까지 이 암석층과 맞서 싸워야 했다. 이 단계에서 구덩이의 깊이는 20미터에 이르러 있었고, 드디어 석축 공사가 시작되었다.

이 구덩이 바닥에 참나무 '원판'이 세워졌다. 볼트로 단단히 죈 튼튼한 원판 한복판에는 대포의 바깥지름과 같은 직경의 구멍이 뚫려 있었다. 인부들은 이 원판 위에 돌을 놓고 시멘트로 단단히 고정시켰다. 바깥쪽 가장자리에서 안쪽 원까지 돌을 메우자, 인부들은 지름 6.5미터의 둥근 수직갱 속에 갇힌 꼴이 되었다.

이어서 그들은 다시 곡괭이를 집어들고, 원판을 단단한 받침대로 조심스럽게 떠받치면서 원판 아래를 파기 시작했다. 구덩이가 50센티미터 깊어질 때마다 그들은 받침대를 빼냈다. 그러면 원판은 그 위에 고정된 고리 모양의 무거운 돌과 함께 천천히 내려앉았고, 석공들은 대포를 주조하는 과정에 가스가 빠져나갈 수 있도록 통기 구멍을 만드는 것을 잊지 않고 그 위에 계속 돌을 쌓았다.

이런 종류의 작업은 숙련된 기술을 필요로 했고, 끊임없이 세심한 주의를 기울여야 했다. 원판 밑을 파내는 동안 돌이 떨어져 중상이나 치명상을 입은 인부가 한둘이 아니었다. 하지만 그들의 열의는 밤이고 낮이고 한순간도 쇠퇴하지 않았다. 낮에는 햇빛이 쨍쨍 내리쬐어, 몇 달 뒤에는 햇볕에 그을은 그 평원의 기온이 섭씨 37도까지 올라갔다. 야간에는 어둠을 밝히는 하얀 전깃불 밑에서 곡괭이가 바위에 부딪치는 소리, 발파용 폭약이 터지는 소리, 기계가 탕탕거리는 소리, 공중에서 소용돌이치는 연기가 스톤힐 주변에 공포의 고리를 만들었다. 들소 떼도 세미놀 인디언도 감히 그 경계를 넘을 엄두를 내지 못했다.

공사는 순조롭게 진척되었다. 증기 기중기 덕분에 흙을 빨리 퍼낼 수 있었다. 뜻밖의 장애물에 부닥칠 염려는 거의 없었다. 미리 예견했던 어려움만 닥쳐왔고, 그러한 문제들은 솜씨 좋게 극복되었다.

처음 한 달이 지날 무렵, 수직갱은 예정대로 35미터 깊이에 도달해 있었다. 12월에 이 깊이는 두 배가 되었고, 1월에는 세 배가 되었다. 2월에 인부들은 지표면 밑에서 솟아오른 지하수와 싸워야 했다. 배에서 물이 새는 구멍을 틀어막듯 콘크리트로 물이 나오는 구멍을 틀어막기 위해 강력한 펌프와 압축공기 장치로 물을 빼내야 했다. 마침내 그 달갑지 않은 물줄기는 억제되었지만, 땅이 물러졌기 때문에 원판이 한쪽으로 내려앉아 석축 일부가 무너졌다. 높이가 135미터나 되는 고리 모양의 석축이 얼마나 무거울지 상상해보라! 이 사고로 인부 여럿이 목숨을 잃었다.

석축에 버팀목을 괴고 석축 밑에 토대를 만들고 원판을 원래 위치로 되돌리는 데에만 3주가 걸렸다. 하지만 토목기사들의

공사는 순조롭게 진척되었다

기술과 기계의 힘 덕분에 위태로웠던 구조물은 균형을 되찾았고, 굴착 공사는 계속되었다.

공사를 방해하는 다른 사고는 일어나지 않았다. 바비케인이 정한 날짜보다 20일 전인 6월 10일, 석축으로 완전히 둘러싸인 수직갱은 마지막 깊이인 300미터에 이르렀다. 바닥의 돌은 10미터의 거대한 포석 위에 놓여 있었고, 꼭대기는 지표면과 같은 높이였다.

바비케인을 비롯한 대포 클럽 회원들은 머치슨을 따뜻하게 축하해주었다. 머치슨은 헤라클레스의 과업[96]처럼 어려운 일을 놀랄 만큼 빨리 해낸 것이다.

그 여덟 달 동안, 바비케인은 한순간도 스톤힐을 떠나지 않았다. 그는 굴착 공사의 진행 과정을 주의 깊게 지켜보면서 인부들의 건강과 안전을 끊임없이 걱정했다. 많은 사람이 집단 생활을 하는 곳에서는 전염병이 흔히 발생하고, 특히 열대의 영향을 받는 지역에서는 전염병이 파멸적인 결과를 초래하기 쉽지만, 그는 운좋게도 그런 전염병을 피할 수 있었다.

무모함은 그런 위험한 공사에 본래 갖추어져 있는 고유한 특징이고, 그 때문에 인부 몇 명이 목숨을 잃은 것도 사실이다. 하지만 그런 비참한 사고는 피할 수 없고, 그런 세부적인 일에 대해서는 걱정하지 않는 것이 미국인들의 기질이다. 그들은 특정한 개인보다 인류 전체에 더 신경을 쓴다. 하지만 바비케인은 그와는 정반대되는 원칙을 밝히고, 기회 있을 때마다 그 원칙을 적용했다. 그의 관심과 지성, 위험한 상황에 효과적으로 개입하기. 깊은 지혜와 인간미 덕분에 사고율은 충분한 예방조치로 유명한 유럽 국가들의 사고율을 넘지 않았다. 예를 들면 프랑스에서는 20만 프랑(약 3만 8000달러)의 공사에 평균 한 건씩 사고가 일어난다.

15

주조 축제

굴착 공사가 진행된 여덟 달 동안, 대포를 주조하기 위한 준비 작업도 동시에 빠른 속도로 이루어졌다. 스톤힐에 처음 온 사람은 눈앞에 펼쳐진 광경에 눈이 휘둥그레졌을 것이다.

수직갱 주위에 2미터 너비의 반사로(反射爐) 1200기가 1미터 간격으로 둥글게 배치되어 반지름 600미터의 원을 이루고 있었다. 반사로로 이루어진 이 원의 둘레는 3킬로미터가 넘었다. 네모난 높은 굴뚝이 솟아 있는 반사로는 모두 같은 설계도에 따라 만들어져 기묘한 효과를 냈다. J.T. 매스턴은 그것이 훌륭한 건축물이라고 감탄했다. 그것은 그에게 워싱턴의 기념비들을 연상시켰다. 이보다 더 아름다운 것은 세상 어디에도 없다고, 그리스에도 없다고 그는 말했다. 하기야 그리스에는 한 번도 가본 적이 없다고 솔직히 인정했지만.

실행위원회가 제3차 회의에서 대포를 만들 때 주철을, 구체적으로 말하면 '회색 주철'을 사용하기로 결정한 것은 영원히 기억될 것이다. 이 금속은 인성(靭性)과 연성(延性)과 가단성(可鍛性)[97]이 뛰어나고 구멍을 뚫기도 쉽기 때문에, 모든 주조 작업에 적합하다. 석탄으로 녹이면 대포나 증기기관의 실린더, 수압기처럼 강한 저항력을 필요로 하는 기계류의 재료로 우수한 특성을 가지고 있다.

하지만 한 번만 녹았을 때는 충분히 균질해지는 경우가 드물다. 흙 같은 불순물을 모두 제거하여 완벽하게 정련하려면 한번 더 녹일 필요가 있다.

따라서 철광석은 탬파로 보내기 전에 골드스프링사의 용광로에서 녹여서 뜨거운 탄소와 규소에 접촉시켜 탄화시키고 주철로 변형시켰다. 이 과정을 마친 금속은 스톤힐로 보내졌다. 하지만 6만 8000톤의 쇠를 철도로 보내면 비용이 너무 많이 들어, 운송비가 주철 값을 두 배로 늘려 놓았을 것이다. 따라서 뉴욕의 배를 전세내어 막대 모양의 쇠를 싣는 편이 상책으로 여겨졌다. 그러려면 1000톤의 용량을 가진 배가 무려 68척이나 필요했다. 이것은 그야말로 대함대였다. 11월 3일에 함대는 뉴욕 항을 떠나 바다로 나간 뒤, 남쪽으로 뱃머리를 돌려 해안선을 따라 플로리다 해협까지 내려간 다음, 플로리다 반도 끝을 돌아서 11월 10일 탬파 만으로 들어갔다. 배들은 모두 무사히 탬파 항에 닻을 내렸다.

쇠는 배에서 하역되어 스톤힐 철도의 화차에 실렸다. 1월 중순까지는 엄청난 양의 주철이 모두 목적지에 도착했다.

6만 8000톤의 쇠를 모두 한꺼번에 녹이려면 용광로가 최소한 1200기는 필요하다는 것은 쉽게 이해할 수 있을 것이다. 용광로 하나에 약 5만 7000킬로그램의 쇠가 들어갈 수 있었다. 용광로는 로드먼포를 주조할 때 사용된 용광로와 같은 형태로 제작되었다. 모양은 사다리꼴이었고 아주 낮았다. 가열장치와 굴뚝은 용광로 양끝에 있어서 전체가 골고루 데워지게 했다. 내화벽돌로 만든 용광로는 석탄을 때기 위한 '화상(火床)'과 쇠막대를 올려놓은 '노상(爐床)'만으로 이루어져 있었다. 이 노상은 25도 각도로 기울어져 있어서, 녹은 쇳물이 수집조(收集槽)로 흘러 들어갈 수 있었나. 수집조에 들어간 쇳물은 1200개의 홈통을 통해 중앙의 수직갱으로 운반된다.

수직갱이 완공된 이튿날, 바비케인은 내부 주형을 만드는 작업에 착수했다. 포신이 들어갈 자리를 정확하게 남겨놓기 위해 높이 300미터에 지름이 3미터인 원통을 수직갱 안에 세워야 했다. 이 원통은 점토와 모래에 건초와 짚을 섞어서 만들었다. 주형과 석축 사이에 남은 공간은 쇳물로 채워질 것이다. 그러면 두께 2미터의 외벽이 생길 터였다.

원통이 똑바로 서 있으려면 쇠로 보강재를 대고, 석축에 단단히 고정된 가로대로 원통을 떠받쳐야 했다. 주조 작업이 끝나면 이 가로대들은 쇠 안에 남겠지만, 금속에 아무 문제도 일으키지 않을 것이다.

이 작업은 7월 8일에 끝났고, 이튿날 주조 작업이 진행될 예정이었다.

"주조 축제는 멋진 행사가 될 겁니다!" J.T. 매스턴이 바비케인에게 말했다.

"물론 그렇겠지. 하지만 공개 행사로 치르지는 않을 거야."

"뭐라고요! 들어오고 싶으면 누구나 들어올 수 있도록 문을 열어 두지 않을 겁니까?"

"천만에! 대포를 주조하는 일은 위험한 건 말할 것도 없고 섬세한 작업이 될 걸세. 그래서 나는 비공개로 하고 싶네. 원한다면 대포가 발사된 뒤에 축제를 벌일 수 있지만, 그때까지는 안 돼."

바비케인의 생각이 옳았다. 작업은 예기치 않은 위험을 초래할 수도 있었고, 많은 구경꾼이 몰려들면 문제가 생겼을 때 효율적으로 대처할 수 없을 것이다. 작업에 참여하는 사람들은 자유롭게 움직일 수 있어야 한다. 그래서 탬파까지 내려온 대포 클럽 회원들을 제외하고는 아무도 울타리 안에 들어가지 못했다. 탬파에 온 회원들 중에는 빌스비, 톰 헌터, 블룸스베리 대령, 엘피스턴 소령, 모건 장군도 포함되어 있었다. 이들에게 대포 주조는 개인적인 문제였다. 매스턴이 그들의 안내역[98]을 맡았다. 매스턴은 아무리 사소한 것도 빼놓지 않았다. 일행을 화약고와 작업장으로 안내하고, 기계들을 다 보여주고, 1200기의 용광로를 하나씩 차례로 점검하게 했다. 1200번째 점검을 마쳤을 때쯤에는 그들의 관심도 조금 시들해져 있었다.

주조 작업은 정오에 이루어질 예정이었다. 전날 용광로마다 5만 7000킬로그램의 쇠막대를 넣고, 뜨거운 공기가 막대 사이로 자유롭게 순환할 수 있도록 그물 모양으로 쌓아놓았다. 1200개의 굴뚝은 아침부터 공중으로 불꽃을 내뿜고, 땅은 둔중하게 진동하고 있었다. 쇠 1킬로그램을 녹이려면 석탄 1킬로그램을 태워야 했기 때문에, 6만 8000톤의 석탄에서 나온 검은 연기가 두꺼운 커튼처럼 햇빛을 가려버렸다.

1200개의 용광로가 만든 원의 내부는 곧 견딜 수 없을 만큼 뜨거워졌다. 용광로들이 으르렁거리는 소리는 우레 소리 같았다. 강력한 송풍기가 새빨갛게 달아오른 노상에 산소를 보내고 있어서 소음이 더욱 심해졌다.

이 작업이 성공하려면 빠른 속도로 이루어져야 했다. 대포 소리를 신호로 하여, 모든 용광로가 녹은 쇳물을 동시에 방출해야 했다.

모든 준비가 끝나자, 인부들과 반장들은 흥분을 억누르면서 초조하게 신호를 기다렸다. 이제 울타리 안에는 아무도 없었고, 작업 감독들은 모두 쇳물을 빼는 배출구 옆에 자리를 잡았다.

바비케인과 동료들은 가까운 언덕에서 작업을 지켜보았다. 그들 앞에는 머치슨의 신호에 따라 발사할 준비를 갖춘 대포가 놓여 있었다.

정오가 되기 몇 분 전, 최초의 쇳물 방울이 흘러나오기 시작했다. 수집조는 점점 차 올랐고, 쇠가 전부 녹아서 액체가 되자 불순물을 쉽게 분리할 수 있도록 잠시 그대로 놓아두었다.

정오 정각에 대포가 발사되어 황갈색 번갯불을 공중으로 분출했다. 1200개의 배출구가 동시에 열리고, 1200마리의 불뱀이

1200개의 굴뚝은 아침부터 불꽃을 내뿜었다.

눈부시게 빛나는 똬리를 풀면서 중앙의 수직갱을 향해 기어나왔다. 수직갱에 이른 불뱀들은 무시무시한 소리로 으르렁거리며 300미터 깊이의 수직갱 바닥으로 뛰어들었다. 실로 감동적이고 웅장한 광경이었다. 땅이 진동하고, 쇳물 폭포가 회오리 연기를 하늘로 보내면서 주형 속에 있는 습기를 순식간에 증발시키자, 수증기는 짙은 안개가 되어 석축에 뚫린 통기 구멍으로 빠져나왔다. 이 인공 구름은 1000미터 상공까지 소용돌이치며 올라갔다. 지평선 너머를 헤매던 인디언들은 플로리다 한복판에 새 화산이 생기고 있다고 믿었을지 모르나, 이것은 화산도 아니고 용오름도 아니고 폭풍우도 아니고 태풍도 아니고, 그 밖에 자연이 만들어낼 수 있는 어떤 현상도 아니었다. 그런 불그스름한 수증기, 화산에 어울리는 거대한 불길, 지진을 연상시키는 요란한 진동, 어떤 허리케인과도 겨룰 수 있을 만큼 요란하게 으르렁대는 소리를 만들어낸 것은 바로 인간이었고, 자기가 판 심연 속에 쇳물로 이루어진 나이아가라 폭포를 떨어뜨린 것은 바로 인간의 손이었다.

16

콜럼비아드

주조 작업은 성공적이었을까? 그것은 짐작할 수밖에 없었다. 하지만 성공했다고 믿을 만한 이유는 충분했다. 주형이 용광로에서 녹은 쇳물을 모두 받아들였기 때문이다. 어쨌든 성공했는지 여부는 오랫동안 직접 확인할 수 없었다.

로드먼 소령이 8만 킬로그램짜리 대포를 주조했을 때, 대포를 냉각시키는 데에만 무려 보름이 걸렸다. 그렇다면 소용돌이 치는 수증기에 둘러싸여 엄청난 열기로 보호받고 있는 대포 클럽의 거대한 콜럼비아드는 얼마나 오랫동안 찬미자들에게 제 모습을 감추고 있을까? 그것을 계산하기는 어려웠다.

그러는 동안 대포 클럽 회원들의 인내심은 호된 시련을 겪고 있었다. 하지만 어쩔 도리가 없었다. J.T. 매스턴은 속이 타서 거의 산 채로 구워질 정도였다. 주조가 끝난 지 보름 뒤에도 여전히 거대한 연기 기둥이 하늘로 올라가고, 스톤힐 꼭대기에서 반경 200미터 안에 있는 땅바닥은 아직도 너무 뜨거워서 서 있을 수도 없을 정도였다.

며칠이 지나고 몇 주가 지나갔다. 거대한 원통을 식힐 방법은 전혀 없었다. 가까이 가는 것조차 불가능했다. 기다릴 수밖에 다른 도리가 없었다. 대포 클럽 회원들은 걱정이 돼서 애를 태웠다.

"벌써 8월 10일입니다!" 어느 날 아침 매스턴이 말했다. "12월까지 넉 달도 안 남았어요. 그런데 우리는 아직도 할 일이 많습니다. 주형도 빼내야 하고, 내강도 뚫어야 하고, 화약도 장전해야 합니다! 그때까지 준비가 끝나지 않을 겁니다. 대포에 가까이 가지도 못하잖아요! 대포가 식지 않는 건 아닐까요? 제때에 식지 않으면 이건 정말로 끔찍한 농담이 될 겁니다!"

동료들은 조바심을 내는 간사를 진정시키려고 애썼지만 소용이 없었다. 바비케인은 아무 말도 하지 않았지만, 그 침묵도 초조한 마음을 감춰주지는 못했다. 앞을 가로막은 장애물을 극복할 수 있는 것은 시간뿐이었지만, 이 상황에서 시간은 막강한 적이었다. 적의 처분만 바라고 있는 것은 백전노장에게는 견디기 어려운 일이었다.

날마다 관찰을 거듭하는 동안, 마침내 지면의 상태에 변화가 나타났다. 8월 15일에는 땅에서 올라오는 수증기의 강도와 밀도가 눈에 띄게 줄어들었다. 며칠 뒤에는 땅이 옅은 안개만 발산하고 있었다. 그것은 석관 속에 갇힌 괴물의 마지막 입김이었다. 땅의 진동도 서서히 가라앉았고, 뜨거운 지역도 조금씩 줄어들었다. 성급한 구경꾼들은 대포에 더 가까이 다가갔다. 하루는 열 걸음 전진했고, 이튿날에는 스무 걸음 전진했다. 8월 22일, 바비케인을 비롯한 대포 클럽 회원들과 머치슨은 스톤힐 꼭대기에 있는 쇠고리 위에 올라설 수 있었다. 그곳은 확실히 건강에 좋은 곳이었다. 거기에서는 발이 차가워질 수 없었기 때문이다.

"아, 드디어!" 바비케인은 만족스럽게 한숨을 내쉬며 소리쳤다.

그날로 작업이 재개되었다. 첫 단계는 대포의 내강을 매끄럽게 하기 위해 내부 주형을 제거하는 일이었다. 곡괭이와 드릴이 밤낮으로 동원되었다. 점토와 모래는 열기 때문에 단단해져 있었지만, 인부들은 기계의 도움을 받아 그것을 부수었다. 주철 벽에 닿아 있는 부분은 아직도 뜨거웠다. 제거된 점토와 모래는 곧바로 화차에 실려 나갔다. 인부들은 열심히 일했고, 바비케인은 진지하게 그들을 독려하면서 보너스도 듬뿍 주었기 때문에 9월 3일에는 주형이 흔적도 없이 사라졌다.

내강을 넓히는 작업이 당장 시작되었다. 지체 없이 기계가 설치되었고, 강력한 연마기의 날카로운 날이 거친 주철 표면에 부딪쳤다. 며칠 뒤, 거대한 원통의 안쪽 표면은 매끄럽게 연마되어 완벽한 대포 내강이 되었다.

바비케인이 그 유명한 연설을 한 뒤 1년도 채 지나지 않은 9월 22일, 마침내 거대한 대포의 수직성과 내부 치수가 정밀기구로 확인되었고, 언제라도 발사할 수 있는 상태라고 발표되었다. 이제 할 일은 달을 기다리는 것뿐이었다. 달이 약속 시간을 어길 거라고 생각하는 사람은 하나도 없었다.

매스턴의 기쁨은 한이 없었다. 그는 300미터 깊이의 원통 속을 내려다보다가 하마터면 추락할 뻔했다. 블룸스베리 대령에게 다행히 오른팔이 남아 있었기에 망정이지, 그 오른팔이 없었다면 매스턴은 현대판 에로스트라투스[99]처럼 깊은 대포 속에서 죽음을 만났을 것이다.

대포는 완성되었다. 대포가 완벽하게 작동하리라는 것은 의심할 여지가 없었다. 그래서 10월 6일에 캡틴 니콜은 마지못해 내깃돈을 지불했고, 바비케인은 2000달러를 장부에 적어넣었다. 니콜은 너무 화가 나서 그만 몸져눕고 말았다. 하지만 아직도 3000달러와 4000달러와 5000달러의 내기가 남아 있었고, 그중에서 두 번만 이길 수 있다면 꽤 많은 돈을 벌 수 있었다. 하지만 돈은 그의 관심사가 아니었다. 경쟁자가 20미터 두께의 장갑판도 견딜 수 없는 대포를 주조하는 데 성공한 것은 그에게 끔찍한 타격이었다.

9월 23일부터 울타리로 둘러싸인 스톤힐이 대중에게 개방되었다. 방문객이 홍수처럼 밀려든 것은 상상하기 어렵지 않다.

전국에서 수많은 사람들이 플로리다로 모여들었다. 탬파는 대포 클럽의 작업에 몰두했던 지난 1년 동안 엄청나게 커져서, 이제 인구가 15만 명에 이르렀다. 탬파는 미로 같은 도로 속에 브루크 요새를 삼켜버린 뒤, 이제 탬파 만을 두 구역으로 나누고 있는 길쭉한 땅으로 뻗어 나가고 있었다. 전에는 인적도 없이 황량했던 해안에 새로운 동네와 새로운 광장이 생겨나고,

새로 지은 집들이 숲을 이루어 미국의 따뜻한 햇빛을 받고 있었다. 교회와 학교와 주택을 짓기 위해 회사가 설립되었고, 1년도 지나기 전에 시가지 면적은 열 배로 넓어졌다.

양키가 타고난 사업가라는 사실은 잘 알려져 있다. 운명이 그들을 어디로 데려가든, 열대 지방이든 북극 지방이든 그들의 사업 본능은 반드시 유용한 배출구를 찾아낸다. 순전히 호기심 때문에 대포 클럽의 작업을 보려고 플로리다에 온 사람들이 탬파에 자리를 잡자마자 벤처 사업에 끌려든 것은 그 때문이다. 항구는 인부와 자재를 수송하려고 대절한 배들로 믿을 수 없을 만큼 북적거렸다. 모양과 크기가 다양한 배들이 곧 식량과 물자와 상품을 가득 싣고 만을 가로질렀다. 선주와 중개인들은 시내에 커다란 사무실을 차렸고, 〈해운일보〉는 날마다 탬파 항에 새로 도착한 배들을 보도했다.

신작로가 사방팔방으로 뚫리고 인구가 증가하고 사업이 번창했기 때문에, 탬파는 마침내 미국의 남부 주들과 철도로 연결되었다. 모빌과 남부의 해군 기지인 펜서콜라를 연결하는 철도가 생겼고, 이 중요한 거점에서 탤러해시까지 연장되었다. 여기서 철도는 해안의 세인트마크스와 탤러해시를 연결하는 33킬로미터 길이의 짧은 선로와 이어졌다. 이 선로는 다시 탬파까지 연장되어, 플로리다 중부의 죽은 지역을 되살리고 잠자는 지역을 깨웠다. 그리하여 탬파는 어느 날 한 남자의 머릿속에 깃든 생각에서 튀어나온 기술 문명의 경이 덕분에 정당하게 대도시의 풍모를 띨 수 있었다. 탬파는 '문 시티(달도시)'라는

바비케인이 온 뒤의 탬파

별명을 얻었고, 플로리다 주도는 개기일식으로 달에 가려지는 태양처럼 탬파에 가려 빛을 잃었다. 이 개기일식은 전세계에서 볼 수 있었다.

이제는 텍사스와 플로리다의 경쟁이 그렇게 치열했던 이유, 대포 클럽이 텍사스의 주장을 물리쳤을 때 텍사스 사람들이 그토록 격분했던 이유를 이해하기가 쉬울 것이다. 그들은 바비케인의 프로젝트가 그 지역에 무엇을 가져다줄지, 그런 대포가 가져다줄 온갖 이익을 선견지명으로 내다보았던 것이다. 텍사스는 거대한 상업 중심지와 철도를 잃었고, 인구도 늘지 않았다. 이 모든 이익은 대서양과 멕시코 만 사이에 방파제처럼 돌출해 있는 그 가증스러운 플로리다 반도로 가버렸다. 그래서 바비케인은 텍사스 주에서 산타 아나 장군만큼이나 인기가 없었다.

한편 탬파는 상업과 공업에 열정을 불태우고 있었지만, 이곳의 새로운 주민들은 대포 클럽의 흥미진진한 작업을 결코 잊지 않았다. 잊기는커녕, 그 프로젝트의 세세한 부분까지, 심지어 곡괭이질 한 번에도 깊은 관심을 보였다. 시내와 스톤힐 사이에는 사람의 왕래가 끊이지 않았다. 그것은 행진, 아니 순례였다.

대포가 발사되는 날 구경꾼이 수백만 명에 이르리라는 것은 벌써 예견할 수 있었다. 이미 세계 곳곳에서 이 좁은 반도로 사람들이 모여들고 있었기 때문이다. 유럽이 미국으로 이주하고 있었다.

하지만 새로 온 그 많은 사람들의 호기심이 지금까지는 별로 채워지지 않았다고 말할 수밖에 없다. 많은 사람들이 대포를 주조하는 장관을 볼 수 있으리라고 기대했지만, 실제로 본 것은 연기뿐이었다. 탐욕스러운 눈에는 너무 보잘것없는 것이었지만, 바비케인은 구경꾼들이 그 작업에 입회하는 것을 허락하지 않았다. 그래서 사람들은 투덜거렸고, 불만과 불평이 쏟아졌다. 그들은 바비케인을 비난하고, 독재자라고 헐뜯고, 그의 처신은 미국식이 아니라고 선언했다. 스톤힐의 울타리 주위에서는 거의 폭동이 일어날 기세였다. 앞에서 보았듯이 그래도 바비케인의 결심은 흔들리지 않았다.

하지만 대포가 완성되자, 이제는 더 이상 비공개 방침을 유지할 수 없었다. 대중을 안달나게 하는 것은 무례하고 무모하기까지 했을 것이다. 그래서 바비케인은 모든 방문자에게 문을 열었다. 하지만 실용 정신을 가진 그는 대중의 호기심에서 이익을 얻기로 작정했다.

거대한 콜럼비아드를 보는 것만도 놀라운 경험이었지만, 모든 미국인은 그 밑바닥으로 내려가는 것을 이 세상에서 얻을 수 있는 행복의 '극치'[100]로 생각했다. 스톤힐을 찾아온 사람들 가운데 그 심연을 안쪽에서 내려가는 즐거움을 누리고 싶어하지 않는 사람은 하나도 없었다. 증기 윈치에 매달린 승강기를 이용하면 그들의 호기심을 채워줄 수 있었다. 이 발상은 대성공을 거두었다. 남녀노소 모두 거대한 대포의 신비로운 깊이를 재보기로 결심했다. 요금은 1인당 5달러였다. 결코 싼값은 아니었지만, 대포를 발사하기까지 두 달 동안 몰려든 구경꾼들 덕분에 대포 클럽은 50만 달러에 가까운 큰돈을 금고에 채워 넣을 수 있었다.

두말할 나위도 없는 일이지만, 대포 안으로 맨 먼저 내려간 이들은 대포 클럽 회원들이었다. 그것은 이 유명한 단체가 충분히 누릴 자격이 있는 명예였다. 9월 25일에 엄숙한 의식이 거행되었다. 바비케인, 매스턴, 엘피스턴 소령, 모건 장군, 블룸스베리 대령, 머치슨 기사, 그 밖에 이 유명한 클럽의 유력한 회원들이 특별 승강기를 타고 바닥으로 내려갔다. 맨 처음 내려간 사람은 모두 열 명이었다. 그 긴 원통의 밑바닥은 아직도 뜨거웠다. 그들은 모두 숨이 막혔다. 하지만 그들은 얼마나 기뻐했던가! 얼마나 황홀했던가! 대포를 떠받치고 있는 거대한 암석 위에 10인용 식탁이 차려져 있었다. 대포 안에는 전깃불이 환하게 켜져 있었다. 하늘에서 떨어진 것처럼 보이는 산해진미가 차례로 식탁에 놓이고, 300미터 지하에서 열린 그 장엄한 연회가 끝날 때까지 최고급 프랑스산 포도주가 아낌없이 흘렀다.

연회는 활기찼고 시끄럽기까지 했다. 여기저기서 건배를 제의했다. 일동은 지구와 달, 대포 클럽, 미합중국, 달의 여신 포이베와 디아나와 셀레네, 그리고 '창공의 평화 사절'을 위해 건배했다. 그 모든 환호 소리가 음파에 실려 거대한 음향관의 위쪽 끝에 우레 소리처럼 도달했고, 스톤힐 주위에 모인 군중은 대포 밑바닥에 있는 열 명의 남자와 한마음이 되어 만세를 외쳤다.

매스턴은 너무 기뻐서 제정신이 아니었다. 그가 몸을 움직이기보다 소리를 더 많이 질렀는지, 음식을 먹기보다 술을 더 많이 마셨는지 어떤지는 말하기 어렵다. 어쨌든 그는 제국을 준

연회는 활기찼고 시끄럽기까지 했다

다 해도 자기 자리를 양보하지 않았을 것이다. 대포가 이미 장전되고 도화선에 불이 붙어 그를 산산조각으로 '유성의 공간'에 날려 보내려 한다 해도 절대 자기 자리를 양보하지 않겠다고 그는 말했다.

17

한 통의 전보

　대포 클럽의 대공사는 사실상 끝났지만, 포탄을 달로 쏘아 보낼 날까지는 아직도 두 달을 기다려야 했다. 모두 조바심을 냈기 때문에 이 두 달은 2년처럼 길게 느껴질 터였다. 그때까지 신문들은 작업의 진척 상황을 자세히 보도했고, 독자들은 신문 기사를 열심히 탐독했다. 하지만 이 '흥미주(株)'도 너무 많은 사람들에게 분배되었기 때문에 각자에게 돌아가는 '배당'이 심각하게 줄어들 것처럼 보였다. 사람들은 모두 그날 하루치의 열광을 배급받지 못하는 게 아닐까 걱정했다.

　하지만 그것은 기우였다. 가장 예기치 않은 사건, 놀랍고 믿을 수 없는 사건이 사람들의 관심을 또다시 흥분의 절정으로 끌어올렸던 것이다. 그것은 전세계를 숨막히는 기대감으로 가득 채우기에 충분했다.

어느 날, 정확히 말하면 9월 30일 오후 3시 47분, 한 통의 전보가 아일랜드의 밸런시아에서 뉴펀들랜드와 미국 연안까지 뻗어 있는 대서양 해저 케이블[101]을 통해 바비케인에게 전달되었다.

바비케인은 봉함을 뜯고 전보문을 읽었다. 자제심이 강한 그도 그 몇 마디를 읽었을 때는 입술에서 핏기가 사라지고 눈앞이 몽롱해졌다.

전보문 내용은 다음과 같다. 그 전보는 지금 대포 클럽의 문서고에 보존되어 있다.

프랑스 파리, 9월 30일 오전 4시

미국 플로리다 주 탬파

바비케인 귀하

구형(球形) 포탄을 원통원뿔형 포탄으로 교체할 것.

내가 그 안에 타고 가겠음.

기선 '애틀랜타' 호로 가고 있음.

미셸 아르당[102]

18
'애틀랜타' 호의 승객

　이 기절초풍할 메시지가 전선을 따라 번개처럼 빨리 도착하지 않고 봉투에 담겨서 보통우편으로 도착했다면, 그래서 프랑스와 아일랜드와 뉴펀들랜드와 미국의 전신기사들이 전보 내용을 알 필요가 없었다면, 바비케인은 잠시도 망설이지 않았을 것이다. 그의 프로젝트에 불신감을 초래하지 않도록 신중하게 침묵을 지켰을 것이다. 아마 장난 전보일 것이다. 게다가 보낸 사람이 프랑스 사람이니까 그럴 가능성이 더 크다. 그런 여행을 생각할 만큼 무모한 자가 세상에 존재할 수 있을까? 그런 녀석이 존재한다면, 그야말로 포탄이 아니라 정신병원에 가두어야 할 미치광이가 아닐까?

　하지만 전신은 본질적으로 비밀이 유지되지 않기 때문에 전보 내용은 알려져 버렸고, 미셸 아르당이 그런 제안을 했다는 소식은 벌써 온 나라에 퍼지고 있었다. 따라서 바비케인이 침묵을 지켜도 아무 의미가 없게 되었다. 바비케인은 모든 동료를 탬파에 소집하여, 자신의 의향을 밝히거나 전보 내용의 신빙성을 논의하는 대신, 짤막한 전보문을 침착하게 낭독했다.

"말도 안 돼!"

"믿을 수 없어!"

"농담이야!"

"우리를 놀리고 있을 뿐이야!"

"어처구니가 없군!"

"허튼소리!"

몇 분 동안 그들은 그런 경우에 관례로 되어 있는 몸짓과 함께 의심과 불신을 큰 소리로 표현했다. 제각기 기분에 따라 미소를 짓거나 요란하게 웃거나 어깨를 으쓱했다. 오직 J.T. 매스턴만이 열광적인 반응을 보였다.

"정말 대단한 발상이야!"

"맞아." 엘피스턴 소령이 말했다. "하지만 그런 생각을 해도 좋은 건 그 생각을 실행에 옮길 생각이 전혀 없을 때뿐이지."

"왜 실행하면 안 됩니까?" 매스턴이 격렬하게 대꾸했다. 금방이라도 싸울 태세였다. 하지만 아무도 그를 더 이상 자극하고 싶어하지 않았다.

그러는 동안 탬파에서는 벌써 미셸 아르당의 이름이 자주 들리고 있었다. 외지인과 현지인들은 눈길을 나누고, 서로 묻고, 농담을 주고받았다. 하지만 농담거리가 된 것은 아르당이 아니었다. 아르당은 신화나 환상일 뿐이었다. 사람들은 그런 가공 인물이 실제로 존재한다고 믿고 있는 매스턴을 웃음거리로 삼았다. 바비케인이 달로 포탄을 쏘아 보내자고 제안했을 때, 사람들은 그것이 자연스럽고 현실적인 계획이고 순전히 탄도학의 문제일 뿐이라고 생각했다. 하지만 어떤 미친 녀석이 포탄을 타고 우주 여행을 하고 싶다고 제안했다면 그것은 별난 생각이고 농담이고 장난이었다!

비웃음은 저녁때까지 계속되었다. 미국 전체가 웃음 발작에 사로잡혔다고 말할 수 있다. 도저히 믿기 어려운 계획도 쉽게 옹호자와 지지자와 후원자를 얻는 나라에서 그것은 이례적인 일이었다.

하지만 새로운 발상이 모두 그렇듯이, 아르당의 제안도 일부 사람들의 마음을 어지럽혔다. 그것은 익숙한 감정의 흐름을 뒤엎었고, 일찍이 아무도 생각해보지 못한 것이었다. 이 사건은 그 기괴함 때문에 곧 강박관념이 되었다. 사람들은 그 생각을 머리에서 떨쳐버리지 못했다. 오늘은 부정되었지만 내일은 현실이 된 일이 얼마나 많은가! 언젠가는 사람이 달에 가지 말라는 법도 없지 않은가? 하지만 어쨌든 그런 식으로 제 목숨을 위험에 내맡기고 싶어하는 사람은 미치광이가 분명하다. 그의 계획이 진지하게 받아들여질 턱이 없으니까, 그 사람은 터무니없는 소리로 온 나라를 발칵 뒤집어놓기보다는 침묵을 지키는 편이 나았을 것이다.

하지만 무엇보다도 그 인물은 정말로 존재할까? 그것은 중요한 문제였다. '미셸 아르당'이라는 이름은 미국에 꽤 알려져 있었다. 이 이름은 대담한 위업을 이룩하여 자주 사람들 입에 오르내리는 어느 유럽인의 이름이었다. 그리고 대서양 해저를 가로질러서 온 전보, 프랑스인이 탈 작정이라고 말한 기선의 이름, 그 배의 도착 예정일―이 모든 것이 그 제안에 진실성을 부여했다. 이 문제는 분명히 밝혀져야 했다. 뿔뿔이 흩어져 있던 사람들은 곧 집단을 이루었고, 원자들이 분자의 인력에 끌려 합쳐지듯 그 집단들도 호기심에 끌려 서로 합쳐졌다. 그리하여 결국에는 밀집한 군중이 되어 바비케인의 거처로 밀어닥쳤다.

전보가 도착한 뒤, 바비케인은 한 번도 자신의 견해를 밝히지 않았다. 매스턴이 자기 견해를 이야기했을 때도 바비케인은 그 말에 동의도 반대도 하지 않았다. 그는 그저 침묵을 지키면서 사태의 추이를 관망할 작정이었다. 하지만 그는 대중의 초조감을 고려하지 않았다. 창문 밑에 모여 있는 탬파 주민들을 보고 그의 얼굴에 짜증스러운 표정이 떠올랐다. 군중의 요란한 함성 때문에 그는 곧 사람들 앞에 모습을 나타낼 수밖에 없었다. 그는 명성을 얻은 대가로 유명인의 의무를 다해야 했고, 따라서 유명세도 톡톡히 치러야 했다.

그래서 그는 사람들 앞에 나타났다. 군중이 조용해졌다. 그때 한 시민이 퉁명스럽게 물었다.

"전보에 씌어 있는 미셸 아르당이라는 사람은 미국으로 오고 있습니까?"

"여러분." 바비케인이 대답했다. "그건 나도 여러분과 마찬

그는 창문 밑에 모여 있는 탬파 주민들을 보고……

가지로 전혀 모릅니다."

"알아내야 합니다!" 여러 사람이 초조한 목소리로 외쳤다.

"시간이 가면 자연히 알게 될 겁니다." 바비케인은 침착하게 말했다.

"시간은 온 나라를 어정쩡한 상태에 묶어둘 권리가 전혀 없습니다." 군중의 대변자가 말했다. "전보에 쓰인 대로 포탄 계획을 바꾸었습니까?"

"아직은 아닙니다. 하지만 여러분이 옳습니다. 우리는 알아내야 합니다. 대서양 해저 케이블이 이 모든 소동을 일으켰으니까, 전보가 우리한테 좀더 완전한 정보를 주는 것이 공정합니다."

"전보를 보내!" 군중이 소리쳤다.

바비케인은 거리로 내려가 전신국으로 걸어갔다. 군중도 그 뒤를 따랐다.

몇 분 뒤, 전보 한 통이 리버풀에 있는 선박 중개인 사무소로 타전되었다. 전보에는 다음의 질문들이 담겨 있었다.

"'애틀랜타' 호라는 기선이 실제로 있는가? 그 배가 최근에 유럽을 떠났는가? 그 배에 미셸 아르당이라는 프랑스인이 타고 있는가?"

두 시간 뒤에 바비케인은 답신을 받았다. 그 명쾌한 내용은 전혀 의심할 여지가 없었다.

"리버풀의 증기선 '애틀랜타' 호는 10월 2일 탬파를 향해 출항했음. 승객 명부에는 미셸 아르당이라는 이름의 프랑스인이 타고 있음."

이 답신 전보를 읽고 바비케인의 눈이 반짝 빛났다. 그는 주먹을 움켜쥐고 중얼거렸다.

"사실이군! 가능해! 그 프랑스인은 실제로 존재해! 그리고 2주 뒤에는 여기 도착할 거야! 하지만 그는 미치광이야. 무모한 정신병자야! 나는 절대로 동의하지 않겠어……."

하지만 바로 그날 저녁 바비케인은 브레드월 회사에 편지를 써서, 추후 통보가 있을 때까지 포탄 주조를 연기해달라고 요청했다.

미국을 온통 사로잡은 감정을 묘사하기란 어려운 노릇이다. 그 흥분은 바비케인의 첫 발표가 사람들에게 미친 영향을 열배나 능가하는 것이었다. 미국 신문들이 뭐라고 말했는지, 그들이 이 뉴스를 어떤 식으로 받아들이고 구세계에서 그 영웅이 도착하는 것을 어떻게 선전했는지, 모든 사람이 시간과 분과 초를 헤아리면서 얼마나 열띤 흥분 속에서 살고 있었는지를 묘사하는 것도 어렵다. 한 가지 생각에 사로잡힌 그 많은 사람들의 마음을 한시도 떠나지 않은 고정관념을 조금이나마 전달하기도 어렵다. 사람들은 일을 내팽개치고 하나의 관심사에만 정신이 팔려 있었다. 일은 중단되고, 거래는 연기되고, 배들은 '애틀랜타' 호가 도착하는 순간을 놓치지 않으려고 바다로 나갈 준비만 갖춘 채 항구에 남아 있었다. 이곳에 도착하는 기차들은 만원이었고, 떠나는 기차는 텅텅 비었다. 탬파 만에는 증기선과 우편선, 유람선, 온갖 크기의 쾌속선이 끊임없이 오가고,

2주 사이에 탬파 인구를 네 배로 늘려놓은 수많은 구경꾼은 전쟁터의 군인들처럼 천막 생활을 해야 했지만 그 수를 정확히 헤아리기도 어렵다. 이 모든 것은 인간의 능력을 뛰어넘는 일이고, 무모한 사람이 아니라면 시도해볼 마음도 나지 않을 정도다.

10월 20일 아침 9시, 플로리다 해협의 신호소는 수평선에 검은 연기가 보인다고 보고했다. 두 시간 뒤, 대형 증기선이 신호소와 확인 신호를 교환했다. '애틀랜타'라는 선박 이름이 당장 탬파로 보내졌다. 오후 4시, 이 영국 배는 탬파 만으로 들어왔다. 5시에는 전속력으로 해협에 들어왔고, 6시에 탬파 항에 닻을 내렸다.

닻이 모랫바닥에 닿기도 전에 '애틀랜타' 호는 500척의 보트에 둘러싸였다. 군중이 배를 덮쳤다. 맨 먼저 갑판에 올라간 사람은 바비케인이었다. 그는 흥분을 애써 억누르는 목소리로 외쳤다.

"미셸 아르당!"

"여깁니다!" 선미루 갑판에 서 있던 사내가 대답했다.

바비케인은 팔짱을 끼고 입을 꽉 다문 채 의혹의 눈으로 '애틀랜타' 호의 승객을 빤히 쳐다보았다.

나이는 마흔두 살. 키는 크지만 등으로 발코니를 떠받치고 있는 '카리아티드'[103]처럼 어깨가 좀 구부정한 새우등이었다. 사자 같은 머리는 단단해 보였고, 불타는 듯한 빨간 머리를 이따금 사자 갈기처럼 흔들었다. 관자놀이에서 넓어진 짧은 얼굴, 고양이 수염처럼 뻣뻣한 콧수염, 모랫빛 수염으로 장식된 볼, 약간 근시인 듯한 둥글고 산만한 눈이 고양잇과 동물 같은

미셸 아르당

그 골상을 완벽하게 마무리해 주고 있었다. 하지만 코는 대담하게 쭉 뻗어 있었고, 입은 특히 인간미를 풍겼고, 높고 지적인 이마에는 한 번도 묵히지 않은 밭처럼 고랑이 파여 있었다. 끝으로 긴 다리 위에 얹혀 있는 건장한 몸통과 근육질의 힘센 팔과 의연한 태도가 한데 어우러져 그에게 강건하고 다부진 쾌남아의 풍모를 부여하고 있었다. 야금술의 용어를 빌리면 '주조된 것이 아니라 대장간에서 벼려진 것'처럼 보였다.

라파터나 그라시올레[104]의 제자들은 그의 두개골과 얼굴에서 투쟁 정신의 명백한 증거를 쉽게 보았을 것이다. 그것은 위험에 처했을 때 용기를 발휘하고 장애를 이겨내는 성향이다. 그들은 친절함과 고도로 발달한 상상력의 증거도 보았을 것이다. 어떤 기질을 가진 사람은 이처럼 상상력이 발달하면 초인적인 일에 도전하는 경향이 있다. 하지만 그에게는 소유욕과 물욕을 보여주는 두개골 융기가 전혀 없었다.

그의 초상에 대한 묘사를 마치려면 헐렁하고 편안한 복장을 반드시 언급해야 한다. 바지도 코트도 헐렁하고, 넥타이도 느슨하게 매었고, 셔츠 칼라는 아낌없이 열려서 건장한 목이 다드러나 보이고, 항상 단추가 풀려 있는 소매에서는 잠시도 쉬지 않는 손이 빠져나와 있었다. 그는 한겨울이나 위험하기 짝이 없는 순간에도 절대 움츠러들지 않는 사람, 지금까지 겁을 먹고 꽁무니를 뺀 적이 한 번도 없는 사람이라는 인상을 주었다.

기선 갑판 위에서 그는 군중에 둘러싸여 있으면서도 한곳에 머물지 않고 계속 이리저리 걸어다녔다. 선원들 말마따나 '닻이 조류나 바람에 밀려 바닥을 질질 끌려 다니는' 것 같았다. 그는 활기차게 몸짓을 하고 누구한테나 친근하게 말을 걸고 신경질적으로 손톱을 물어뜯었다. 그는 조물주가 변덕이 났을 때 만드는 괴짜들 가운데 하나였다. 조물주는 괴짜를 한 명 만들고 나면 당장 주형을 부숴버린다.

미셸 아르당의 사람 됨됨이는 관찰하고 분석할 여지가 많았다. 그는 틀림없이 과장하는 버릇이 있을 테고, 최상급을 선호하는 나이를 아직 졸업하지 않았다. 사물은 그의 망막에 극단적인 크기로 비쳤고, 이것은 그의 터무니없는 생각으로 이어졌다. 그는 온갖 어려움과 인간을 제하고는, 모든 것을 실제보다 훨씬 크게 보았다.

그는 꽤 자유분방한 남자였다. 타고난 예술가였고, 재치있는 말을 계속 쏟아내기보다는 기회를 노리다가 정곡을 찌르는 사람이었다. 토론할 때는 논리를 거의 따지지 않았고, 삼단논법에 적대적이었다. 그라면 삼단논법 따위는 절대로 고안하지 않았을 것이다. 그는 독자적인 공격법을 사용했다. 그는 이성보다 감정에 호소하는 '아드 호미넴'[105] 논법의 명수였고, 승산이 없는 주장을 온갖 수단 방법으로 옹호하기를 좋아했다.

그의 또 다른 특징은 자신이 셰익스피어처럼 '고상하게 무식하다'[106]고 선언한 것이었다. 그는 학자와 과학자를 경멸한다고 공언하고, '우리가 경기를 하는 동안 아무 일도 하지 않고 점수만 매기는 자들'이라고 비난했다. 요컨대 그는 '이상한 나라'[107]에서 온 보헤미안이었고, 모험을 좋아하기는 하지만 모험가는 아니고, 태양신의 전차를 전속력으로 몬 파에톤[108]처럼 저돌적이고, 예비 날개를 가진 이카로스[109]였다. 그는 위험 앞에서 결코 움츠러들지 않았고, 눈을 크게 뜬 채 무모한 모험에 몸을 내던졌으며, 아가토클레스[110]보다 더욱 열정적으로 배를 불태워 배수진을 쳤다. 언제라도 목이 부러질 각오가 되어 있는 그는 아이들 장난감인 작은 곡예사 인형처럼 항상 제 발로 일어섰다.

그의 좌우명을 두 마디로 말하면 '설령 그렇더라도!'였다. 불가능한 일을 좋아하는 것은 알렉산더 포프의 표현을 빌리면 그의 '지배적인 감정'[111]이었다.

하지만 그는 장점만이 아니라 결점도 가지고 있었다. 호랑이 새끼를 잡으려면 호랑이 굴에 들어가라는 속담도 있지만, 그는 자주 호랑이 굴에 들어갔으면서도 아직 호랑이 새끼를 잡지 못했다. 그는 물 쓰듯 돈을 낭비했고, 다나오스의 딸들[112]이 물을 채워야 하는 밑빠진 독 같았다. 그는 욕심이 전혀 없었고, 머리에 복종하는 만큼 자주 가슴에 복종했다. 관대하고 의협심이 풍부한 그는 철천지 원수의 사형집행 영장에도 서명하지 않았을 것이고, 노예 한 명을 해방시키기 위해 기꺼이 자신을 노예로 팔았을 것이다.

프랑스만이 아니라 유럽 전역에서, 활기차고 떠들썩한 그 인물을 모르는 사람은 없었다. 유명인사 백 명이 그에 대해 목이 쉬도록 이야기했다. 그는 유리집에 살면서, 자신의 비밀을 속속들이 전세계에 털어놓았다. 하지만 그가 군중을 밀어젖히고 앞으로 나갈 때 팔꿈치로 거칠게 밀치거나 타박상을 입히거나 무자비하게 쓰러뜨린 사람들 중에는 그를 미워하는 적도 많았다.

하지만 대체로 사람들은 그를 좋아했고, 버릇없는 아이로 대했다. 세간의 표현에 따르면 그는 '태어난 그대로의 인간'이었고, 사람들은 그런 점을 좋아했다. 모든 사람이 그의 대담한 계획에 흥미를 느끼고 관심있게 지켜보았다. 그는 무모할 만큼 대담했다. 친구가 이제 곧 재난이 닥쳐올 거라면서 그를 말리려 할 때마다 그는 우아하게 미소를 지으며 대답했다. "숲을 태우는 것은 그 숲의 나무뿐이야." 하지만 그는 자신이 아라비아에서 가장 아름다운 속담을 인용하고 있는 줄은 미처 알아차리지 못했다.

'애틀랜타' 호 갑판에 서 있는 미셸 아르당은 그런 인물이었다. 그는 항상 활기에 넘쳐 있었고, 내면에서 활활 타오르는 열기로 항상 부글부글 끓고 있었고, 미국에 하러 온 일 때문이 아니라―그 일에 대해서는 생각조차 하고 있지 않았다―열에 들뜬 자신의 신경계 때문에 잔뜩 흥분해 있었다. 완전한 대조를 이루는 두 사람이 있다면, 그것은 프랑스인 미셸 아르당과 미국인 바비케인이었다.[113] 비록 둘 다 진취적이고 대담하고 모험적인 용기를 가지고 있었지만.

바비케인이 자신을 조역으로 밀어내버린 그 경쟁자 앞에서 뭔가 생각에 잠겨 넋을 잃고 있다가 군중의 환호 소리에 정신을 차렸다. 군중은 미친 듯이 소리를 지르면서 미셸 아르당에게 열광했다. 미셸 아르당은 천 번쯤 악수를 나누는 동안 손가락이 다 떨어져 나갈 것 같은 상태가 되었기 때문에 선실로 피신할 수밖에 없었다.

바비케인은 아무 말도 하지 않고 그를 따라갔다.

"바비케인 씨?" 단둘이 있게 되자마자 아르당이 물었다. 20년 지기에게 말을 거는 듯한 말투였다.

"그렇습니다."

"안녕하십니까, 바비케인 씨! 처음 뵙겠습니다."

"그래, 정말로 그 일을 해낼 작정입니까?" 바비케인이 단도직입적으로 물었다.

"물론입니다."

"무슨 일이 있어도 마음을 바꾸지 않을 건가요?"

"절대 바꾸지 않을 겁니다. 내가 전보에서 요청한 대로 포탄은 바꾸었습니까?"

"당신이 오기를 기다리고 있었습니만…… 정말로 신중하게 심사숙고한 겁니까?"

"심사숙고라고요? 그런 데 시간을 낭비할 수는 없지요. 나는 달에 갈 수 있는 기회를 발견했고, 그 기회를 잡을 겁니다. 그것뿐이에요. 그걸 심사숙고할 이유가 어디 있습니까."

바비케인은 아무 걱정도 없이 태평스럽게 달여행 계획을 이야기하는 남자를 지그시 바라보았다.

"하지만 그래도 뭔가 계획은 갖고 있겠지요?" 바비케인이 말했다.

"그럼요. 멋진 계획이 있지요. 하지만 괜찮으시다면 모든 사람에게 한 번만 그 이야기를 하고, 두 번 다시는 언급하고 싶지 않습니다. 같은 말을 되풀이하는 건 질색이니까요. 그러니까 친구와 동료들, 이곳 주민 전부, 플로리다 사람 전부, 미국인 전부를 모두 한자리에 모아놓으세요. 혹시라도 제기될지 모르는 반대 의견에 대해서는 얼마든지 답변하고 내 계획을 설명할 준비가 갖추어져 있습니다. 걱정 마세요. 나는 자신있게 반대 의견을 기다리고 있을 테니까요. 어떻습니까?"

"좋습니다."

바비케인은 선실에서 나와, 아르당의 제안을 군중에게 설명했다. 군중은 기뻐서 발을 구르고 환성을 질렀다. 아르당의 제안대로 하면 모든 어려움이 사라질 것이다. 이튿날에는 모든 사람이 그 유립의 영웅을 느긋하게 바라볼 수 있을 것이다. 하지만 좀더 고집스런 구경꾼들 중에는 '애틀랜타' 호 갑판을 떠나기를 거부하고 배에서 밤을 보낸 사람들도 적지 않았다. 그들 가운데 매스턴은 아예 선미 난간에 쇠갈고리를 박아서 고정시켰다. 그를 떼어내려면 권양기가 필요했을 것이다.

"그는 영웅이야, 영웅!" 매스턴은 열띤 어조로 외쳤다. "그 유럽인에 비하면 우리는 소심한 여자에 지나지 않아!"

바비케인은 손님들에게 배에서 떠나라고 요구한 뒤 아르당의 선실로 돌아가서 배의 종소리가 자정을 알릴 때까지 그곳에 남아 있었다.

자정이 되자, 인기를 다투는 두 경쟁자는 다정하게 악수를 나누었고, 아르당은 바비케인에게 친구 같은 말투로 작별인사를 했다.

19
대중 집회

이튿날, 태양은 초조한 사람들을 약 올리듯 천천히 떠올랐다. 사람들은 해가 그렇게 중요한 행사를 비출 태양치고는 너무 굼뜨게 움직인다고 생각했다. 바비케인은 미셸 아르당이 무례한 질문을 받으면 곤란하다고 생각했기 때문에 관중을 사정에 정통한 소수, 예를 들면 그의 동료들만으로 제한하고 싶었지만, 그렇게 하기보다는 나이아가라 폭포를 댐으로 막는 편이 훨씬 더 쉬웠을 것이다. 바비케인은 그 생각을 포기하고, 새 친구가 대중 앞에 나서는 위험을 무릅쓰도록 내버려둘 수밖에 없었다. 탬파에 새로 생긴 증권거래소 건물에 있는 엄청나게 큰 홀도 어느덧 대중 집회의 양상을 띠기 시작한 이번 집회에는 비좁을 것으로 판단되었다.

결국 집회 장소로 선정된 곳은 교외의 드넓은 평원이었다.

대중 집회

몇 시간도 지나기 전에 그곳에는 햇빛을 가리는 천막들이 쳐졌다. 항구의 배들이 돛과 밧줄, 여분의 돛대와 활대를 많이 가지고 있어서, 그것으로 거대한 천막을 칠 수 있었다. 범포로 된 하늘이 곧 햇볕에 구워진 땅 위에 펼쳐져, 땅을 직사광의 뜨거운 공격으로부터 지켜주었다. 그 하늘 밑에 모인 30만 군중은 프랑스인의 도착을 기다리면서 몇 시간 동안 숨막히는 더위에 용감하게 맞섰다. 군중의 3분의 1은 볼 수도 있고 들을 수도 있었지만, 3분의 1은 겨우 들을 수는 있어도 보지는 못했고, 나머지 3분의 1은 보지도 듣지도 못했지만 박수를 보내는 데에는 누구보다도 열심이었다.

3시에 미셸 아르당이 대포 클럽의 주요 회원들과 함께 나타났다. 오른쪽에는 바비케인 회장, 왼쪽에는 J.T. 매스턴 간사를 거느린 미셸 아르당은 한낮의 태양보다 더 찬란하게 빛났다. 아르당은 연단에 올라가, 검은 모자들의 바다를 내려다보았다. 그는 조금도 당황하지 않고 느긋해 보였다. 아주 편안한 기분을 느끼고 있는 듯 쾌활하고 사근사근하고 상냥했다. 관중이 환호와 박수로 맞이하자 그는 우아한 절로 답례했다. 그러고는 조용히 하라는 몸짓으로 한 손을 들어올린 뒤, 놀랄 만큼 완벽한 영어로 말하기 시작했다.

"여러분, 날씨가 무척 덥습니다만, 잠시 여러분의 시간을 빌려서 내 계획에 대해 몇 가지 말씀드리려고 합니다. 여기에는 여러분도 흥미를 가지실 거라고 믿습니다. 나는 웅변가도 아니고 과학자도 아니고, 또 이렇게 많은 사람들 앞에서 말하게 될 줄은 꿈에도 생각지 못했지만, 내가 연설을 하면 여러분이 기뻐하실 거라고 바비케인 씨가 말했기 때문에 기꺼이 그렇게 하겠습니다. 60만 개의 귀로 내 말을 들으시고, 내가 혹시 실수를 하더라도 너그럽게 보아주시기 바랍니다."

그의 연설은 이 솔직한 머리말부터 청중의 마음을 휘어잡았다. 사람들은 흡족한 웅성거림으로 호의를 표출했다.

"여러분! 내가 말씀드린 것에 대해 뭔가 반론이 있으면 자유롭게 밝혀주시기 바랍니다." 미셸 아르당이 말을 이었다. "우선 여러분이 상대하고 있는 남자가 무식하기 짝이 없는 사람이라는 사실을 부디 명심하시기 바랍니다. 나는 너무 무식해서 어려움도 모를 정도입니다. 그래서 포탄을 타고 달에 가는 것도 아주 간단하고 자연스럽고 쉬운 일로 생각되었습니다. 그것은 조만간 이루어져야 할 여행입니다. 그 방법은 단지 진보의 법칙[114]에 따를 뿐입니다. 인간은 처음에는 네 발로 걸었고, 다음에는 두 발로 걸었고, 다음에는 짐수레, 마차, 승합마차, 철도로 여행했습니다. 미래의 탈것은 포탄입니다. 행성 자체도 포탄에 지나지 않습니다. 조물주가 쏜 대포알이 바로 행성들인 것입니다. 하지만 이제 우리의 탈것으로 돌아갑시다. 여러분 중에는 포탄에 주어질 속도가 지나치게 빠르다고 생각하시는 분도 있을 것입니다. 그것은 결코 사실이 아닙니다. 모든 천체는 그보다 더 빨리 움직입니다. 지금 우리를 태우고 있는 지구는 태양 주위를 그보다 세 배나 빠른 속도로 돌고 있습니다.

여러 행성이 움직이는 속도를 말씀드리지요. 나는 무식하지만 그 천문학적 세부 사항은 아주 잘 알고 있습니다. 하지만 2분 뒤에는 여러분도 나만큼 그 문제를 잘 알게 될 것입니다. 해왕성은 시속 2만 킬로미터의 속도로 움직입니다. 천왕성은 2만 7000킬로미터, 토성은 3만 5400킬로미터, 목성은 4만 6680킬로미터, 화성은 8만 8000킬로미터, 지구는 11만 킬로미터, 금성은 12만 8700킬로미터, 수성은 21만 킬로미터입니다.[115] 일부 혜성은 근일점에서 시속 560만 킬로미터의 속도를 내기도 합니다. 우리 포탄은 처음에는 시속 4만 킬로미터의 속도로 게으르게 빈둥거릴 것이고, 게다가 그 속도는 계속 떨어질 것입니다! 그게 흥분할 일입니까? 언젠가는 빛이나 전기를 이용한 기계가 훨씬 빠른 속도로 이것을 능가할 것은 분명하지 않습니까?"

그의 예언에 조금이라도 의심을 품는 사람은 아무도 없어 보였다.

"여러분! 우리가 편협한 사람들—나는 그런 사람들을 달리 어떻게 불러야 할지 모르겠습니다—의 말을 믿는다면, 인류는 탈출구가 없는 포필리우스의 동그라미[116]에 갇혀 행성간 우주 공간으로 날아가지도 못하고 이 지구 위에서 무위도식할 운명이라는 것입니다! 그건 사실이 아닙니다! 우리는 지금 달에 가려 하고 있고, 언젠가는 우리가 지금 뉴욕에서 리버풀에 가는 것만큼 쉽고 빠르게 다른 별에 가게 될 것입니다. 오늘날 지구의 바다를 건너듯 우주의 바다도 곧 건널 수 있게 될 것입니다. 거리는 상대적인 조건일 뿐이고, 결국에는 '영'으로 줄어들 것입니다."

청중은 대체로 프랑스의 영웅에 대해 강한 호감을 품고 있었지만, 이 대담한 이론에는 다소 당황했다. 아르당은 청중의 반응을 알아차렸는지, 매력적인 미소를 지으며 말을 계속했다.

"납득이 가지 않는 모양이군요. 자, 그럼 논리적으로 생각해봅시다. 급행열차가 달에 가려면 시간이 얼마나 걸릴지 아십니까? 300일입니다. 그것뿐이에요. 거리는 34만 5500킬로미터이지만, 그게 뭐 그리 대수로운 거리인가요?[117] 지구 둘레의 아홉 배도 채 안 되고, 노련한 선원이나 여행자라면 누구나 평생 동안 그보다 먼 거리를 다닙니다. 생각해보세요. 내 여행은 97시간밖에 걸리지 않을 겁니다. 여러분은 달이 아주 멀리 떨어져 있고 사람은 달에 가려고 하기 전에 다시 한 번 잘 생각해야 한다고 하실지 모르지만, 태양에서 45억 8600만 킬로미터나 떨어진 궤도를 돌고 있는 해왕성에 간다면 어떻게 될까요? 1킬로미터에 5수[118]밖에 안 든다 해도 그 여비를 마련할 여유가 있는 사람은 그리 많지 않을 것입니다! 10억 프랑의 재산가인 로트실트[119] 남작도 1억 4700만 프랑이 모자라서 여행을 포기해야 할 겁니다!"

이런 논법은 청중을 무척 만족시킨 듯했다. 본론으로 머리가 가득 찬 아르당은 활기차게 본론으로 뛰어들었다. 청중이 열심히 귀를 기울이고 있다는 것을 느낀 아르당은 자신있게 말을 이었다.

"해왕성에서 태양까지의 거리도 여기서 별들까지의 거리에 비하면 아무것도 아닙니다. 그 거리를 표현하려면 10자릿수가 가장 작은 수니까 10억을 기본 단위로 삼아야 합니다. 내가 이 주제를 너무 잘 알고 있어서 미안하지만, 정말 매력적인 주제입니다. 내 말을 듣고 스스로 판단해보세요. 켄타우로스좌의 알파별은 30조 킬로미터나 떨어져 있습니다. 시리우스는 200조 킬로미터, 아르크투루스는 210십조 킬로미터, 북극성은 465조 킬로미터, 카펠라는 675조 킬로미터, 다른 별들은 수천조, 수만 조 킬로미터나 떨어져 있습니다. 우리 행성들과 태양 사이의 그 짧은 거리는 말하기조차 쑥스러울 정도지요! 그 거리가 존재한다고 주장할 수나 있겠습니까? 그건 잘못입니다! 감각의 착각입니다! 태양에서 시작하여 해왕성에서 끝나는 세계를 내가 어떻게 생각하는지 아십니까? 내 이론을 알고 싶으세요? 간단합니다. 내가 생각하는 태양계는 속이 꽉 찬 동질적인 하나의 천체입니다. 태양계를 이루는 행성들은 서로 맞닿아서 서로 들러붙어 있습니다. 그 사이의 공간은 은이나 철, 금이나 백금처럼 단단한 금속의 분자와 분자 사이에 있는 공간일 뿐입니다. 그래서 나는 '거리는 헛소리이고, 거리 따위는 존재하지 않는다'고 주장할 권리가 있고, 그 말을 다시 한 번 되풀이하는 것은 내 확신이 여러분 모두에게 전달되기를 바라기 때문입니다."

"옳소! 브라보! 만세!" 청중은 그의 몸짓과 말투와 대담한 발상에 넋을 잃고 외쳤다.

"맞는 얘기야." J.T. 매스턴도 누구보다 힘차게 소리쳤다. "거리는 존재하지 않아!"

매스턴은 격렬한 몸짓과 그 반동 때문에 몸에 대한 통제력을 잃고 하마터면 연단에서 떨어질 뻔했다. 하지만 간신히 균형을 잡아 추락을 면했다. 연단에서 추락했다면, 거리는 결코 헛소리가 아니라는 것을 몸소 깨달았을 것이다. 그러는 동안에도 청중을 흥분시키는 연설은 계속되었다.

"이제 문제는 해결되었다고 생각합니다. 내가 여러분을 모두 납득시키지 못했다면, 그것은 내 논증이 소극적이고 내 논거가 약했기 때문입니다. 여러분은 내 이론 공부가 부족한 것을 탓해야 할 것입니다. 그거야 어쨌든, 다시 한 번 말하면 지구에서 달까지의 거리는 정말로 하찮은 것이어서 진지하게 고민할 가치도 없습니다. 가까운 장래에 포탄 열차를 타고 지구에서 달까지 편안하고 쾌적하게 여행할 수 있을 거라고 말해도 지나친 과장이라고는 생각지 않습니다. 그 열차는 충돌하지도 탈선하지도 않을 것입니다. 승객들은 꿀벌이 날아가듯 일직선으로 빠르게 목적지에 도착할 테고, 피곤하지도 않을 것입니다. 20년 안에 지구인의 절반이 달을 여행하게 될 것입니다!"

"만세! 미셸 아르당 만세!" 청중은 납득하지 못한 사람들까지 포함하여 일제히 소리쳤다.

"바비케인 만세!" 아르당이 겸손하게 화답했다.

기획자에 대한 감사 표시에 청중은 만장일치로 박수갈채를 보냈다.

"여러분." 아르당이 다시 말을 이었다. "질문이 있으면 하세요. 물론 나처럼 무식한 사람은 당황해서 쩔쩔매겠지만, 그래도 답변하려고 애써보겠습니다."

지금까지 바비케인은 논의의 방향에 만족하고 있었다. 관념의 유희랄까, 그 분야에서는 미셸 아르당의 생생한 상상력이

달나라행 포탄 열차

종횡무진으로 달리게 내버려두면 되었다. 바비케인은 실제적인 문제로 들어가면 아르당이 제대로 설명하지 못할 테니까 이야기가 그쪽으로 방향을 돌리지 않도록 막아야 한다고 생각했다. 그래서 바비케인은 새로운 친구에게 달이나 행성에 생명체가 있다고 생각하느냐고 서둘러 물었다.

"중대한 질문이군요." 아르당은 빙긋이 웃으면서 대답했다. "하지만 내가 잘못 안 게 아니라면 플루타르코스나 스웨덴보리, 베르나르댕 드 생피에르[120]를 비롯하여 수많은 위대한 지성들이 그 질문에 긍정적인 대답을 했습니다. 자연철학의 관점에서 생각하면 나도 그들의 견해에 동의하고 싶어집니다. 나는 이 세상에 쓸모없는 것은 존재하지 않는다고 말하고 싶습니다. 그리고 다른 문제를 제기하는 것으로 당신의 질문에 답하겠습니다. 그 세계에 생명체가 살 수 있다면, 지금 현재 살고 있거나 과거에 살았거나 앞으로 살게 될 것입니다."

"옳소!" 첫 번째 줄에 있던 청중이 소리쳤다. 그들의 의견은 마지막 줄의 청중에게는 법률과 같은 힘을 지니고 있었다.

"그보다 더 논리적이거나 명쾌한 대답을 할 수 있는 사람은 아무도 없을 겁니다." 바비케인이 말했다. "문제는 요컨대 '그 세계에 생명체가 살 수 있느냐?' 가 되겠군요. 나는 살 수 있다고 생각합니다."

"나는 확신합니다." 아르당이 말했다.

"하지만 반론도 있습니다." 청중 가운데 한 사람이 말했다. "그 세계에 생명체가 살고 있다면 생명의 원리를 대부분 수정해야 할 겁니다. 예를 들면 행성은 태양에서 얼마나 멀리 떨어져 있느냐에 따라 불타듯이 뜨겁거나 엄청나게 추울 게 분명합니다."

"반론을 제기하신 분을 개인적으로 모르는 게 유감이군요." 아르당이 말했다. "알고 있다면 대답하려고 애써볼 테니까요. 그 반론은 확실히 타당성이 있습니다. 하지만 다른 세계에는 생명체가 살 수 없다는 어떤 주장도 훌륭하게 반박할 수 있습니다. 내가 물리학자라면 이렇게 말할 겁니다. 태양과 가까운 행성에서는 활동 열량이 줄어들고 태양에서 멀리 떨어진 행성에서는 활동 열량이 늘어나면 충분히 온도의 균형을 유지할 수 있고, 우리 같은 생명체가 견딜 수 있는 행성이 될 거라고 말입니다. 내가 동물학자라면 유명한 과학자들의 의견에 따라 이렇게 말하겠습니다. 우리 지구의 자연은 더없이 다양한 거주 조건에서 살고 있는 동물들의 본보기를 보여준다고. 물고기는 다른 동물에게는 치명적인 생활 환경인 물속에서 숨을 쉬고, 양서류는 설명하기 어려운 이중 생활을 하고, 심해 생물은 기압의 50배 내지 60배나 되는 수압을 받으면서도 짜부라지지 않고, 일부 수생 곤충은 온도에 둔감해서 펄펄 끓는 온천이나 극지방의 바다 속에서도 발견됩니다. 끝으로 자연이 작용하는 방식은 참으로 다양하다는 것을 인정해야 합니다. 개중에는 이해할 수 없는 것도 많지만, 그래도 실제로 존재합니다. 자연은 거의 전능에 가깝습니다. 내가 화학자라면 이렇게 말하고 싶습니다. 분명 지구 밖에서 형성된 운석을 분석한 결과 틀림없는 탄소의 흔적이 나타났고, 이 물질은 유기체에서만 나오고, 라이헨바흐의 실험에 따르면 반드시 '동물질화' 되었을 게 분명하다는 것입니다.[121] 끝으로 내가 신학자라면 이렇게 대답하겠습니다. 성 바울에 따르면, 신의 구원은 지구만이 아니라 모든 천체에 적용된 것 같다고 말입니다. 그런데 나는 신학자가 아닙니다. 화학자도 동물학자도 물리학자도 아닙니다. 따라서 우주를 지배하는 위대한 법칙을 모르기 때문에, 나는 그저 이렇게만 대답하겠습니다. 다른 세계에 생명체가 살고 있는지 어떤지 나는 모른다. 모르니까 가서 확인해보겠다!"

아르당의 이론에 반대한 사람이 감히 다른 주장을 했을까? 그것은 말할 수 없다. 청중의 열광적인 외침 소리 때문에 어떤 의견도 들리지 않았을 테니까. 가장 멀리 있는 집단까지 다시 조용해지자, 승리를 손에 넣은 연설자는 마지막 말을 덧붙였다.

"여러분도 아시겠지만, 나는 이 중대한 문제의 거죽만 핥았을 뿐입니다. 나는 여러분에게 강연을 하거나 어떤 주장을 옹호하러 여기 온 게 아닙니다. 다른 세계에 생명체가 살고 있을 가능성을 지지하는 주장은 많지만, 그것은 언급도 하지 않겠습니다. 나는 한 가지만 강조하겠습니다. 누군가가 행성에 생명체가 살 수 없다고 주장하면 이런 대답을 들을지도 모릅니다. '지구가 가장 살기 좋은 세계라는 것을 입증할 수 있다면 당신 말이 옳을 것이다.'[122] 하지만 볼테르가 뭐라고 말했든지 간에 그런 증거는 존재하지 않습니다. 지구는 위성이 하나뿐인 반면, 목성과 천왕성, 토성과 해왕성은 위성을 여럿 거느리고 있지요. 이것은 얕볼 수 없는 이점입니다. 하지만 우리 지구를 불편하게 만드는 주요 원인은 자전축이 공전 궤도에 비스듬히 기울어져 있다는 겁니다. 그것은 밤과 낮의 길이가 다른 원인이고, 불행한 계절 변화가 일어나는 원인입니다. 이 불운한 회전 타원체는 항상 너무 덥거나 너무 춥습니다. 겨울에는 꽁꽁 얼고 여름에는 땀을 뻘뻘 흘립니다. 우리 지구는 감기와 폐렴과 결핵의 행성이지만, 자전축이 거의 기울어지지 않은 목성[123]의 표면에 사는 생명체는 항상 일정한 온도를 누릴 수 있습니다. 목성에는 봄과 여름, 가을과 겨울이 각각 영원히 계속되는 지대가 있습니다. 목성에 사람이 있다면, 그들은 각자 마음에 드는 기후를 선택하여 평생을 기온 변화에서 해방된 채 보낼 수 있습니다. 그 점에서 목성이 지구보다 낫다는 것은 인정해야 합니다. 목성의 1년이 지구의 12년에 해당한다는 것은 말할 나위도 없지요! 게다가 그런 멋진 환경에서 사는 그 운좋은 세계의 주민들은 뛰어난 존재일 게 분명합니다. 그곳 학자들은 지구의 학자들보다 더 학구적이고, 예술가는 더 예술적이고, 악당은 덜 악하고, 선인은 더 착할 것입니다. 우리 지구는 도대체 뭐가 부족해서 그런 완벽함에 도달하지 못할까요? 아주 사소한 원인 때문입니다. 공전 궤도에 대한 자전축의 기울기가 조금만 줄어들면 됩니다!"

"그렇다면……" 누군가가 성급한 목소리로 소리쳤다. "우리가 힘을 모아 기계를 발명해서 지구의 자전축을 바로 세웁시다!"

이 대담한 제안은 우레 같은 박수를 받았다. 그런 제안을 할 수 있는 사람은 J.T. 매스턴뿐이었다. 그는 기술자의 본능으로 깊이 생각해보지도 않고 불쑥 그런 말을 했겠지만, 많은 청중이 외침 소리로 화답한 것은 사실이다. 아르키메데스가 요구한 받침점[124]만 있었다면, 미국인들은 지구를 움직일 수 있는 지렛대를 만들어 자전축을 바로 세웠을 게 분명하다. 하지만 안타깝게도 그 대담한 기술자에게는 바로 그 받침점이 없었다.

하지만 이 '엄청나게 실제적인' 생각은 대성공을 거두었다. 집회는 꼬박 15분 동안 중단되었고, 그 후에도 오랫동안 미국 전역에서는 대포 클럽 간사가 제시한 그 계획이 진지하게 논의되었다.

20

갑론을박

집회는 이것으로 끝날 것처럼 보였다. 집회를 절정으로 끌어올릴 더 나은 방법은 아무도 생각해낼 수 없었을 것이다. 하지만 흥분이 가라앉았을 때 누군가가 엄격한 목소리로 이렇게 외쳤다.

"연설자는 지금까지 상상력을 마음껏 발휘했으니, 이제는 본론으로 돌아가서, 탁상공론은 그만두고 이 탐험에 따르는 실제적인 문제를 논해주겠소?"

모든 눈이 이 말을 한 사람에게 쏠렸다. 그는 깡마르고 날렵한 몸에 정력적인 얼굴이었고, 턱 밑에 미국식 수염을 풍성하게 기르고 있었다. 그는 청중 사이를 여러 갈래로 뚫고 지나간 동요의 물결을 이용하여 앞줄까지 나아갔다. 앞줄에 이르자 그는 팔짱을 낀 채, 형형하게 빛나는 눈으로 오늘 집회의 주인공을 차갑게 노려보았다. 그는 질문을 던진 뒤 입을 다물었고, 자신에게 쏠린 수천 개의 눈이나 그의 말이 불러일으킨 비난의 웅성거림에도 전혀 영향을 받지 않은 듯 보였다. 대답이 돌아오지 않자, 그는 아까와 똑같이 날카롭고 정확한 억양으로 질문을 다시 되풀이한 다음 이렇게 덧붙였다.

"우리가 이곳에 온 것은 지구가 아니라 달을 논하기 위해서잖소."

"맞습니다." 미셸 아르당이 대답했다. "이야기가 본론에서 벗어났군요. 좋습니다. 달로 돌아갑시다."

"아르당 씨……" 낯선 사내가 말을 이었다. "당신은 달에 생명체가 살고 있다고 주장했소. 그럴지도 모르지만, 한 가지는 확실합니다. 달에 외계인이 살고 있다면, 그 외계인은 숨을 쉬지 않고 살 겁니다. 당신을 위해서 경고하겠는데, 달 표면에는 공기 분자가 하나도 없으니까 말이오."

이 말을 듣고 아르당은 황갈색 갈기를 흔들었다. 그는 낯선 사내가 논의를 문제의 핵심으로 돌리고 있다는 것을 깨달았다. 아르당은 낯선 사내를 마주 보면서 말했다.

"달에는 공기가 전혀 없다고요? 누가 그런 말을 하는지 말씀해주시겠습니까?"

"과학자들이 그렇게 말하고 있소."

"정말입니까?"

"정말이오."

"농담은 그만두세요. 나는 유식한 과학자는 존경하지만 무식한 과학자는 경멸합니다."

"후자의 부류에 속하는 과학자를 아시오?"

"물론입니다. 프랑스에는 '수학적으로 보면' 새들은 날지 못한다고 주장하는 과학자가 있고, 물고기는 원래 물속에서 살도록 만들어지지 않았다는 것을 이론적으로 입증한 과학자도 있지요."

"그런 작자들한테는 관심이 없습니다. 아르당 씨. 나는 내 말을 뒷받침하기 위해 당신이 무시하지 못할 사람들의 이름을 들 수 있어요."

"그러면 나는 몹시 난처해지겠군요. 나는 무식한 사람이라서, 그저 많이 배울 수 있기만 바랄 뿐입니다."

"그런데 과학을 공부한 적이 없다면서 왜 과학적인 문제를 다루는 겁니까?" 낯선 사내가 퉁명스럽게 물었다.

"왜냐고요? 사람은 위험을 모르면 항상 용감하기 때문이지요. 나는 아무것도 모릅니다. 그건 사실이지만, 그 약점이 바로 내 힘의 원천이기도 하지요."

"당신의 약점은 광기에 가깝소." 낯선 사내가 짜증스럽게 말했다.

"내 광기가 나를 달에 데려가준다면 오히려 좋지요!"

바비케인과 그의 동료들은 아르당의 계획을 함부로 뒤엎으려 드는 훼방꾼을 유심히 관찰하고 있었다. 그를 아는 사람은 아무도 없었다. 바비케인은 그런 솔직한 논의가 어떤 결과를 낳을지 몰라서 불안한 마음으로 아르당을 바라보았다. 구경꾼들도 진지하게 관심을 기울이고 있었다. 이 논쟁을 통해서 탐험에 뒤따르는 위험이나 불가능성이 점점 확실해지지 않을까 하고 걱정이 되었기 때문이다.

"달에 공기가 없다는 것은 논쟁의 여지가 없는 수많은 증거로 입증되어 있소." 낯선 사내가 말했다. "한때 달에 공기가 있었다 해도 지구가 빼앗아버렸을 거요. 하지만 나는 부인할 수 없는 사실로 당신과 대결하고 싶소."

"좋습니다." 아르당이 정중하게 대꾸했다. "얼마든지 사실을 제시하세요."

"아시다시피……" 낯선 사내가 말을 이었다. "빛이 공기 같은 매체를 지날 때는 직선이 구부러집니다. 다시 말해서 굴절 현상을 겪게 되지요. 그런데 달이 별을 가려도 그 별빛은 달 가장자리를 지날 때 조금도 편향을 보이지 않습니다. 굴절 현상이 일어나는 징후가 전혀 없는데, 이는 분명 달에 공기가 없다는 뜻입니다."

모두 아르당을 쳐다보았다. 아르당이 그 점을 인정하면 결과는 뻔하기 때문이다.

"그게 당신의 유일한 논거, 아니, 가장 유력한 논거로군요." 아르당이 대꾸했다. "과학자라면 어떻게 응수해야 좋을지 몰라서 난감할 테지만, 나는 그 논거가 절대 결정적인 증거가 아니라고만 말하겠습니다. 그것은 달의 각지름이 완전히 결정되었다는 것을 전제로 삼고 있지만, 달의 각지름은 확정되지 않았으니까요. 하지만 그 이야기는 그만둡시다. 달에 화산이 있다는 것을 인정하십니까?"

"사화산은 있지만 활화산은 없어요."

"그래도 그 화산들이 과거 언젠가는 활화산이었다고 가정하는 것은 분명 논리적이지요?"

"물론 그렇지만, 화산들은 연소에 필요한 산소를 자급할 수 있었을 테니까, 화산이 분화했다는 사실이 대기의 존재를 입증해주지는 않소."

"그럼 그런 논의는 제쳐놓고 직접 관찰된 사항으로 눈길을 옮겨봅시다. 내가 사람들 이름을 언급해도 괜찮겠습니까?"

"좋으실 대로."

"좋습니다. 1715년에 천문학자인 루빌과 핼리[125]는 5월 3일의 월식을 관찰하다가, 이상하게 빠른 섬광이 자주 되풀이되는 것을 알아차렸습니다. 그들은 그 섬광을 달의 대기 속에서 휘몰아치고 있는 폭풍 탓으로 돌렸지요."

"1715년에……" 낯선 사내가 말을 받았다. "천문학자 루빌과 핼리는 순전히 지구에서 일어난 현상을 달의 현상으로 오인했지요. 그들도 실제로는 우리 대기 중에 있는 운석이나 뭔가를 보았을 뿐이에요. 루빌과 핼리가 관측 결과를 처음 보고했을 때 다른 과학자들은 그렇게 대답했고, 나도 똑같은 대답을 하겠소."

"앞으로 나아갑시다." 아르당이 침착하게 말을 이었다. "1787년에 허셜이 달 표면에서 많은 광점을 관찰한 것은 사실이 아닌가요?"

"그건 사실이지만, 허셜은 그것을 설명하려고 애쓰지 않고, 또 그 광점들이 달에 대기가 존재한다는 것을 나타내는 증거라고 결론짓지도 않았소."

"훌륭한 답변입니다. 달에 대한 지식이 대단히 풍부하다는 것을 알겠군요."

"그건 사실이오. 그리고 덧붙여 말하면, 어느 누구보다도 달을 많이 연구한 관측자들, 즉 베어와 뫼들러도 달에 대기가 없다는 데 의견이 일치했소."

군중은 낯선 사내의 주장에 깊은 영향을 받고 술렁거렸다.

"계속합시다." 아르당이 침착하게 말했다. "이제 중요한 사실로 들어갑시다. 1860년 7월 18일의 일식 때, 프랑스의 유능한 천문학자인 로스다[126)는 태양의 초승달 모양의 양끝이 뭉툭하고 둥글게 잘려 있는 것을 알아차렸습니다. 이것은 햇빛이 달의 대기 중을 통과할 때 굴절되었기 때문이라고 말할 수밖에 없는 현상입니다. 달리 설명할 수는 없습니다."

"하지만 그 사실은 확실합니까?" 낯선 사내가 날카롭게 물었다.

"절대 확실합니다!"

군중이 이번에는 자신들의 영웅에 대한 신뢰가 되살아나면서 다시 술렁거렸다. 상대는 침묵을 지켰다. 아르당은 유리한 위치에 우쭐대지 않고 간단히 말했다.

"달에 대기가 존재할 가능성을 완전히 배제해서는 안 된다는 걸 아시겠지요. 아마 공기는 아주 희박하겠지만, 달에 대기가 존재한다는 것은 현대 과학도 대체로 인정하고 있습니다."

"당신의 학식에는 경의를 표하지만, 산에는 대기가 존재하지 않아요." 낯선 사내는 주장을 굽히기 싫어서 반격했다.

"그건 그렇지만 골짜기에는 대기가 존재합니다. 대기층은 기껏해야 100미터 정도밖에 안 되지만 말입니다."

"어쨌든 조심하는 게 좋을 거요. 달의 공기는 아주 희박할 테

갑론을박

니까 말이오."

"아무리 그래도 한 사람이 숨 쉴 수 있을 만큼은 있을 겁니다. 게다가 나는 일단 달에 올라가면 중요할 때에만 숨을 쉬어서 공기를 최대한 절약하려고 애쓸 겁니다."

폭소가 터져, 그 웃음소리가 수수께끼 같은 사내의 귓속에서 우레처럼 울려 퍼졌다. 그는 도전적으로 군중을 둘러보았다.

"달 표면에 어느 정도의 대기가 존재한다는 데에는 의견이 일치했으니까……" 아르당이 경쾌하게 말을 이었다. "물도 어느 정도는 존재한다고 인정할 수밖에 없습니다. 그것은 나 자신을 위해 내가 기꺼이 끌어낸 결론입니다. 이제 또 다른 점을 지적하셨습니다. 우리는 달의 한 면밖에 모릅니다. 우리 쪽을 향하고 있는 면에는 공기가 별로 많지 않겠지만, 반대쪽에는 공기가 많이 있을 가능성이 큽니다."

"왜요?"

"지구의 인력이 달을 달걀 모양으로 만들었으니까요. 달은 뾰족한 끝을 우리 쪽으로 돌리고 있는 달걀 모양입니다. 한센의 계산에 따르면, 이것은 달의 무게 중심이 반대쪽 반구에 있다는 뜻이랍니다. 따라서 우리는 달이 창조된 첫날부터 달의 모든 대기와 물이 반대쪽으로 끌려갔을 거라고 결론지을 수 있습니다."[127]

"그건 순전히 공상이오!" 낯선 사내가 소리쳤다.

"천만에요. 그건 역학 법칙에 바탕을 둔 순수한 이론이고, 논박하기는 어려울 겁니다. 이 집회에 모인 여러분께 호소하겠습니다. 이 문제를 표결에 붙여서 목소리의 크기로 결말을 지읍시다. 생명체가 지구에 존재하듯 달에도 존재할 수 있을까요?"

30만 군중이 일제히 그렇다고 외쳤다. 낯선 사내는 뭔가 말하려고 입을 열었지만, 군중의 함성에 눌려 목소리가 들리지 않았다. 고함과 위협이 그에게 쏟아졌다.

"이제 됐어! 그만하면 충분해!"

"꺼져라! 훼방꾼아!"

"저놈을 집어던져라!"

하지만 그는 연단을 움켜잡고 버티면서 폭풍이 지나가기를 기다렸다. 미셸 아르당이 손짓으로 군중을 진정시키지 않았다면 폭풍이 엄청난 규모로 커졌을 것이다.

"몇 마디 덧붙이고 싶겠지요?" 아르당이 상냥하게 물었다.

"그렇소. 백 마디, 아니 천 마디!" 낯선 사내가 격렬하게 대답했다. "아니면 아예 아무 말도 하지 않거나 몇 마디만 덧붙이겠소. 당신이 계획을 계속 추진하려면……."

"내가 무분별하다는 겁니까? 나는 새장 속의 다람쥐처럼 빙글빙글 돌지 않도록 바비케인한테 원통원뿔형 포탄을 요청했는데, 어떻게 내가 무분별하다고 말할 수 있죠?"

"하지만 당신은 출발하자마자 격렬한 충격으로 납작하게 찌부러질 거요!"

"이번에는 정곡을 찌르셨군요. 하지만 나는 미국 산업계의 천재들을 아주 높이 평가하기 때문에 그 어려움도 반드시 해결될 거라고 믿습니다."

"하지만 포탄이 대기권을 지나갈 때 발생하는 열[128]은 어떡할 거요?"

"포탄의 외벽은 아주 두꺼울 것이고, 대기권을 통과하는 시간은 얼마 안 될 겁니다."

"음식과 물은?"

"계산해봤는데, 1년치 식량은 충분히 가져갈 수 있고, 달까지는 기껏해야 나흘밖에 걸리지 않아요."

"공기는 어떻게?"

"화학적으로 공기를 만들 겁니다."

"달에 도착한다 해도 실제로는 추락하는 건데, 그 점은 어떻소?"

"달의 인력은 지구의 6분의 1밖에 안 되니까, 지구에 추락할 때보다 속도가 6분의 1로 줄어들겠지요."

"하지만 그래도 몸이 유리처럼 부서질 텐데?"

"제때에 로켓을 역분사해서[129] 추락 속도를 늦추면 되지 않겠습니까?"

"좋습니다. 그 모든 문제가 해결되고 모든 장애가 극복되고 만사가 당신한테 유리하게 진행되어서 달에 무사히 도착했다고 합시다. 지구엔 어떻게 돌아올 거요?"

"돌아오지 않을 겁니다."

너무나 간단명료해서 숭고한 느낌마저 주는 이 대답에 군중은 할 말을 잃었다. 하지만 그 침묵은 열광적인 외침보다 훨씬 많은 것을 말해주고 있었다. 낯선 사내는 그 침묵을 이용하여 마지막 저항에 나섰다.

"당신은 틀림없이 죽을 것이고, 그 부질없는 죽음은 과학에 아무런 기여도 못 할 거요!"

"계속하세요. 유쾌한 예언을 좀더 들어봅시다!"

"이건 너무 지나쳐요. 이 어리석은 토론을 계속할 이유를 모르겠군! 당신은 원한다면 그 정신 나간 계획을 관철하세요. 책임질 사람은 당신이 아니니까!"

"계속 공격하세요. 두려워하지 말고."

"아니, 당신 행동에 책임을 져야 할 사람은 따로 있습니다."

"그게 누굽니까?" 아르당이 오만하게 물었다.

"이 황당하고 터무니없는 프로젝트를 계획한 사람!"

이것은 직접적인 공격이었다. 낯선 사내가 끼어든 뒤, 바비케인은 자신을 억제하고 보일러 난로처럼 '자기 연기를 태우려고' 무진 애를 쓰고 있었지만, 상대가 그렇게 모욕적으로 그를 들먹이자 자리를 박차고 일어났다. 바비케인이 도전적으로 노려보고 있는 상대에게 다가가려는 순간, 두 사람은 갑자기 격리되고 말았다.

수백 개의 힘센 팔이 연단을 번쩍 들어올렸다. 바비케인은 승리의 영광을 미셸 아르당과 나누어 가져야 했다. 연단은 무거웠지만, 연단을 멘 사람은 계속 바뀌었다. 모든 사람이 이 시 위에 동참하는 특권을 누리려고 다투었기 때문이다.

한편, 낯선 사내는 이 소동을 틈타 현장을 떠나지 않았다. 빽빽이 들어찬 군중을 뚫고 나갈 수 있었을까? 아마 불가능했을 것이다. 어쨌든 그는 팔짱을 끼고 바비케인에게 시선을 못박은

수백 개의 힘센 팔이 연단을 번쩍 들어올렸다

채 앞줄에 계속 서 있었다.

바비케인은 잠시도 눈을 떼지 않았다. 두 사람의 눈길은 서로 맞닿은 채 불꽃을 튀겼다. 마치 두 자루의 칼이 맞닿아 바르르 떨리고 있는 듯했다.

이 개선 행진이 계속되는 동안, 엄청난 군중의 함성은 조금도 약해지지 않고 계속되었다. 미셸 아르당은 분명히 그것을 즐기고 있었다. 그의 얼굴은 환하게 빛났다. 이따금 연단이 폭풍우 속의 배처럼 전후좌우로 요동치는 듯했지만, 이 집회의 두 영웅은 배 타기에 익숙한 다리를 가지고 있었다. 그들은 한 번도 비틀거리지 않았고, 그들의 배는 무사히 탬파 항에 도착했다. 미셸 아르당은 열렬한 지지자들의 마지막 포옹에서 운좋게 벗어날 수 있었다. 프랭클린 호텔로 달아난 그는 서둘러 객실로 올라가서 재빨리 침대로 들어갔다. 10만 명의 숭배자들은 그의 방 창문 아래를 지키고 있었다.

그동안 수수께끼의 사내와 바비케인 사이에는 짤막하지만 중대하고 결정적인 장면이 벌어졌다.

마침내 자유를 얻은 바비케인은 적에게 곧장 다가갔다.

"따라오시오." 그가 퉁명스럽게 말했다.

낯선 사내는 그를 따라 물가로 갔다. 그들은 곧 부두 입구에 단둘이 마주 섰다. 두 적은 서로 상대를 노려보았다.

"당신, 누구요?" 바비케인이 물었다.

"캡틴 니콜."

"그럴 줄 알았소. 지금까지 우리는 한 번도 만난 적이 없었지만……."

"나는 일부러 당신 앞을 가로막았소!"

"당신은 나를 모욕했소!"

"그래, 군중이 보는 앞에서 그랬지."

"그 모욕을 되갚을 기회는 줘야지."

"지금 당장 주겠소."

"천만에. 나는 모든 일이 우리 두 사람 사이에 은밀히 이루어졌으면 좋겠소. 탬파에서 5킬로미터 떨어진 곳에 스커스노 숲이 있는데, 어딘지 아시오?"

"그렇소."

"내일 새벽 5시에 그 숲 한쪽으로 걸어서 들어오겠소?"

"좋소. 당신이 같은 시각에 숲 반대쪽으로 걸어서 들어온다면."

"라이플을 잊지 마시오."

"당신도 잊지 마시오."

이 차가운 말을 끝으로 두 사람은 헤어졌다. 바비케인은 집으로 갔지만, 몇 시간 동안 잠을 자는 대신 포탄 내부의 충격을 완화시킬 방법을 궁리하고, 미셸 아르당이 집회에서 제기한 어려운 문제를 해결하려고 애쓰면서 밤을 보냈다.

21

프랑스인이 분쟁을 해결하는 법

이런 결투—각자 인간 사냥꾼이 되는 무시무시하고 야만적인 결투—의 조건을 바비케인과 니콜이 의논하고 있는 동안, 미셸 아르당은 승리의 피로 때문에 쉬고 있었다. 아니, '쉰다'는 말은 정확한 표현이 아니다. 미국 침대는 어떤 대리석이나 화강암 탁자와도 그 딱딱함을 겨룰 수 있기 때문이다.

아르당은 시트 역할을 하는 타월 사이에서 몸을 뒤척이며 좀 불편하게 잠을 자고 있었다. 꿈에서 그가 포탄 속에 좀더 편안한 침대를 설치하고 있을 때 요란한 소리가 그를 깨웠다. 문이 심하게 흔들리고 있었다. 어떤 금속 도구가 문을 마구 난타하고 있는 게 분명했다. 이 새벽의 소란에 커다란 외침 소리까지 가세했다.

"문 열어요! 제발 문 좀 열어요!"

아르당은 그렇게 시끄럽고 무례한 요구를 들어줄 이유가 없었다. 하지만 그는 일어나서, 문이 집요한 방문객의 강타에 부서지기 직전에 문을 열었다. J.T. 매스턴이 구르듯이 방으로 뛰어 들어왔다. 대포알도 그만큼 무례하게 들어오지는 못했을 것이다.

"어제 집회에서 바비케인 회장이 공개적으로 모욕을 당했습니다." 매스턴이 다짜고짜 말했다. "그래서 상대한테 결투를 신청했는데, 상대는 다름 아닌 캡틴 니콜입니다! 오늘 새벽에 스커스노 숲에서 싸울 겁니다! 회장님한테 직접 그 이야기를 들었어요. 그가 죽으면 우리 계획도 끝장입니다. 그 결투는 절대 해서는 안 됩니다! 바비케인을 설득할 수 있는 사람은 이 세상에 하나뿐입니다. 미셸 이르당 씨, 당신밖에 없어요!"

매스턴이 말하는 동안, 아르당은 그의 말을 가로막으려 해봤자 소용없다는 것을 깨닫고 재빨리 헐렁한 바지를 입었다. 2분도 지나기 전에 두 사람은 탬파 교외로 달려가고 있었다.

가는 길에 매스턴은 아르당에게 상황을 자세히 말해주었다. 바비케인과 니콜이 오랫동안 서로 미워한 진짜 이유를 설명하고, 두 사람이 대면하지 않도록 지금까지 친구들이 얼마나 애를 썼는지를 이야기했다. 그리고 두 사람의 반목은 오로지 장갑판과 포탄의 경쟁 문제이고, 집회에서 벌어진 장면은 니콜이 해묵은 원한을 푸는 기회였을 뿐이라고 덧붙였다.

숲 속에서 상대를 찾아다니고 매복해서 상대를 기다리고 상대를 야생동물처럼 쏘아서 쓰러뜨리는 그 미국식 결투보다 무서운 것은 없을 것이다. 그들은 인디언이 타고나는 놀라운 자

매스턴이 구르듯이 방으로 뛰어 들어왔다

질─재빠른 두뇌 회전, 교묘한 책략, 적을 추적하는 기술, 적의 존재를 알아차리는 능력─을 부러워할 것이다. 한 번만 실수하거나 망설이거나 발을 잘못 내디뎌도 죽음을 초래할 수 있다. 이 결투를 할 때는 개를 데려가는 경우가 많다. 사냥꾼인 동시에 사냥감인 그들은 몇 시간 동안 계속해서 상대를 추적한다.

매스턴이 결투의 모든 과정을 설명하자, 아르당이 소리쳤다.

"당신들은 정말 악마 같은 사람들이군!"

"맞아요." 매스턴이 겸손하게 대답했다. "어쨌든 서두릅시다."

매스턴과 아르당은 지름길을 찾아서 이슬에 젖은 목초지와 논밭을 가로지르고 시내와 개울을 건넜지만, 5시 반에야 겨우 스거스노 숲에 도착할 수 있었다. 바비케인은 30분 전에 벌써 그 숲에 들어갔을 터였다.

그들은 곧 땔나무를 하고 있는 시골 사람을 발견했다. 매스턴은 소리를 지르면서 그에게 달려갔다.

"라이플을 들고 숲 속으로 들어가는 사람을 보지 못했나요? 그 사람은 대포 클럽 회장이고 내 절친한 친구인 바비케인입니다!"

매스턴은 이 세상에서 바비케인을 모르는 사람은 아무도 없을 거라고 순진하게 생각했다. 하지만 그 나무꾼은 전혀 모르는 눈치였다.

"사냥꾼 말입니다." 아르당이 말했다.

"사냥꾼? 예, 한 사람 보았어요."

"얼마나 됐습니까?"

"한 시간쯤."

"너무 늦었어!" 매스턴이 외쳤다.

"총소리도 들었습니까?" 아르당이 물었다.

"아니요."

"한 발도?"

"한 발도 못 들었어요. 그 사냥꾼은 사냥을 잘하고 있지 않은가 봐요."

"어떡하죠?" 매스턴이 물었다.

"숲 속으로 들어갑시다. 총알에 맞을 것을 각오하고."

"바비케인의 머리에 총알이 한 발 박히는 것보다는 차라리 내 머리에 열 발이 박히는 게 나아!"

"자, 어서!" 아르당이 매스턴의 손을 잡으면서 말했다.

잠시 후 두 사람은 숲 속으로 사라졌다. 사이프러스와 쥐방울나무, 튤립나무, 올리브나무, 타마린드, 떡갈나무, 목련 따위가 섞여 있는 울창한 숲이었다. 이 나무들의 가지가 빽빽하게 뒤엉켜 있어서 멀리까지 볼 수가 없었다. 아르당과 매스턴은 나란히 걸었다. 원기왕성하게 자라는 덩굴 사이를 지나고, 짙은 녹음 속에 숨어 있는 덤불을 들여다보고, 발을 내디딜 때마다 총소리가 들리지 않나 하고 귀를 기울였다. 그들은 바비케인이 지나가면서 남겼을 법한 흔적을 전혀 찾을 수 없었다. 그들은 거의 보이지 않는 오솔길을 따라 무작정 걸었다. 인디언이라면 그런 길에서도 적의 발자국을 그대로 따라갈 수 있었을 것이다.

한 시간 동안 성과 없는 수색을 계속한 뒤 그들은 걸음을 멈추었다. 불안감이 더욱 커졌다.

"다 끝난 게 분명해요." 매스턴이 낙담한 표정으로 말했다. "바비케인 같은 사람이 함정을 파거나 속임수를 썼을 리가 없어요. 그러기에는 너무 솔직하고 용감한 사람이지요. 위험을 향해 곧장 돌진했을 게 뻔합니다. 너무 멀리 갔기 때문에, 아까 그 나무꾼도 총소리를 듣지 못했을 거예요."

"우리가 숲 속에 들어온 뒤에 총소리가 났다면 분명 우리 귀에 들렸을 거야!"

"하지만 우리가 너무 늦게 왔다면?" 매스턴은 절망하여 말했다.

아르당은 대답할 말이 없었다. 그들은 다시 걷기 시작했다. 이따금 큰 소리로 바비케인과 니콜을 불렀지만, 아무 대답도 들리지 않았다. 즐겁게 노래하던 작은 새들이 화들짝 놀라 나뭇가지 사이로 사라지고, 겁먹은 사슴 몇 마리가 덤불 속으로 달아났다.

그들은 다시 한 시간 동안 수색을 계속했다. 벌써 숲을 거의 다 탐색했지만 바비케인이나 니콜의 흔적은 전혀 없었다. 그들은 나무꾼의 말을 의심하기 시작했다. 아르당이 수색을 포기하려 할 때 갑자기 매스턴이 우뚝 멈춰 섰다.

"쉿! 사람이 보여요!"

"사람?"

"남자예요. 움직이지 않고 있어요. 라이플은 들고 있지 않아요. 도대체 뭘 하고 있는 거지?"

"누군지 알아보겠나?" 아르당이 물었다. 지금과 같은 상황에서는 그의 근시가 거의 쓸모가 없었다.

"이쪽을 돌아보고 있어요!"

"누군가?"

"캡틴 니콜이에요!"

"니콜!" 아르당이 외쳤다. 그는 심장이 격렬하게 오그라드는 것을 느꼈다.

니콜은 무기를 들고 있지 않았다. 그것은 이제 적을 두려워할 필요가 없다는 것을 의미한다.

"가서 무슨 일이 있었는지 알아보세." 아르당이 말했다.

하지만 쉰 걸음도 가기 전에 그들은 캡틴 니콜을 좀더 주의 깊게 살펴보기 위해 걸음을 멈추었다. 그들은 원한에 사로잡혀 피에 굶주린 사람을 보게 될 줄 알았는데, 눈앞에 펼쳐진 광경에 어안이 벙벙해졌다.

거대한 튤립나무 두 그루 사이에 그물이 팽팽하게 처져 있고, 그 한복판에 날개가 걸린 작은 새 한 마리가 몸부림치며 애처롭게 울고 있었다. 그물은 사람이 친 것이 아니라 비둘기 알만큼 큰 몸뚱이에 거대한 다리를 가진 독거미가 친 것이었다. 이 지역 원산인 그 괴물은 그물에 걸린 먹이를 막 움켜잡으려다가 허둥지둥 달아나 높은 나뭇가지에서 피난처를 찾았다. 만만찮은 적이 나타났기 때문이다.

니콜은 자기가 얼마나 위험한 상황에 놓여 있는지도 잊어버리고 라이플을 땅바닥에 내려놓은 뒤, 괴물 거미의 그물에 걸린 희생자를 도와주려고 애쓰고 있었다. 그는 거미줄을 다 떼어내고 작은 새를 풀어주었다. 새는 즐겁게 날개를 퍼덕이며

그물에 걸린 작은 새 한 마리가 몸부림치며……

날아갔다.

니콜이 나뭇잎 사이로 사라지는 작은 새를 측은한 눈으로 지켜보고 있을 때, 뒤에서 감동한 목소리가 들렸다.

"당신은 정말 용감한 사람이군요. 게다가 친절하고!"

니콜은 뒤를 돌아보았다.

"미셸 아르당! 여긴 웬일이오?"

"당신과 악수를 하러 왔소, 캡틴 니콜. 그리고 당신이 바비케인을 죽이거나 바비케인한테 죽는 것을 막으러 왔습니다."

"바비케인!" 캡틴 니콜이 소리쳤다. "나는 그자를 두 시간 동안이나 찾아다녔지만 도무지 찾을 수가 없어요. 도대체 어디 숨어 있는 거요?"

"그건 실례입니다." 아르당이 말했다. "사람은 언제나 적을 존중해야 합니다. 걱정 마세요. 그가 살아 있다면 반드시 찾게 될 테니까. 바비케인도 당신처럼 곤경에 빠진 새를 구해주려고 걸음을 멈추지 않았다면, 역시 당신을 찾아다니고 있을 테니까요. 하지만 우리가 바비케인을 발견하면, 당신들 사이에 결투는 벌어지지 않을 겁니다."

"바비케인과 나는……" 니콜이 엄숙하게 대꾸했다. "치열하게 경쟁하는 사이라서, 어느 한쪽이 죽어야만……."

"이봐요! 당신들처럼 훌륭한 사람은 서로 미워할 수도 있지만, 서로 존경할 수도 있는 겁니다. 싸우지들 마세요."

"싸울 거요."

"안 됩니다."

"이봐요, 캡틴." 매스턴이 진심에서 우러나오는 감정을 담아 말했다. "나는 바비케인의 가장 가까운 친구이고, 그의 분신이나 마찬가지요. 당신이 정말로 누군가를 죽여야 한다면 나를 쏘세요. 그래도 마찬가지일 테니까."

니콜은 라이플을 발작적으로 움켜잡으면서 말했다.

"그런 농담을……."

"매스턴 씨는 농담을 하는 게 아닙니다." 아르당이 말했다. "헌신적으로 사랑하는 사람을 위해서는 대신 죽어도 좋다는 매스턴 씨의 심정을 나는 충분히 이해합니다. 하지만 당신은 아무도 쏘지 않을 겁니다. 내가 당신과 바비케인한테 아주 매력적인 제안을 할 테니까요. 둘 다 그 제안을 받아들이고 싶어할 겁니다."

"어떤 제안입니까?" 니콜이 믿을 수 없다는 표정으로 물었다.

"기다리세요. 바비케인도 함께 있는 자리가 아니면 말할 수 없습니다."

"그럼 바비케인을 찾읍시다." 캡틴 니콜이 말했다.

세 사람은 당장 출발했다. 니콜은 라이플이 발사되지 않도록 공이치기를 내린 뒤 어깨에 메고는 한 마디 말도 없이 성큼성큼 걸어갔다.

다시 30분 동안 찾아다녔지만 소용이 없었다. 매스턴은 불길한 생각이 들었다. 캡틴 니콜은 벌써 원한을 푼 게 아닐까. 바비케인은 심장에 총알이 박힌 채 피투성이가 된 덤불 속에 죽어 있는 게 아닐까. 매스턴은 그렇게 의심하면서 험악한 눈길로 니콜을 관찰했다. 아르당도 같은 생각을 하고 있는 모양이었다. 아르당과 함께 니콜에게 의혹의 눈길을 던지고 있던 매스턴이 갑자기 멈춰 섰다.

스무 걸음 떨어진 곳에 풀숲에 반쯤 가려진 사람의 머리와 어깨가 보였다. 그 사람은 거대한 개오동나무 줄기에 등을 기댄 채 꼼짝도 않고 앉아 있었다.

"저기 있다!" 매스턴이 외쳤다.

바비케인은 여전히 움직이지 않았다. 아르당은 니콜의 눈을 열심히 들여다보았지만, 죄책감은 전혀 찾아볼 수 없었다. 아르당은 앞으로 걸어가면서 소리쳤다.

"바비케인! 바비케인!"

여전히 대답은 없었다. 아르당은 친구에게 달려갔지만, 두 팔로 바비케인을 안으려다가 갑자기 동작을 멈추고 놀라서 소리를 질렀다.

바비케인은 손에 연필을 들고 공책에 공식을 쓰거나 도형을 그리고 있었다. 공이치기가 내려진 라이플은 땅바닥에 놓여 있었다.

그는 일에 열중한 나머지 결투와 원한도 잊어버렸고, 눈이나 귀에 아무것도 들어오지 않는 상태였다.

하지만 미셸 아르당이 그의 팔에 손을 올려놓자 그는 깜짝 놀라서 벌떡 일어나 아르당을 노려보았다.

"아아, 자네로군!" 마침내 바비케인이 말했다. "찾았네, 찾았어!"

"찾았다고? 뭘?"

"방법을!"

"무슨 방법?"

"대포를 발사할 때 포탄 내부의 충격을 완화시키는 방법 말일세!"

"정말?" 아르당이 곁눈으로 니콜을 보면서 물었다.

"물이야. 물이 용수철 구실을 해줄 거야……. 아아, 매스턴!
자네도 왔군!"

"그래." 아르당이 말했다. "그리고 캡틴 니콜을 소개하겠네!"

"니콜!" 바비케인은 펄쩍 뛰면서 소리쳤다. "미안합니다. 까
맣게 잊어버렸지 뭐요. 자, 이제 준비를……."

아르당은 두 적수가 다시 도전할 시간을 주지 않고 재빨리
끼어들었다.

"오늘 아침에 당신들이 좀더 일찍 만나지 않은 게 천만다행
이오. 만났다면 우리는 지금쯤 어느 한 쪽이나 둘 다의 죽음을
애도하고 있을 테니까요. 하지만 이 문제에 끼어든 하느님 덕
분에 이젠 걱정할 게 없어요. 사람이 역학 문제에 골몰하거나
거미줄에 걸린 새를 살려주느라 증오심을 잊어버린다면, 그건
이제 그 미움이 아무한테도 위험하지 않다는 뜻이니까요."

이어서 그는 숲 속에서 니콜을 만난 자초지종을 바비케인에
게 설명했다.

그리고 끝으로 이렇게 말했다.

"그래, 당신들처럼 훌륭한 두 사람이 서로에게 총구멍을 내
도 좋다고 생각하시오?"

상황이 어딘지 모르게 우스꽝스러웠고, 게다가 예기치 못한
방향으로 사태가 진전되었기 때문에, 바비케인과 니콜은 서로

어떤 태도를 취해야 할지 모르고 있었다. 아르당은 이것을 느끼고 화해를 서두르기로 작정했다.

그는 최고의 미소를 지으면서 말했다.

"두 분 사이에 있는 것은 오해뿐이었어요. 다른 것은 전혀 없습니다. 오해가 다 풀린 것을 입증하기 위해, 그리고 두 분은 벌써 목숨을 거는 것도 두려워하지 않는다는 걸 입증했으니까 내 제안을 받아들이세요."

"무슨 제안인지 말해보시오." 니콜이 말했다.

"바비케인 씨는 포탄이 달까지 곧장 날아갈 거라고 믿고 있습니다. 그렇죠?"

"물론이지." 바비케인이 말했다.

"그리고 니콜 씨는 포탄이 지구로 다시 떨어질 거라고 확신하고 있습니다. 그렇죠?"

"그렇소." 캡틴 니콜이 말했다.

"나는 두 분의 견해를 일치시킬 수 있다고 주장하지는 않겠습니다. 그 대신 이런 제안을 하지요. 나와 함께 포탄 속에 남으시라고. 그러면 목적지에 도착할지 어떨지 알게 될 테니까 말입니다."

"뭐라고요?" 매스턴이 소스라치게 놀라서 소리쳤다.

이 갑작스러운 제안을 듣고, 두 경쟁자는 유심히 상대를 관찰했다. 바비케인은 니콜의 대답을 기다렸고, 니콜은 바비케인이 입을 열기를 기다렸다.

"어떻습니까?" 아르당이 더없이 매력적인 말투로 물었다.

나와 함께 포탄 속에 남으시지요

"발사될 때의 내부 충격 문제가 해결되었으니, 이젠 아무 문제도 없잖습니까?"

"좋아. 함께 가겠네!" 바비케인이 말했다.

그가 이 말을 끝내기도 전에 니콜도 그러겠다고 말했다.

"만세! 브라보!" 미셸 아르당은 두 경쟁자에게 두 손을 내밀면서 소리쳤다. "이제 문제가 해결되었으니까 프랑스 식으로 두 분을 대접하게 해주시오. 자, 아침을 먹으러 갑시다."

22

새로운 미국 시민

니콜과 바비케인의 결투와 그 묘한 전말은 그날로 미국 전역에 알려졌다. 의협심이 풍부한 프랑스인이 어떤 역할을 맡았는지, 그 곤란한 문제를 해결하기 위해 그가 얼마나 기상천외한 제안을 했는지, 두 경쟁자가 그 제안을 어떻게 동시에 받아들였는지, 프랑스와 미국이 달을 정복하기 위해 어떤 식으로 협력하게 될지—이 모든 것이 어우러져 미셸 아르당의 인기는 더욱 높아졌다.

미국인들이 한 개인에게 얼마나 열광적인 애정을 보여줄 수 있는지는 잘 알려져 있다. 근엄한 주지사들이 무희들의 마차를 백마처럼 끌고 개선 행진을 벌이는 나라에서 담대한 프랑스인이 어떤 열정을 불러일으켰을지는 쉽게 상상할 수 있다. 아르당의 말이 마차에서 풀려나지 않았다면 그것은 그에게 애당초

228

마차가 없었기 때문이고, 그 밖에 대중의 열광을 보여주는 증거는 모두 그에게 비 오듯 쏟아지고 있었다. 가슴속에서 아르당과 한마음이 되지 않은 미국 시민은 하나도 없었다. '여럿으로 이루어진 하나'라는 미국의 표어[130] 그대로였다.

이날부터 미셸 아르당은 잠시도 쉬지 못했다. 전국 각지에서 찾아온 대표단이 끊임없이 그를 괴롭혔다. 그가 악수하는 손과 만나는 사람의 수는 헤아릴 수 없을 정도였다. 그는 곧 녹초가 되어버렸다. 목소리는 수많은 연설로 쉬어버려서 알아들을 수 없는 소리만 입술에서 새어나왔고, 미국의 모든 주와 도시를 위해 건배를 하느라 위장염에 걸릴 지경이었다. 다른 사람이라면 처음부터 이 성공에 완전히 도취했겠지만, 미셸 아르당은 반쯤 취한 재치있고 매력적인 상태를 유지할 수 있었다.

그를 괴롭히는 온갖 종류의 대표단 가운데 '월유병자(月游病者)'들은 미래의 달 정복자에게 어떤 신세를 지고 있는지를 잘 알고 있었다. 미국에는 월유병자가 꽤 많은데, 하루는 이 불쌍한 사람들 몇 명이 아르당을 찾아와서, 그와 함께 '고향'으로 돌아가게 해달라고 간청했다. 그들 가운데 일부는 달나라 말을 할 수 있다고 주장하면서 그에게 가르쳐주겠다고 제의했다. 아르당은 그들의 천진한 광기를 너그럽게 받아주고, 달에 있는 그들의 친지들에게 안부를 전해주마고 약속했다.

그는 이들을 보낸 뒤 바비케인에게 말했다.

"참 야릇한 광기야. 그 광기는 뛰어난 정신을 공격할 때가 많지. 우리나라에서 가장 고명한 과학자인 아라고[131]에 따르면,

정신이 멀쩡한 사람도 달에 사로잡히게 되면 흥분해서 믿을 수 없을 만큼 별난 짓을 할 때가 많다네. 달이 인체에 영향을 미친다고는 안 믿으시겠지?"

"거의 믿지 않네." 바비케인이 말했다.

"나도 안 믿지만, 역사에는 놀라운 사실이 몇 가지 기록되어 있다네. 예를 들면 1693년에 전염병이 퍼졌을 때, 월식이 있었던 1월 21일에 사망률이 부쩍 올라갔지. 유명한 베이컨[132]은 월식 때면 의식을 잃었고, 월식이 완전히 끝난 뒤에야 정신을 차렸다네. 샤를 6세[133]는 1399년에 여섯 번이나 광기의 발작을 일으켰는데, 그게 다 초승달이나 보름달이 뜰 때였대. 일부 의사들은 간질을 달과 관련된 질병으로 분류했다네. 신경병은 달의 영향을 받는 것으로 보여. 미드 박사[134]는 달이 태양 반대쪽에 있을 때마다 경기를 일으킨 아이에 대해 말하고 있지. 프란츠 갈[135]은 한 달에 두 번 초승달과 보름달이 뜰 때 환자의 흥분이 고조되는 것을 알아차렸다네. 현기증, 악성 열병, 몽유병에 대해서도 그런 관찰 기록이 헤아릴 수 없이 많은데, 모두 달이 지구상의 질병에 신비로운 영향을 미친다는 것을 입증하는 경향이 있지."

"하지만 어떻게? 왜?" 바비케인이 물었다.

"왜냐고? 아라고가 플루타르코스보다 19세기 뒤에 되풀이한 것과 같은 대답을 하지. '그건 아마 사실이 아니기 때문일 것이다'라고 말일세."

승리의 한복판에 있는 미셸 아르당은 유명인사가 겪어야 하는 시련에서 벗어나지 못했다. 흥행사들은 그를 사람들 앞에 끌어내어 구경거리로 삼고 싶어했다. 바넘[136]은 미국 전역의 도시를 돌아다니면서 그를 기묘한 동물처럼 전시하는 것을 허락해주면 100만 달러를 주겠다고 제의했다. 아르당은 그를 '코끼리나 부리는 놈'이라고 부르면서 당장 쫓아냈다.

아르당은 대중의 호기심을 채워주기를 거절했지만, 적어도 그의 사진은 전세계에 퍼져 많은 사람의 앨범에서 영광스러운 자리를 차지했다. 그의 사진은 온갖 판형으로 인화되었다. 실물 크기의 사진도 있었고, 우표만 한 사진도 있었다. 누구나 자기가 좋아하는 포즈를 취하고 있는 영웅의 사진을 손에 넣을 수 있었다. 얼굴 사진, 상반신 사진, 전신 사진, 앞모습 사진, 옆모습 사진, 비스듬히 옆에서 찍은 사진, 뒷모습 사진 등등, 150만 장이 넘는 사진이 인화되었다. 아르당은 몸의 일부를 기념품으로 팔 수 있는 기회를 얻었지만, 그 기회를 이용하지 않았다. 그가 머리털을 한 올에 1달러씩 팔고 싶어했다면, 머리카락을 충분히 남겨놓고도 큰돈을 벌 수 있었을 것이다!

사실은 아르당도 이 인기가 불쾌하지는 않았다. 불쾌하기는커녕 자진해서 대중에게 다가갔고, 전세계 사람들과 편지를 주고받았다. 그의 재치있는 말은 사람들 사이에 널리 퍼졌고, 그가 하지도 않은 말은 더욱 널리 퍼졌다. 재치있는 말은 대부분 그의 입에서 나온 것으로 여겨졌다. 돈은 부자한테만 빌려준다는 프랑스 속담이 딱 들어맞는다.

그의 숭배자들 중에는 남자만이 아니라 여자들도 있었다. 그가 결혼해서 '정착할' 마음이 있었다면 '좋은 배필'을 얼마든지 만날 수 있었을 것이다. 특히 40년 동안이나 짝을 기다려온 노처녀들은 그의 사진 앞에서 밤낮으로 그의 품에 안기는 꿈을 꾸었다.

아르당이 달에 함께 가는 것을 조건으로 내세웠다 해도 당장 수백 명의 신부감이 모여들었을 것이다.[137] 여자는 무서움을 모르거나 모든 것을 두려워하거나 둘 중 하나다. 하지만 아르당은 프랑스인과 미국인의 혼혈아를 달에 보낼 생각이 전혀 없었기 때문에 거절했다.

"나는 이브의 딸과 함께 아담 역할을 하러 달에 가려는 게 아닙니다! 내가 해야 할 일은 뱀을 만나서⋯⋯."

너무나 자주 되풀이된 승리의 기쁨에서 마침내 벗어날 수 있게 되자, 그는 당장 친구들과 함께 대포를 방문했다. 적어도 대포에 그 정도 관심은 보일 의무가 있다고 생각했다. 게다가 그는 바비케인 일행과 함께 지내기 시작한 뒤 탄도학 전문가가 되었다. 그의 가장 큰 즐거움은 그 견실한 대포인들에게 당신들은 매력적이고 솜씨 좋은 살인자일 뿐이라고 말해주는 것이었다. 그는 이 주제에 대해 끊임없이 농담을 했다. 대포를 방문했을 때 그는 크게 탄복하면서, 이제 곧 그를 달까지 보내줄 거대한 원통의 바닥까지 내려갔다.

"적어도 이 대포는 아무도 해치지 않을 겁니다." 그가 말했다. "이거야말로 대포로서는 굉장한 특징입니다. 파괴하고 불태우고 산산조각내고 마구 죽이는 당신네 대포에 대해서는 듣고 싶지도 않습니다."

이 시점에서 우리는 J.T. 매스턴과 관련된 사건을 보고해야한다. 바비케인과 니콜이 아르당의 제안을 받아들이는 것을 보고, 매스턴은 그들과 동행하여 일행을 네 사람으로 만들기로 결심했다. 어느 날 그는 자기도 여행에 끼워달라고 요구했다. 바비케인은 가슴이 아팠지만, 포탄에는 그렇게 많은 승객이 탈수 없다고 말했다. 절망한 매스턴이 아르당을 찾아가자, 아르당은 체념하라고 말하면서 감정에 호소하는 '아드 호미넴' 논법을 사용했다.

"내 말을 기분 나쁘게 생각지 말게, 매스턴. 우리끼리니까 하는 얘기지만, 달에 가서 보여주기에는 자네 모습이 너무 불완전해."

"불완전하다고!" 용감한 대포인이 소리쳤다.

"우리가 달에 가서 그곳 주민을 만나면 무슨 일이 일어날지 생각해보게. 전쟁이 어떤 것인지 말해주고, 1천억 인구를 먹여 살릴 수 있는 지구에 이제 겨우 12억이 살고 있는데도 우리가 서로 상대를 파멸시키고 상대의 팔다리를 부러뜨리는 데 대부분의 시간을 보낸다는 걸 보여주면, 여기 지구에서 일어나는 일을 얼마나 한심하게 생각하겠나? 달나라 주민들한테 그런 인상을 주고 싶은가? 자네를 보면, 달나라 사람들은 우리한테 말도 건네려 하지 않을 걸세!"

그러자 매스턴이 말했다.

"하지만 달에 착륙할 때 몸이 산산조각나면 당신도 나만큼 불완전해질걸!"

"그건 사실이지만, 우리는 산산조각나지 않을 거야." 아르당이 대꾸했다.

그가 이처럼 확신하는 것은 10월 18일 이루어진 예비 실험에서 좋은 결과가 나왔기 때문이기도 했다. 바비케인은 포탄 내부의 초기 충격을 연구하고 싶어서, 펜서콜라에 있는 해군 기지에서 구경 82센티미터의 구포를 가져왔다. 그리고 포탄이 바다로 떨어지도록 구포를 탬파 만 해안에 설치했다. 이 기묘한 실험을 위해 속이 빈 포탄이 특별히 준비되었다. 내벽엔 최고급 강철로 만든 용수철을 대고 그 위에 다시 두꺼운 완충재를 대서 일종의 보금자리를 꾸몄다.

"저 속에 들어갈 수 없다는 게 분하군!" 매스턴은 몸집 때문에 실험에 직접 참여하지 못하는 것을 몹시 아쉬워했다.

이 매력적인 포탄은 나사못으로 고정시킨 덮개를 씌워 완전히 밀봉할 수 있도록 되어 있었다. 바비케인은 포탄 속에 처음에는 커다란 고양이를 넣었고, 다음에는 매스턴이 애완동물로 애지중지 키우는 다람쥐를 넣었다. 바비케인은 현기증에 시달릴 것 같지 않은 그 작은 동물이 실험 여행에 어떤 영향을 받을지 알고 싶었다.

구포에는 화약 90킬로그램을 장전하고 포탄을 구포에 넣었다. 발사!

포탄은 포신에서 튀어나가 멋지게 포물선을 그리면서 약 300미터 상공에 도달한 뒤, 우아한 곡선을 그리면서 하강하여 물속으로 뛰어들었다.

보트 한 척이 포탄 낙하 지점으로 서둘러 달려갔다. 노련한 잠수부들이 물속으로 뛰어들어 포탄 꼭지에 케이블을 걸었다. 포탄은 순식간에 보트로 끌어올려졌다. 동물들이 포탄 속에 갇혔을 때부터 덮개가 벗겨질 때까지 5분도 지나지 않았다.

아르당과 바비케인, 매스턴과 니콜은 보트에 타고 있었다. 그들은 흥미롭게 작업을 지켜보았다. 그들의 감정은 쉽게 이해할 수 있다. 포탄이 열리자마자 고양이가 밖으로 뛰쳐나왔다. 고양이는 털이 약간 헝클어져 있었지만 원기왕성했고, 공중 탐험에서 방금 돌아온 징후는 전혀 보이지 않았다. 그런데 다람쥐가 없었다. 주의 깊게 찾아보았지만, 다람쥐는 흔적도 남아있지 않았다. 그들은 진상에 직면해야 했다. 고양이가 길동무를 깨끗이 먹어치운 것이다.

매스턴은 가엾은 다람쥐를 잃고 몹시 슬퍼했지만, 다람쥐가 과학을 위해 순교한 것을 알고 조금은 위안을 얻었다.

이 실험을 끝낸 뒤 망설임과 두려움은 말끔히 사라졌다. 게다가 바비케인은 포탄을 더욱 개량하여, 발사될 때의 초기 충격을 거의 완전히 없앨 계획이었다. 이제 남은 일은 떠나는 것뿐이었다.

이틀 뒤, 미셸 아르당은 미국 대통령의 메시지를 받았다. 그는 그것이 얼마나 큰 명예인지를 충분히 인식했다. 의협심이 강한 프랑스인 라파예트 후작[138]의 선례에 따라, 미국 정부는 아르당에게 미합중국의 명예 시민권을 주었다.

포탄이 열리자마자 고양이가 밖으로 뛰쳐나왔다

23

포탄 객차

그 유명한 대포가 완성되자 대중의 관심은 포탄 쪽으로 옮아갔다. 포탄은 세 명의 대담한 모험가를 우주 공간으로 데려갈 새로운 유형의 탈것이었다. 9월 30일자 전보에서 아르당이 실행위원회의 계획을 수정해달라고 요구한 것은 아무도 잊지 않았다.

포탄의 형태는 중요하지 않다는 바비케인의 생각은 옳았다. 몇 초 만에 대기권을 통과하고 나면, 포탄은 완전한 진공 속에서 움직일 것이기 때문이다. 실행위원회는 포탄이 빙글빙글 돌 수도 있고 마음대로 움직일 수 있으려면 공같이 둥근 모양이 가장 적합하다는 데 의견이 일치했다. 하지만 포탄을 탈것으로 변형해야 한다면 문제가 달라진다. 미셸 아르당은 우리 속에 갇힌 다람쥐처럼 여행하고 싶어하지 않았다. 기구(氣球)의 바구니에 타고 있는 것처럼 품위 있게 머리는 위쪽에, 발은 아래쪽에 두고 싶어했다. 물론 기구보다는 훨씬 빠르게 움직이겠지만, 여행하는 동안 꼴사납게 공중제비를 돌고 싶은 마음은 전혀 없었다.

새로운 설계도가 지체 없이 작업에 착수하라는 지시와 함께 올버니의 브레드윌 회사로 보내졌다. 다시 설계된 포탄은 11월 2일에 주조되었고, 동부철도를 통해 당장 스톤힐로 보내졌다. 포탄은 11월 10일에 무사히 도착했다. 아르당과 바비케인과 니콜은 새로운 세계를 발견하러 떠날 때 타고 갈 '포탄 객차'를 초조하게 기다리고 있었다.

포탄이 훌륭한 작품인 것은 아무도 부인할 수 없다. 이 야금술의 걸작을 보면 미국인의 산업적 재능에 감탄할 수밖에 없었다. 알루미늄을 그렇게 대량으로 제조한 것은 처음이었고, 이것만으로도 놀라운 위업으로 여겨졌다. 귀중한 포탄은 햇빛을 받아 반짝반짝 빛났다. 엄청난 크기와 원뿔 모양의 앞머리 때문에 중세 건축가들이 성채 모서리에 세워둔 굵은 후추통 모양의 포탑으로 오인될 수도 있었다. 단지 총안과 풍향계가 없을 뿐이었다.

미셸 아르당이 말했다.

"화승총을 들고 쇠사슬 갑옷을 입은 병사들이 지금 당장이라도 뛰쳐나올 듯한 분위기로군. 저 위에 올라가면 우리는 봉건 영주가 된 기분일 거야. 대포라도 조금 있으면 달나라 군대를 막아낼 수도 있겠어. 달에 군대가 있다면 말이지만."

"그러니까 저 탈것이 마음에 들었나 보군?" 바비케인이 물었다.

포탄은 그야말로 야금술의 걸작이었다

"물론이지." 예술적 관점에서 포탄을 살펴본 아르당이 대답했다. "다만 모양이 좀더 날씬하고 원뿔이 좀더 우아하지 않은 게 유감스러울 뿐이야. 끝에 금속 장식을 달 수도 있었을 거야. 예를 들면 키메라나 가고일, 또는 날개를 활짝 펴고 입을 딱 벌리고 불 속에서 나오는 피닉스라든가……."

"무엇 때문에?" 바비케인이 물었다. 그의 실용 정신은 예술적 아름다움에는 별로 민감하지 않았다.

"무엇 때문이냐고? 나한테 이유를 물으니까 걱정이 되는군. 내가 이유를 말해도 자네는 이해하지 못할 것 같아서 말야."

"어쨌든 말해보게."

"나는 무슨 일을 하든 항상 거기에 약간의 예술을 가미해야 한다고 생각하네. 그게 더 좋아. '아이들의 수레'라는 인도 연극을 아나?"

"들어본 적도 없는걸."

"놀라운 일도 아니지. 그 연극에는 어느 집 벽에 구멍을 뚫으려는 도둑이 나온다네. 하지만 그 구멍을 리라 모양으로 할지, 아니면 꽃이나 새나 항아리 모양으로 할지 결정할 수가 없었어. 바비케인, 자네가 배심원이라면 그 도둑한테 유죄 평결을 내렸을까?"

"조금도 주저하지 않고 그랬을걸. 게다가 그 도둑은 가택 침입죄까지 지었으니까."

"하지만 나 같으면 무죄 평결을 내렸을 거야! 자네가 나를 절대 이해할 수 없는 이유는 바로 그거야!"

"이해하려고 애쓰지도 않을 걸세, 예술가 양반아."

"우리 포탄 객차의 바깥쪽은 유감스러운 점이 많으니까, 적어도 내부는 내가 지구 사절단에 어울리도록 호화롭게 꾸미는 것을 허락해주게."

"내부는 자네 마음대로 꾸며도 좋아!"

하지만 미학적인 면을 고려하기 전에 바비케인은 실제적인 면에 관심을 기울였고, 그가 초기 충격을 줄이기 위해 고안한 장치도 정확하게 완성되어 있었다.

바비케인은 어떤 용수철도 충격을 죽일 만큼 강력하지 않다고 생각했다. 그것은 확실히 일리 있는 생각이었다. 그는 스커스노 숲에서 어슬렁거리는 동안 마침내 이 어려움을 독창적인 방식으로 해결했다. 그는 물을 완충재로 이용할 작정이었다. 그 원리는 다음과 같다.

우선 포탄의 밑바닥에서 1미터 높이까지 물을 채우고, 그 위에 나무로 된 방수 원판을 내벽에 꼭 맞게 끼우되 내벽을 따라 위아래로 미끄러질 수 있게 했다. 세 명의 승객은 이 둥근 뗏목 위에 있게 될 것이다. 물은 여러 개의 수평 칸막이로 나뉘고, 발사 때의 충격은 이 칸막이들을 차례로 부술 것이다. 각 층의 물은 맨 아래층부터 차례로 파이프를 통해 위로 밀려 올라올 테고, 그리하여 용수철과 같은 구실을 하게 될 것이다. 한편 강력한 완충장치가 달린 원판은 칸막이가 다 부서질 때까지는 바닥에 닿을 수 없을 것이다. 물이 모두 빠져나가고 나면 승객들은 분명 심한 충격을 받겠지만, 물이라는 강력한 용수철이 최초의 충격을 크게 줄여줄 것이다.

표면적이 5평방미터인 1미터 높이의 물은 무게가 5톤에 이른다. 그것은 사실이지만, 바비케인은 대포의 추진력이 이 정도의 무게 증가는 충분히 극복할 수 있을 거라고 생각했다. 게다가 물은 1초도 지나기 전에 모두 밖으로 밀려나갈 것이고, 그 후 포탄은 정상적인 무게를 되찾을 것이다.

이것이 초기 충격이라는 심각한 문제에 대한 바비케인의 해결책이었다. 브레드윌 회사의 유능한 기술자들은 그 완충장치의 작용을 재빨리 이해하고 그것을 구체화했다. 일단 장치가 가동하여 물이 모두 밖으로 밀려나가면 승객들은 부서진 칸막이를 쉽게 제거할 수 있을 테고, 출발하는 순간 그들을 떠받칠 미끄럼 원판도 쉽게 제거할 수 있을 것이다.

포탄의 상부 내벽은 시계용 태엽만큼 유연한 최고급 강철 코일 위에 두꺼운 가죽 패드를 덧댄 것으로 덮여 있었다. 물이 빠져나가는 파이프는 이 가죽 패드 밑에 완전히 가려져 있었다.

이렇게 초기 충격을 줄이기 위해 모든 예방 조치가 강구되었다. 미셸 아르당이 말했다.

"이젠 우리가 박살나려면 우리 몸이 아주 형편없는 재료로 만들어져 있어야 할 거야."

포탄은 바깥지름이 3미터에 높이가 4미터였다. 소정의 무게를 초과하지 않기 위해 외벽의 두께를 조금 줄였고, 면화약의 폭발로 생긴 강력한 가스 압력을 견뎌야 하는 밑바닥은 더욱 보강되었다. 이것이 폭탄과 원통원뿔형 포탄의 제조법이다. 항상 바닥이 옆면보다 두꺼워야 한다.

　이 금속 탑에 들어갈 때는 원뿔에 뚫린 좁은 입구를 이용했다. 그것은 증기 보일러의 맨홀처럼 보였다. 안쪽에서 볼트를 조여 알루미늄 판을 제자리에 단단히 고정시키면 입구는 완전히 밀폐되었다. 달에 도착하면 승객들은 그 입구를 통해 이 움직이는 감옥을 떠날 수 있을 것이다.

　하지만 그냥 달에 가는 것만으로는 충분치 않았다. 가는 길에 밖을 볼 수 있어야 한다. 이 문제는 쉽게 해결되었다. 패드 밑에 두꺼운 광학유리를 끼운 현창이 네 개 있었다. 두 개는 포탄의 둥근 벽에 뚫려 있었고, 하나는 바닥에, 또 하나는 원뿔형 앞머리에 뚫려 있어서, 승객들은 멀어져가는 지구와 다가오는 달, 별들이 가득한 우주 공간을 내다볼 수 있었다. 단단히 박은 강철판이 발사 때의 충격으로부터 이 현창들을 보호해주었다. 안쪽에서 볼트를 풀면 강철판을 열 수 있었다. 이렇게 하면 포탄 내부의 공기는 빠져나가지 못하지만, 승객들은 밖을 관찰할 수 있었다.

　훌륭하게 제작된 이 장치들은 완벽하게 기능을 발휘했고, 기술자들은 포탄 객차의 내부 설비에서도 똑같은 솜씨를 보여주었다.

　포탄 속에는 식량과 물을 넣은 용기들이 단단히 부착되어 있었다. 꼭지를 틀기만 하면, 몇 기압의 압력으로 특제 용기에 저장된 가스가 그 쾌적한 탈것에 엿새 동안 열과 빛을 충분히 공급해주었다. 생명 유지는 물론 쾌적한 생활을 하는 데에도 무엇 하나 부족한 게 없었다. 그리고 미셸 아르당의 예술적 취미 덕분에 즐거움과 실용성이 예술품의 형태로 결합했다. 공간이 넉넉했다면 아르당은 포탄을 진짜 예술가의 아틀리에로 꾸몄을 것이다.

세 사람이 그 금속 탑 속에서 옹색하게 지내야 할 거라고 생각한다면 잘못이다. 포탄은 면적이 5평방미터에 높이가 거의 3미터에 이르렀다. 이 정도 공간이면 승객들이 제법 자유롭게 몸을 움직일 수 있었다. 미국에서 가장 편안한 객차도 그보다 더 편하지는 않았을 것이다.

식량과 조명 문제는 해결되었지만, 아직 공기 문제가 남아 있었다. 포탄 내부의 공기가 세 사람이 나흘 동안 호흡하기에 부족할 것은 불 보듯 뻔했다. 한 사람이 100리터의 공기 속에 들어 있는 산소를 한 시간 만에 모두 소비해버린다. 바비케인과 두 동료, 그들이 데려갈 개 두 마리가 24시간 동안 소비할 산소는 약 2400리터, 무게로 따지면 약 3킬로그램이 될 것이다. 따라서 포탄 내부의 공기를 재생할 수밖에 없다. 어떻게? 아주 간단한 방법이 있다. 레제와 르뇨[139]가 고안한 것인데, 미셸 아르당이 대중 집회에서 잠깐 언급한 방법이다.

다 알고 있다시피 공기는 21퍼센트의 산소와 79퍼센트의 질소로 이루어져 있다. 우리가 숨을 쉬면 어떤 일이 일어나는가? 단순한 현상이다. 우리는 공기 속에서 생명 유지에 필요한 산소만 흡수하고 질소는 그대로 내보낸다. 날숨은 산소의 5퍼센트를 잃고 거의 같은 양의 이산화탄소를 포함하고 있다. 이산화탄소는 흡수된 산소가 혈액의 구성 성분을 연소시켜 생긴 결과물이다. 따라서 밀폐된 공간에서는 일정한 시간이 지나면 공기 속의 산소가 모두 본질적으로 유독 가스인 이산화탄소로 대치될 것이다.

요컨대 문제는 이러했다. 질소는 그대로 보존되니까, 어떻게 하면 소비된 산소를 보충하고 몸에서 배출된 이산화탄소를 없앨 수 있는가? 염소산칼륨과 가성알칼리를 이용하면 아주 간단하다.

염소산칼륨은 하얀색의 얇은 조각 형태로 존재하는 소금이다. 섭씨 400도 이상으로 가열하면 염화칼륨으로 바뀌고, 그 안에 들어 있던 산소는 완전히 방출된다. 염소산칼륨 8킬로그램에서 3킬로그램의 산소가 나온다. 승객들—여행자 세 명과 개두 마리—이 24시간 동안 필요로 하는 산소가 이것으로 충당된다. 산소를 보충하는 문제도 해결되었다.

가성알칼리는 공기 속의 이산화탄소와 강한 친화력을 가지고 있다. 조금 흔들어주기만 하면 이산화탄소와 결합하여 중탄산칼륨이 된다. 이산화탄소를 흡수하는 문제도 이것으로 해결되었다.

이 두 과정을 결합하면 날숨에 원래의 생명 유지 기능을 모두 되돌려줄 수 있었다. 레제와 르뇨라는 두 화학자는 이것을 실험으로 입증했다. 하지만 지금까지는 동물 실험만 이루어졌고, 과학적으로 아무리 엄밀한 실험이라 해도 그것이 인간에게 미치는 영향은 아직 알려지지 않은 상태였다.

이것은 미셸 아르당이 중대한 문제들을 검토한 회합에서 지적한 사실이었다. 그는 인간도 그 인공 공기로 살 수 있다는 것을 의심할 여지없이 입증하고 싶어서, 떠나기 전에 자기가 직접 시험해보겠다고 제의했다. 하지만 매스턴이 실험 대상이 되는 영광을 달라고 강력하게 요구하고 나섰다.

"나는 여러분과 함께 가지 않을 테니까, 하다못해 일주일쯤 포탄 속에서 살게 해줄 수는 있잖습니까?"

이 요구마저 거절하는 것은 너무 가혹한 처사였다. 그래서 사람들은 매스턴의 요청을 받아들였다. 8일 동안 필요한 식량과 물, 염소산칼륨과 가성알칼리가 포탄에 실렸다. 11월 12일 오전 6시, 매스턴은 친구들과 악수를 하고 11월 20일 저녁 6시까지 감옥을 열지 말라고 당부한 뒤 포탄 속으로 들어갔다. 곧이어 출입구 덮개가 안쪽에서 밀폐되었다.

그 여드레 동안 포탄 내부에서 어떤 일이 일어났을까? 그것은 알 수 없었다. 벽이 두꺼워서 어떤 소리도 밖으로 새어나오지 않았기 때문이다.

11월 20일 오후 6시 정각, 입구에서 덮개가 벗겨졌다. 매스턴의 친구들은 좀 걱정이 되었지만, 유쾌한 목소리가 "만세!" 하고 외치는 것을 듣고 곧 안심했다.

곧이어 매스턴이 의기양양한 태도로 원뿔 꼭대기에 나타났다. 그는 몸무게가 불어나 있었다!

매스턴은 몸무게가 불어나 있었다

24

로키 산맥의 망원경

지난해 10월 20일에 기부금 접수가 마감된 뒤, 바비케인은 거대한 망원경을 제작하는 데 필요한 돈을 케임브리지 천문대에 보냈다. 이 망원경은 반사망원경이든 굴절망원경이든 달 표면에 있는 3미터 크기의 물체도 확인할 수 있을 만큼 강력해야 했다.

굴절망원경과 반사망원경은 중요한 차이점이 하나 있다. 여기서 그 점을 짚고 넘어가는 것이 좋을 듯싶다. 굴절망원경은 하나의 경통(鏡筒)으로 이루어져 있고, 위쪽 끝에는 대물렌즈라고 불리는 볼록렌즈가, 아래쪽 끝에는 관측자가 눈을 대는 접안렌즈가 달려 있다. 멀리 있는 물체에서 나온 빛은 대물렌즈를 통과하면서 굴절하여 초점에 거꾸로 뒤집힌 상을 맺는다. 관측자는 확대경 구실을 하는 접안렌즈를 통해 크게 확대된 이

상을 보게 된다. 따라서 굴절망원경의 경통은 양쪽 끝이 대물렌즈와 접안렌즈로 막혀 있다.

반면에 반사망원경은 위쪽 끝이 열려 있다. 물체에서 나온 빛은 자유롭게 경통을 지나 오목한—즉 수렴성의—금속 반사경에 부딪친다. 빛은 거기서 작은 평면경에 의해 직각으로 꺾인 뒤, 상을 확대하는 구실을 하는 접안경으로 보내진다.

따라서 굴절망원경에서는 굴절작용이 중요한 역할을 하는 반면, 반사망원경에서는 반사작용이 중요한 역할을 한다. 굴절망원경과 반사망원경이라는 명칭은 여기서 유래했다. 망원경을 만들 때의 어려움은 거의 전적으로 대물렌즈에 있다. 렌즈든 거울이든 대물렌즈는 만들기가 까다롭다.

대포 클럽이 위대한 실험을 준비하고 있을 당시, 이런 광학 기계는 벌써 높은 완성도에 도달하여 엄청난 성과를 거두고 있었다. 갈릴레이[140]가 배율이 일곱 배밖에 안 되는 빈약한 망원경으로 천체를 관측한 이래 천문학은 많은 진보를 이룩했다. 16세기 이래 망원경은 상당히 넓어지고 길어져서, 우주 공간을 훨씬 깊이 탐사할 수 있게 되었다. 현재 사용되고 있는 대표적인 굴절망원경으로는, 구경 38센티미터의 대물렌즈가 달린 러시아의 풀코보 천문대의 망원경, 프랑스의 광학 기계 제조업자인 르르부르가 만든 구경 38센티미터의 대물렌즈가 달린 파리 천문대의 망원경, 구경 48센티미터의 대물렌즈가 달린 케임브리지 천문대의 망원경을 꼽을 수 있다.

반사망원경으로는 강력한 배율과 거대한 크기로 유명한 망원경이 두 개 있었다. 첫 번째는 허셜이 만든 망원경[141]으로, 길이는 10미터, 지름 1.5미터의 반사경이 달려 있고, 배율은 무려 6000배였다. 두 번째는 아일랜드 버캐슬에 있는 로스 경 소유의 망원경이었다. 이것은 길이가 5미터였고, 반사경의 지름은 1.8미터에 이르렀다.[142] 배율은 6400배였다. 이 망원경을 조작하는 장치는 무게가 무려 1만 2500킬로그램에 이르렀다. 그 무게를 지탱하고 장치를 수용하기 위해 벽돌과 돌로 거대한 건조물을 지어야 했다.[143]

하지만 이 엄청난 크기에도 불구하고 배율은 6000배를 조금 넘는 정도였다. 배율 6천인 망원경으로 달을 보면 달이 60킬로미터 거리에 있는 것처럼 보이지만, 너비가 30미터 이하인 물체는 길이가 엄청나게 길지 않으면 확인할 수 없다.

지름 3미터에 길이가 4미터인 대포 클럽의 포탄을 보기 위해서는 달을 8킬로미터 이내의 거리로 끌어와야 하고, 그러려면 배율이 4만 8000배를 넘는 망원경이 필요하다.

이것이 케임브리지 천문대가 직면한 문제였다. 자금의 문제가 아니라 재료의 문제를 해결해야 했다.

무엇보다 먼저 굴절망원경으로 할 것인지 반사망원경으로 할 것인지를 결정해야 했다. 굴절망원경은 반사망원경에 비해 몇 가지 이점을 가지고 있다. 대물렌즈의 지름이 같아도 굴절망원경의 상이 훨씬 선명하다. 렌즈를 통과할 때 손실되는 빛의 양은 빛을 거울에 한 번 반사시키는 반사망원경이 더 많기 때문이다. 하지만 렌즈의 두께에는 한계가 있다. 렌즈가 너무 두꺼우면 빛이 통과하지 못한다. 게다가 그런 거대한 렌즈는 만들기도 어렵고, 만드는 기간도 몇 년씩 걸린다.

그래서 굴절망원경이 더 선명한 상을 얻을 수 있지만—달을 관찰할 때는 상당한 이점이다. 달빛은 반사광에 불과하기 때문이다—더 빨리 만들 수 있고 상도 더 크게 확대할 수 있는 반사망원경으로 결정되었다. 빛은 지구 대기권을 통과할 때 많이 약해지기 때문에, 대포 클럽은 망원경을 미국에서 가장 높은 산봉우리에 설치하기로 결정했다. 그러면 빛이 통과해야 하는 공기의 양도 그만큼 줄어들 것이기 때문이다.

앞에서 보았듯이, 반사망원경에서 확대상을 만드는 것은 접안경이다. 그리고 대물렌즈의 지름과 초점거리가 클수록 배율도 커진다. 4만 8000배의 배율을 얻기 위해서는 허셜과 로스 경의 대물렌즈보다 훨씬 큰 반사경을 만들어야 하는데, 여기에 어려움이 있었다. 그렇게 큰 거울을 만드는 것은 아주 정밀한 작업이기 때문이다.

다행히 몇 해 전에 프랑스 학술원의 레옹 푸코[144]라는 과학자가 금속 거울을 은도금한 유리 거울로 대체하여 대물렌즈를 연마하는 데 걸리는 시간을 크게 단축하는 방법을 고안했다. 유리를 원하는 크기로 주조하여 은도금만 하면 된다. 반사경을 만들 때 이 방법을 사용하면 아주 좋은 결과를 얻을 수 있었다.

망원경 조립은 허셜의 방법에 따라 이루어졌다. 허셜의 대형 망원경에서 물체의 상은 경통 한쪽 끝에 비스듬히 달린 거울에 반사되어, 접안경이 있는 반대쪽 끝에 맺혔다. 따라서 관측자는 경통의 아래쪽 끝이 아니라 위쪽 끝으로 올라가서 자리를 잡고, 확대경으로 거대한 원통을 들여다보았다. 이 방식을 이용하면, 물체의 상을 접안경으로 반사해주는 역할을 하는 작은 거울이 필요 없기 때문에 물체의 상이 두 번이 아니라 한 번만 반사되는 이점이 있었다. 따라서 흡수로 손실되는 빛의 양도 줄어들었고, 상이 약해지는 정도도 줄어들어 더욱 선명해졌다. 이것은 포탄을 관측할 때 귀중한 이점이 될 것이다.

이런 결정이 내려지자 곧바로 작업이 시작되었다. 케임브리지 천문대의 계산에 따르면, 새로 만들 망원경의 길이는 85미터가 되어야 하고 반사경의 지름은 5미터에 이르러야 했다. 망원경이 아무리 거대해도, 몇 년 전에 천문학자 로버트 훅[145]이 제안한 1만 피트(약 3000미터)짜리 망원경과는 비교가 되지 않을 것이다. 그런데도 망원경 제작은 커다란 어려움을 제기했다.

장소 문제는 쉽게 해결되었다. 높은 산을 골라야 했는데, 미국에는 높은 산이 별로 많지 않기 때문이다.

이 드넓은 나라의 산맥계는 중간 높이의 두 산맥으로 귀착되는데, 그 사이에 유장한 미시시피 강이 흐르고 있다. 미국인들이 왕권을 기꺼이 받아들인다면 미시시피 강을 '강들의 제왕'이라고 부를 것이다.

동쪽에는 애팔래치아 산맥이 있다. 최고봉은 뉴햄프셔 주에 있는 워싱턴 산으로, 높이가 1917미터밖에 안 된다.[146]

반대편인 서쪽에는 로키 산맥이 있다. 마젤란 해협에서 출발하여 안데스 또는 단순하게 코르딜레라스(산맥)라는 이름으로 남아메리카 서해안을 따라 달린 뒤, 파나마 지협을 건너 북아메리카로 올라와서 북극해까지 뻗어 있는 거대한 산줄기이다.

이쪽 산들도 별로 높지 않다. 알프스나 히말라야는 높은 곳에서 오만하게 그 산들을 내려다볼 것이다. 최고봉도 높이가 해발 3262미터밖에 안 되는데, 이것도 몽블랑의 4807미터, 히말라야 산맥의 최고봉 칸첸중가의 8598미터에 비하면 부끄러울 정도다.[147]

하지만 대포 클럽 회원들은 대포의 경우와 마찬가지로 망원경도 미국 국경 안에 두고 싶어했기 때문에, 로키 산맥으로 만족할 수밖에 없었다. 필요한 자재와 장비는 콜로라도 주의 롱스피크 산정으로 보내졌다.

미국인 기술자들이 극복해야 했던 온갖 어려움, 그들이 대담한 용기와 기술로 이룩한 경이로운 성과는 이루 다 형언할 수가 없었다. 그것은 실로 대단한 위업이었다. 거대한 돌, 무거운 철재, 거대한 원통 부품, 무게가 1만 5000킬로미터인 반사경은 인적도 없는 대초원과 울창한 숲과 위험한 급류를 건너 해발 3000미터가 넘는 설선(雪線) 위까지 운반해야 했다. 도시에서 멀리 떨어진 미개 지역에서는 생활의 사소한 문제 하나하나가 거의 해결할 수 없는 문제가 되었다. 하지만 미국인의 천재성은 이런 헤아릴 수 없는 장애를 차례로 극복하고 승리를 거두었다. 착공한 지 1년도 지나지 않은 9월 말에는 벌써 망원경의 거대한 경통이 하늘을 가리키고 있었다. 길이가 85미터인 이 원통은 거대한 철제 틀에 매달려 있었다. 이것은 관측자가 하늘의 어디든 겨눌 수 있고, 움직이는 천체를 이쪽 지평선에서 저쪽 지평선까지 추적할 수 있게 해주는 독창적인 장치였다.

경비는 40만 달러가 넘게 들었다. 망원경이 처음으로 달을 겨누었을 때, 관측자들은 호기심과 불안감이 뒤섞인 흥분을 맛보았다. 배율 4만 8000배인 이 망원경의 시계(視界)에서 무엇을 발견하게 될까? 외계인, 달의 동물들, 촌락, 호수, 바다? 아니, 그들은 과학이 아직 모르고 있는 것은 아무것도 보지 못했다. 하지만 그래도 달의 화산설은 정확히 확인할 수 있었다.

롱스피크 망원경은 대포 클럽을 위해 일하기 전에 천문학에 큰 공헌을 했다. 배율이 커서 하늘을 멀리까지 볼 수 있었기 때문이다. 별들의 지름이 정밀하게 측정되었고, 케임브리지 천문대의 클라크 씨는 로스 경의 망원경도 끝내 해상하지 못했던 황소자리의 게성운을 분해하는 데 성공했다.

로키 산맥의 망원경

25

마지막 남은 작업

11월 22일이었다. 출발이 열흘 앞으로 다가왔다. 이제 남은 작업은 한 가지뿐이었지만, 그것은 세심한 주의를 필요로 하는 위험하고 까다로운 작업이었다. 캡틴 니콜이 절대 성공하지 못한다는 데 세 번째 내기를 걸었던 그 문제의 작업은 바로 대포에 20만 킬로그램의 면화약을 장전하는 일이었다. 이 엄청난 양의 면화약을 다루는 것은 대참사를 초래할 수 있고, 어쨌든 폭발성이 아주 강한 물질이 포탄 무게에 짓눌리면 저절로 발화할 거라고 니콜은 생각했다. 남북전쟁 때 시가를 입에 문 채 포탄을 장전하는 것도 서슴지 않은 미국인들의 안전 불감증 때문에 위험은 더욱 심각해졌다. 자칫하면 실험을 시작하기도 전에 실패할 우려가 있었다. 그런 위험을 무릅쓰지 않기로 결심한 바비케인은 가장 훌륭한 인부를 선정하고, 스스로 감독 역할을 맡아 그들한테서 잠시도 눈을 떼지 않았다. 그는 이런 신중함과 조심성으로 성공할 확률을 높일 수 있었다.

우선 그는 모든 화약을 한꺼번에 스톤힐로 가져오지 않도록 조치했다. 화약은 밀봉된 탄약 열차에 실려 조금씩 들어왔다. 20만 킬로그램의 면화약은 250킬로그램씩 나뉘어, 펜서콜라 최고의 장인들이 만든 800개의 자루 속에 넣어졌다. 탄약 열차에는 이 자루가 열 개씩 실렸다. 탄약 열차는 한 대씩 차례로 탬파를 떠났다. 그래서 스톤힐의 울타리 안에 2500킬로그램이 넘는 면화약이 한꺼번에 있었던 적은 한 번도 없었다. 탄약 열차가 도착할 때마다 맨발의 인부들이 자루를 내렸다. 탄약 자루는 대포 입구로 운반하여 수동식 기중기로 내렸다. 증기기관을 이용하는 기계는 모두 멀리 치워졌고, 반경 3킬로미터 이내에 있는 불은 모두 꺼버렸다. 다만 그 많은 면화약을 햇볕의 열기에서 보호하는 것이 큰 걱정이었다. 작업은 되도록이면 야간에 이루어졌다. 진공 속에서 빛을 만들어 대포 밑바닥까지 밝은 빛을 던져주는 룸코르프 램프[148]가 큰 도움이 되었다. 탄약 자루는 대포 밑바닥에 질서정연하게 쌓였고, 자루의 중심으로 동시에 전기 불꽃을 보낼 전선이 연결되었다. 면화약에는 전지로 점화할 예정이었다.

절연체로 둘러싸인 전선은 하나의 케이블로 묶여 포탄이 놓일 자리 바로 아래의 대포벽에 뚫린 구멍을 통해 석축 속으로 들어간 다음, 그 목적을 위해 석축 속에 특별히 만든 구멍을 통해 지표면으로 올라왔다. 스톤힐 꼭대기에 이른 케이블은 군데 군데 세워진 기둥 위를 지나 다시 2킬로미터를 뻗어 나간 뒤, 스위치를 지나서 강력한 분젠 전지[149]에 이르렀다. 스위치 단추를 누르기만 하면 전류가 흘러 면화약 20만 킬로미터에 불을 붙일 수 있었다. 두말할 나위도 없지만, 전지는 마지막 순간까지 작동하면 안 되었다.

11월 28일까지는 800개의 탄약 자루가 대포 바닥에 모두 차곡차곡 쌓였다. 이 작업은 성공적으로 끝났다. 하지만 그동안 바비케인이 겪어야 했던 걱정과 불안과 중압감은 엄청난 것이었다! 그는 방문객이 스톤힐에 가까이 접근하지 못하게 하려고 애썼지만 소용이 없었다. 날마다 사람들은 울타리를 넘어왔다. 개중에는 탄약 자루 사이에서 담배를 피우는 미친 짓을 서슴지 않는 사람도 있었다. 바비케인은 하루에도 몇 번씩 분노에 사로잡혔다. 매스턴은 열심히 침입자를 쫓아내고, 그들이 여기저기 내던진 불붙은 담배꽁초를 주우면서 있는 힘껏 바비케인을 도왔다. 울타리 주위에 30만 명이 모여 있었기 때문에 그것은 보통 힘든 일이 아니었다. 미셸 아르당은 화약을 열차에서 대포 입구까지 호송하는 역할을 자진해서 떠맡았지만, 부주의한 구경꾼들을 쫓아낼 때 입술에 큼직한 시가를 물고 있는 것을 바비케인에게 들키고 말았다. 구경꾼들에게 그렇게 나쁜 본보기를 보이는 아르당을 이제는 바비케인도 믿을 수 없었다. 아니, 그 대담한 애연가를 누구보다도 엄중히 감시해야 한다는 것을 깨달았다.

하지만 장전 작업은 천우신조로, 작은 폭발 한 번 없이 무사히 끝났다. 포탄을 대포 속에 높이 쌓인 면화약 위에 내려놓는 작업이 아직 남아 있었지만, 캡틴 니콜은 세 번째 내기에서도 질 위기에 놓였다.

포탄을 내리는 작업을 시작하기 전에 여행에 필요한 용품들이 포탄에 실렸다. 필요한 물목은 상당히 많았다. 미셸 아르당에게 재량권을 주었다면, 여행자들이 탈 자리도 순식간에 물건으로 채워졌을 것이다. 이 매력적인 프랑스인이 달에 가져가고 싶어하는 물건은 믿을 수 없을 만큼 많았다. 수가 많을 뿐만 아니라 아무 쓸모도 없었다. 그래서 바비케인은 꼭 필요한 물건만 싣고 나머지는 모두 내쫓았다.

도구상자 속에는 온도계와 기압계와 망원경을 넣었다.

그들은 여행하는 동안 달을 조사하고 싶어했다. 그 새로운 세계를 좀더 쉽게 조사하기 위해서 그들은 베어와 뫼들러의 《월면도(月面圖)》를 가져가기로 결정했다. 관찰력과 인내력의 걸작으로 평가되고 있는 이 '달지도'는 지구 쪽을 향하고 있는 부분을 아주 자세한 부분까지 꼼꼼하고 정확하게 묘사해놓았다. 산과 골짜기, 분지, 크레이터, 봉우리 따위가 정확한 크기로 그려져 있고, 동쪽에 높이 솟아 있는 되르펠 산맥과 라이프니츠 산맥[150]에서부터 북극 지역에 있는 '얼음의 바다'[151]에 이르기까지 모두 정확한 위치와 이름이 나와 있었다. 세 탐험가에게는 더없이 귀중한 자료였다. 실제로 달에 발을 내딛기 전에 그 낯선 땅의 지형을 연구할 수 있었기 때문이다.

그들은 산탄총 세 자루, 작열탄을 쏠 수 있는 연발 라이플총

포탄의 내부 풍경

세 자루에 많은 탄약도 가져가기로 했다.

"달에서 누구를 만날지 몰라." 미셸 아르당이 말했다. "우리의 방문을 달가워하지 않을 사람이나 동물이 있을지도 모르니까 사전 대책을 세워야 해."

이 방어용 무기와 함께 곡괭이와 삽과 톱을 비롯한 필수적인 연장들도 실었고, 극지방의 추위에서 열대의 더위에 이르기까지 모든 기후에 맞는 옷도 준비했다.

미셸 아르당은 동물을 데려가고 싶어했다. 모든 동물을 한 쌍씩 데려갈 필요는 없었다. 뱀과 호랑이, 악어 같은 사나운 짐승을 달에 퍼뜨릴 필요는 없었기 때문이다.

"하지만 황소나 암소, 당나귀나 말처럼 짐을 운반할 수 있는 동물은 달에 놓아두어도 한 폭의 멋진 그림이 될 테고, 우리한테도 아주 유용하게 쓰일 거야."

"나도 동감일세." 바비케인이 대답했다. "하지만 우리 포탄은 노아의 방주가 아니야. 그만큼 넓지도 않고 목적지도 달라. 가능한 범위로 한정하세."

오랜 갑론을박 끝에 결국 캡틴 니콜의 훌륭한 사냥개와 원기왕성하고 튼튼한 뉴펀들랜드 개를 데려가기로 결정했다. 필수품 중에는 유용한 씨앗 몇 상자도 들어 있었다. 미셸 아르당이 마음대로 하게 내버려두었다면 씨를 심을 흙도 몇 자루 가져갔을 것이다. 하지만 아르당은 짚으로 조심스럽게 싼 관목 열두 그루를 벌써 포탄에 실어놓고 있었다.

아직 식량이라는 중요한 문제가 남아 있었다. 달의 불모지역에 착륙할 가능성을 고려해야 했기 때문이다. 바비케인은 1년 치 식량을 가져가기로 결정했다. 식량은 수압으로 부피를 최대한 줄인 고기와 채소 통조림이었다. 통조림에는 영양분이 듬뿍 들어 있었다. 다양성은 부족했지만, 그런 여행을 하면서 음식을 까다롭게 가릴 수는 없는 노릇이었다. 통조림 이외에 브랜디도 50갤런이나 실었지만, 물은 두 달치밖에 싣지 않았다. 천문학자들이 최근에 관측한 결과, 달 표면에 꽤 많은 물이 있다는 것이 밝혀졌기 때문이다.[152] 또한 지구인이 달에서 먹을 것을 찾지 못할 거라고 믿는 것은 어리석은 짓이었을 것이다. 미셸 아르당은 그 점을 조금도 의심하지 않았다. 의심했다면 달에 간 생각도 하지 않았을 것이다.

어느 날 그는 친구들에게 말했다.

"게다가 우리는 지구의 동료들한테 완전히 버림받는 게 아닐세. 여기 남아 있는 사람들은 우리를 잊지 않을 거야."

"잊을 리가 없지요." 매스턴이 말했다.

"그게 무슨 소리요?" 니콜이 물었다.

"간단해요." 아르당이 대답했다. "대포는 포탄을 발사한 뒤에도 여전히 여기 있겠죠? 달이 1년에 한 번꼴로 천정이나 근지점 근처에 올 때마다 우리 친구들이 식량을 가득 실은 포탄을 우리한테 보내줄 수 없을까? 우리는 정해진 날 포탄이 도착하는 것을 기다리고 있으면 돼요."

"그렇군요!" 매스턴이 방금 묘안을 생각해낸 듯한 투로 외쳤다. "멋진 계획이에요! 우리는 결코 당신들을 잊지 않을 겁니다!"

"물론 그렇겠지. 그러니까 우리는 정기적으로 지구 소식을 받게 될 테고, 우리도 여기 있는 친구들에게 연락할 방법을 찾을 수 있을 거요. 그러지 못하면 바보겠지!"

미셸 아르당은 결연하고 침착한 태도로 자신만만하게 말했기 때문에, 대포 클럽 회원을 모두 설득해서 달에 함께 데려갈 수도 있었을 것이다. 아르당의 말은 단순명쾌하고 확실히 성공할 수 있을 것처럼 여겨졌다. 지구에 이기적인 집착을 가진 사람이 아니라면 누구나 세 탐험가의 달여행에 동행할 마음이 내켰을 것이다.

다양한 물건이 포탄에 실리자, 용수철 역할을 할 물을 칸막이들 사이에 주입하고 가스를 용기 속에 채워 넣었다. 바비케인은 여행이 예상보다 오래 걸릴 경우를 대비하여 두 달 동안 산소를 보충하고 이산화탄소를 흡수할 수 있는 염소산칼륨과 가성알칼리를 준비했다. 이렇게 해서 자동적으로 공기를 정화하고 공기의 생명 유지 능력을 되살리는 독창적인 장치가 설치되었다. 포탄은 이제 준비되었다. 남은 일은 포탄을 대포 속에 넣는 것이었다. 이것은 어려움과 위험으로 가득 찬 작업이었다.

거대한 포탄이 스톤힐 꼭대기로 운반되었다. 그곳에서 강력한 기중기가 포탄을 들어올려 깊은 금속 수직갱 위에 늘어뜨렸다.

이때가 중요한 순간이었다. 엄청난 무게 때문에 쇠사슬이 끊어져 포탄이 낙하하면, 면화약은 여지없이 폭발할 것이다.

다행히 그런 일은 일어나지 않았고, 대포의 내강을 따라 천천히 내려간 포탄은 몇 시간 뒤 면화약의 폭발성 쿠션 위에 자리를 잡았다. 포탄의 무게는 화약을 더 단단히 압축하는 정도의 영향밖에 미치지 않았다.

"내가 졌소." 캡틴 니콜이 바비케인에게 3000달러를 건네면서 말했다.

바비케인은 길동무한테 돈을 받고 싶지 않았지만, 니콜의 고집에 꺾일 수밖에 없었다. 캡틴 니콜은 지구를 떠나기 전에 모든 빚을 청산하고 싶어했다.

"당신에게 내가 바라는 것은 한 가지뿐이오." 미셸 아르당이 말했다.

"그게 뭡니까?" 니콜이 물었다.

"남은 두 가지 내기에서도 당신이 지는 것! 그렇게 되면 적어도 우리는 지구를 떠날 수 있을 테니까 말이오."

26

발사!

12월 1일이 왔다. 운명의 날이다. 포탄이 이날 밤 10시 46분 40초에 정확히 발사되지 않으면, 달이 천정과 근지점의 조건을 동시에 충족시킬 때까지 18년이 넘는 세월을 다시 기다려야만 하기 때문이다.

날씨는 더없이 좋았다. 겨울이 닥쳐오고 있었지만, 태양은 주민 세 명을 다른 세계에 보내려는 지구를 찬란하게 비추고 있었다.

가슴 졸이며 기다린 이날을 앞두고 얼마나 많은 사람들이 간밤에 잠을 설쳤던가! 얼마나 많은 가슴이 기다림의 무게에 짓눌렸던가! 모든 심장이 불안으로 고동치고 있었지만, 미셸 아르당만은 예외였다. 그는 전혀 걱정하는 기색을 보이지 않고 여느 때처럼 분주하게 돌아다녔다. 밤에도 그는 전투를 앞두고 포가 위에서 잠을 잔 튀렌[153] 장군처럼 단잠을 잤다.

새벽부터 수많은 군중이 스톤힐 주위에 펼쳐져 있는 평야를 가득 뒤덮었다. 15분마다 열차가 구경꾼들을 실어왔다. 이 인구 이동은 곧 믿을 수 없는 규모로 확대되었다. 〈탬파 옵서버〉지에 따르면 이 기념할 만한 날에 500만 명이 플로리다 땅을 밟았다고 한다.[154]

그 군중의 대다수는 한 달 전부터 스톤힐 울타리 주위에서 야영을 하면서 도시의 토대를 놓았다. 이 도시는 그 후 '아르당빌'이라고 불리게 되었다. 평원에는 오두막과 판잣집들이 빽빽이 들어찼고, 그 임시 주택들은 유럽에서 가장 큰 도시들도 부러워할 만큼 많은 인구를 수용하고 있었다.

지구상의 모든 나라가 이곳에 대표단을 보냈다. 바벨탑 시대가 돌아온 듯 세계의 모든 언어가 동시에 들렸다. 미국 사회의 다양한 계층이 평등하게 뒤섞였다. 은행가, 농부, 선원, 구매자, 중개인, 면화 재배자, 상인, 뱃사공, 주지사들이 어깨를 맞대며 허물없이 어울렸다. 루이지애나의 크레올(프랑스계 이민의 자손)이 인디애나 농부들과 형제처럼 지냈다. 켄터키나 테네시에서 온 신사들과 우아하고 오만한 버지니아 사람이 오대호 지방에서 온 야만적인 덫사냥꾼이나 신시내티에서 온 소장수들과 대화를 나누었다. 흰색 비버 모피로 만든 챙넓은 모자나 고상한 파나마 모자를 쓰고, 푸른색 면바지를 입고, 표백하지 않은 리넨 자켓을 입고, 화려한 색깔의 장화를 신은 그들은 얇은 바티스트 천으로 지은 화려한 셔츠 앞자락을 보란 듯이 열어젖

새벽부터 수많은 군중이 스톤힐 주위에 모여들었다

히고 있었다. 그들의 셔츠와 소맷부리, 넥타이, 손가락과 귀에서는 온갖 반지와 핀, 다이아몬드, 고리와 장신구가 반짝거렸다. 그것들은 값이 비쌀수록 천박해 보였다. 아녀자들과 하인들도 똑같이 화려하게 차려입고 남편이나 아버지나 주인과 동행하거나 뒤따르거나 앞서거나 주위를 에워쌌다. 많은 가족에 둘러싸인 남정네들은 마치 부족장 같았다.

식사 시간이 되면 그 많은 사람들이 플로리다의 식량 사정을 위협하는 왕성한 식욕으로 남부의 다양한 명물 요리를 먹어대기 시작하는 광경은 참으로 인상적이었다. 개구리 찜, 기름에 볶은 다음 물을 붓고 뭉근한 불에 졸인 원숭이 고기, 감자와 양파 따위를 넣은 생선 차우더, 주머니쥐 구이, 석쇠에 구운 너구리 고기는 유럽인들의 비위에 맞지 않았을 것이다.

그리고 위에 부담이 되는 음식의 소화를 돕기 위해 다양한 술과 음료가 등장했다. 유리잔, 머그잔, 플라스크, 마개 있는 유리병, 이상한 모양의 유리병, 설탕을 빻는 절구, 짚단으로 장식된 무도회장과 선술집에서 들려오는 외침 소리는 얼마나 사람을 흥분시키고 유혹했는지 모른다!

"박하술 나왔습니다!" 바텐더가 외쳤다.

"버건디 상그리아 한 잔!"

"진 슬링 하나!"

"브랜디 스매시!"

"최신식으로 만든 진짜 박하술을 맛보고 싶으신 분은 안 계십니까?" 바텐더가 박하술의 원료—설탕, 레몬, 박하, 얼음,

물, 브랜디, 파인애플―를 예술가처럼 교묘한 손놀림으로 이 유리잔에서 저 유리잔으로 옮기면서 유혹적으로 소리쳤다.

매운 향신료 때문에 갈증이 난 목을 유혹하는 이런 말들은 대개 큰 소리로 동시에 되풀이되어 귀가 먹먹해질 만큼 시끄러웠다. 하지만 12월의 첫날에는 그런 외침 소리가 거의 들리지 않았다. 바텐더가 아무리 목이 쉬도록 고함을 질러도 손님을 끌지 못했다. 오늘은 먹거나 마시는 것을 생각하는 사람이 아무도 없었다. 오후 4시에도 아직 점심을 먹지 않은 사람이 많았다. 그보다 훨씬 의미심장한 사태는 게임과 도박에 대한 미국인들의 열렬한 애정이 완전히 자취를 감추었다는 사실이다. 옆으로 누워 있는 볼링 핀, 컵 속에서 잠자는 주사위, 움직임을 멈춘 룰렛 회전대, 버려진 크리비지 점수판, 휘스트와 블랙잭, 몬티와 파로 게임을 할 때 사용되는 카드가 뜯지도 않은 상자 속에 갇혀 있는 광경은 이날의 중요한 사건이 다른 모든 일을 초라해 보이게 하고 다른 데 관심을 돌릴 여지를 전혀 남겨놓지 않았음을 분명히 보여주었다.

저녁이 되자 큰 재앙이 닥쳐왔을 때와 같은 조용한 흥분이 불안한 군중 속으로 퍼져갔다. 모든 사람이 형언할 수 없는 불안, 고통스러운 마비 상태, 심장을 옥죄는 듯 답답한 느낌에 사로잡혀 있었다. 모두 실험이 빨리 끝나기를 바랐다.

하지만 7시쯤 이 무거운 침묵이 갑자기 사라졌다. 달이 지평선 위로 떠오른 것이다. 수백만 명이 만세 삼창으로 달을 환영했다. 달은 제때에 나타났다. 금발의 포이베가 아름다운 하늘에서 조용히 빛나고 열광하는 군중을 다정한 달빛으로 어루만지자, 환호성이 하늘로 올라가고 사방에서 박수갈채가 터져 나왔다.

바로 그때, 용감한 세 모험가가 나타났다. 환호 소리가 더욱 높아졌다. 모든 사람의 부푼 가슴에서 동시에 미국 국가가 터져 나오고, 500만 명이 합창으로 부른 '양키 두들'이 소리 폭풍처럼 대기권 끝까지 퍼져 올라갔다.

저항할 수 없이 감정이 고조된 뒤, 미국 국가는 서서히 잦아들었다. 마지막까지 노래를 부르던 사람들도 차츰 입을 다물었다. 소음은 흩어졌고, 조용한 웅성거림이 깊이 감동한 군중 위를 떠돌았다. 그러는 동안 프랑스인과 두 미국인은 군중에게 둘러싸인 울타리 안으로 들어갔다. 대포 클럽 회원들과 유럽의 주요 천문대 대표들이 그들과 동행했다. 침착하고 냉정한 바비케인은 신중하게 마지막 지시를 내렸다. 캡틴 니콜은 입을 꽉 다물고 두 손을 뒷짐 진 채 단호하고 절도있는 걸음으로 걸어다녔다. 여전히 태평한 미셸 아르당은 다리에 가죽 각반을 차고 어깨에는 가방을 메고 헐렁한 갈색 벨벳 자켓을 걸치고 시가를 멋지게 문 전형적인 여행자 차림으로 다정한 악수를 아낌없이 나누어주고 있었다. 그의 정력과 혈기는 아무도 억누를 수 없었다. 그는 큰 소리로 웃고 농담을 하고, 진지한 J.T. 매스턴에게 어린애 같은 장난을 쳤다. 요컨대 그는 프랑스인이었고, 게다가 영원한 파리 사람이었다.

10시가 되었다. 여행자들이 포탄 속으로 들어가 자리를 잡아야 할 시간이었다. 그들을 포탄 속으로 내려보내고, 포탄 입구에 강철판을 덮어 볼트로 고정시키고, 기중기와 비계를 포구에서 제거하려면 꽤 시간이 걸릴 터였다.

전기 불꽃으로 면화약에 점화하는 역할을 맡은 머치슨은 바비케인의 시계와 자기 시계를 초까지 정확하게 맞추었다. 포탄 속의 여행자들은 출발 시각을 알려줄 냉정한 시계 바늘의 움직임을 지켜볼 수 있을 터였다.

작별인사를 나눌 때가 왔다. 감동적인 장면이었다. 흥분하여 쾌활하게 떠들던 미셸 아르당도 가슴이 뭉클해지는 것을 느꼈다. 매스턴은 메마른 눈꺼풀 밑에서 이때를 위해 남겨둔 해묵은 눈물 한 방울을 찾아냈다. 매스턴은 그 눈물을 그가 사랑하는 용감한 친구 바비케인의 이마에 떨어뜨렸다.

"나도 가면 안 됩니까? 아직 시간이 있어요!"

"불가능해, 매스턴."

잠시 후, 세 여행자는 포탄 속으로 내려가 입구를 단단히 잠갔다. 장애물을 모두 제거한 포탄 입구는 하늘을 향해 열려 있었다.

캡틴 니콜과 바비케인과 미셸 아르당은 금속 탈것 속에 완전히 봉인되었다.

이제 절정에 이른 그 많은 사람들의 흥분을 어떤 말로 표현할 수 있을까?

맑은 하늘에서는 달이 주위에 있는 별들의 빛을 지우면서 움직이고 있었다. 이제 달은 쌍둥이자리를 가로질러 지평선과 천정의 거의 중간에 이르렀다. 포탄이 표적의 앞쪽을 겨냥하리라는 것은 누구나 쉽게 이해할 수 있었다. 사냥꾼이 달아나는 토끼를 잡으려면 토끼 앞쪽을 겨냥해야 하는 것과 마찬가지다.

무서운 침묵이 주위 일대에 내리덮었다. 땅에는 바람 한 점 없었다. 어떤 가슴도 숨을 내쉬지 않았다. 심장들은 이제 감히 고동치지 못했다. 겁먹은 눈들은 모두 딱 벌어진 대포의 입에 못박혀 있었다.

머치슨은 시계 바늘을 지켜보고 있었다. 이제 남은 시간은 40초. 그 1초, 1초가 1세기처럼 길게 느껴졌다.

20초가 지나자 전율이 군중 속을 뚫고 지나갔다. 포탄 안에 있는 대담한 탐험가들도 초를 헤아리고 있다는 것을 모두 알아차렸다. 여기저기서 외침 소리가 터져 나왔다.

"삼십오! 삼십육! 삼십칠! 삼십팔! 삼십구! 사십! **발사!!!**"

머치슨이 스위치를 눌러 전기 불꽃을 대포 바닥으로 보냈다.

그와 동시에 믿을 수 없을 만큼 무시무시한, 이 세상을 초월할 만큼 커다란 굉음이 울려 퍼졌다. 우레 소리나 화산이 터지는 소리, 지금까지 알려진 어떤 소리와도 비교할 수 없는 소리였다. 거대한 불길이 분화구에서 뿜어져 나오듯 땅속에서 분출했다. 땅이 융기했다. 뜨겁게 빛나는 증기 구름 속에서 의기양양하게 공기를 가르며 올라가는 포탄을 한순간이라도 목격할 수 있었던 사람은 두어 명에 불과했다.

발사!!!

27

구름 낀 날씨

눈부시게 빛나는 불길이 엄청난 높이까지 치솟았을 때, 그 불길은 플로리다 반도 전체를 환히 비추었고, 꽤 넓은 지역에서 밤이 잠깐 낮으로 바뀌었다. 거대한 불기둥은 멕시코 만뿐만 아니라 100킬로미터 떨어진 대서양 해상에서도 볼 수 있었다. 그 거대한 유성의 출현을 항해일지에 기록한 선장이 한둘이 아니었다.

대포 발사는 진짜 지진을 일으켰다. 플로리다는 지하까지 흔들렸다. 면화약에서 나온 가스가 열기로 팽창되어 대기층을 격렬하게 밀어냈고, 자연의 허리케인보다 백 배나 빠른 이 인공 폭풍은 기괴한 돌개바람처럼 공기를 뚫고 지나갔다.

계속 서 있는 구경꾼은 한 사람도 없었다. 남녀노소 모두 폭풍에 휩쓸린 곡식처럼 땅바닥에 납작하게 쓰러졌다. 형언할 수 없는 소란이 일어났고 많은 사람이 중상을 입었다. 무분별하게 너무 앞으로 나가 있었던 매스턴은 15미터나 뒤로 내동댕이쳐졌다. 사람들은 그가 대포알처럼 머리 위를 지나가는 것을 보았다. 30만 명이 일시적으로 귀머거리가 되고 넋을 잃었다.

폭풍은 오두막과 판잣집들을 넘어뜨리고, 반경 30킬로미터 이내에 있는 나무들을 뿌리 뽑고, 모든 기차를 탬파까지 도로 밀어내고, 눈사태처럼 탬파 시를 강타하여 100채가 넘는 건물을 파괴했는데, 그중에는 성모마리아 교회와 새로 지은 증권거래소 건물도 포함되어 있었다. 특히 증권거래소는 이쪽 끝에서 저쪽 끝까지 두 동강이 나버렸다. 항구에서는 여러 척의 배가 서로 부딪쳐 침몰했다. 나머지 배들은 닻줄이 무명실처럼 툭 끊어져서 해안으로 밀려 올라왔다.

피해 지역은 미국 국경을 넘어 더 멀리까지 뻗어 있었다. 폭발의 충격은 서풍을 타고 미국 해안에서 500킬로미터나 떨어진 대서양 해상까지 전해졌다.

피츠로이 제독[155]도 예견하지 못한 인공 폭풍은 미증유의 파괴력으로 그의 배들을 덮쳤다. 리버풀의 '차일드 해럴드' 호[156]를 비롯한 여러 척의 배가 미처 돛을 내릴 틈도 없이 이 무서운 돌풍에 휘말려 돛을 활짝 편 채 가라앉아버렸다. 이 유감스러운 재난은 영국에서 격렬한 비난을 불러일으켰다.

끝으로, 모든 것을 빠짐없이 기록해두기 위해 덧붙인다면, 포탄이 발사된 지 30분 뒤에 고레 섬과 시에라리온[157]에서 많은 사람이 희미한 굉음을 들었다고 보고했다. 이 보고의 진실성을

포탄 발사의 여파

보장하는 것은 몇몇 원주민의 주장뿐이지만, 그 소리는 대서양을 건너 아프리카 해안에서 소멸한 음파의 마지막 흔적인지도 모른다.

자, 이야기를 플로리다로 돌리자. 최초의 충격이 가라앉자, 부상자와 귀머거리가 된 사람까지 포함한 모든 군중이 마비 상태를 떨치고 일어나 미친 듯이 외치기 시작했다. "아르당 만세! 바비케인 만세! 니콜 만세!" 열광적인 대합창이 하늘로 올라갔다. 수백만 명이 타박상과 뇌진탕도 잊어버리고 오로지 포탄만 생각하면서 망원경과 쌍안경으로 하늘을 쳐다보았다. 하지만 보람이 없었다. 포탄은 이제 보이지 않았다. 그들은 체념하고 롱스피크 산에서 전보가 오기를 기다리는 수밖에 없었다. 케임브리지 천문대장 벨파스트 씨는 로키 산맥에 가 있었다. 포탄의 진행을 관측하는 것이 그 노련하고 끈질긴 천문학자의 임무였다.

하지만 쉽게 예측할 수 있는데도 예기치 못했고 설령 예측했다 해도 어찌 해볼 도리가 없는 현상이 일어나, 대중의 인내심은 곧 가혹한 시련을 겪게 되었다.

맑았던 날씨가 돌변한 것이다. 하늘은 구름에 덮여 컴컴해졌다. 20만 킬로그램의 면화약이 폭발하면서 나온 어마어마한 양의 증기가 대기층에 퍼지고, 또한 대기층이 격렬하게 요동을 쳤으니, 날씨가 흐려질 수밖에 없지 않은가. 자연의 질서가 완전히 어지럽혀진 것이다. 해전 때 대포를 쏘면 날씨가 급변할 수 있다는 사실은 자주 관측되었으니까, 이것은 조금도 놀라운

케임브리지 천문대장은 로키 산맥에 가 있었다

일이 아니다.

이튿날 지평선 위로 떠오른 태양은 짙은 구름을 무거운 짐처럼 짊어지고 있었다. 하늘과 땅 사이에 뚫고 들어갈 수 없는 두꺼운 커튼이 쳐졌다. 불행히도 그 커튼은 로키 산맥까지 뻗어 있었다. 재난이었다. 지구 곳곳에서 항의하는 목소리가 합창처럼 울려 퍼졌다. 하지만 자연은 아랑곳하지 않았다. 인간이 화약을 폭발시켜 대기를 괴롭혔으니 그 결과도 감수할 수밖에 없었다.

이 첫날, 사람들은 모두 두꺼운 구름을 꿰뚫어보려고 애썼지만 아무 소용이 없었다. 게다가 쳐다보는 방법도 모두 틀렸다. 지구의 자전 운동 때문에 포탄은 이제 지구의 반대쪽 지점에서 멀어지고 있었기 때문이다.

이윽고 밤이 되어 꿰뚫어볼 수 없는 어둠이 지구를 감쌌다. 지평선 위로 떠오른 달은 모습을 보이지 않았다. 자신을 향해 대포를 쏜 무례한 인간들한테서 일부러 숨어 있는 것처럼 보였다. 아무것도 관측할 수 없었고, 롱스피크에서 온 전보는 이 유감스러운 사실을 확인해주었다.

여행자들은 12월 1일 밤 10시 46분 40초에 떠났다. 실험이 성공적이었다면 그들은 12월 4일 자정에 목적지에 도착할 것이다.[158] 이런 상황에서 포탄처럼 작은 물체를 관측하기는 아주 어려울 테니까, 사람들은 그때까지 기다릴 수밖에 없었다.

만일 날씨가 좋았다면, 12월 4일 밤 8시부터 자정까지는 포탄이 달의 밝은 표면 위에 검은 점으로 나타났을 테니까 포탄의 궤적을 추적할 수도 있었을 것이다. 하지만 날씨는 여전히 찌푸려 있었다. 사람들은 끝없이 안달복달했다. 모습을 보이지 않는 달을 향해 큰 소리로 욕설을 퍼붓는 사람들까지 있었다. 안타깝기 짝이 없는 일이었다.

절망한 매스턴은 롱스피크로 달려갔다. 제 눈으로 직접 보고 싶었기 때문이다. 그는 동료들이 달에 무사히 도착했다고 확신했다. 포탄이 지구의 대륙이나 섬에 떨어졌다는 소식은 전혀 없었고, 매스턴은 지구 표면의 4분의 3을 덮고 있는 바다에 포탄이 떨어졌을 가능성도 인정하지 않았다.

12월 5일, 날씨는 여전했다. 유럽 쪽은 날씨가 맑았기 때문에 허셜과 로스와 푸코[159]의 대형 망원경들은 계속 달을 겨누고 있었지만, 상대적으로 배율이 낮아서 유용한 관측은 하지 못했다.

12월 6일, 날씨는 여전했다. 세계의 4분의 3은 초조감에 사로잡혔다. 하늘에 모인 구름을 흩어버리자는 무모한 계획이 제시되었다.

12월 7일, 날씨에 약간의 변화가 있었다. 희망이 생겼지만 오래가지는 않았다. 저녁때에는 다시 두꺼운 구름이 하늘을 뒤덮어, 아무도 별이 빛나는 하늘을 볼 수 없었다.

문제는 이제 심각해지고 있었다. 12월 11일 아침 9시 11분에는 달이 하현달로 변할 것이다. 그 후로는 계속 이지러질 테고, 하늘이 맑아져도 포탄을 관측할 기회는 크게 줄어들 것이다. 지구에서 보이는 달의 표면은 계속 줄어들 테고, 달은 결국 초승달이 될 것이다. 초승달이 되면 해와 함께 뜨고 질 테고, 햇빛 때문에 달을 볼 수 없을 것이다. 달은 1월 3일 밤 12시 47분에야 다시 보름달이 될 것이다. 그때까지는 관측을 재개할 수 없었다.

신문들은 이 사실을 장황한 해설과 함께 보도했고, 대중이 천사 같은 인내심을 가져야 한다는 말을 되풀이했다.

12월 8일, 아무 변화도 없었다. 12월 9일에는 해가 미국인들을 비웃기라도 하듯 잠깐 얼굴을 내밀었다. 사람들은 야유를 보냈고, 해는 이런 대접에 화가 난 것처럼 빛을 보내주기를 아까워했다.

12월 10일, 아무 변화도 없었다. 매스턴은 거의 미칠 지경이 되었다. 고무 두개골 밑에서 지금까지 그렇게 잘 보존된 두뇌가 걱정스러워졌다.

그런데 12월 12일, 거대한 열대 폭풍이 일어났다. 강한 동풍이 그토록 오랫동안 쌓인 구름을 쓸어버렸다. 그날 저녁에 반달이 밝은 별들 사이를 당당하게 지나갔다.

28

새로운 천체

그날 밤, 그토록 초조하게 기다린 흥미진진한 뉴스가 미국 전역에서 폭탄처럼 터진 뒤, 바다를 건너 세계의 모든 전선을 따라 순식간에 퍼져 나갔다. 롱스피크의 거대한 반사망원경 덕분에 포탄의 자태가 포착된 것이다.

다음은 케임브리지 천문대장이 쓴 보고서다. 이 보고서에는 대포 클럽의 위대한 실험에 대한 과학적 결론이 포함되어 있다.

롱스피크, 12월 12일

케임브리지 천문대 직원들에게,

달이 하현 단계에 들어간 12월 12일 오후 8시 47분, J.M. 벨파스트와 J.T. 매스턴은 스톤힐에서 콜럼비아드로 발사된 포탄을 관측했다.

포탄은 목적지에 도착하지 않았다. 포탄은 달 옆으로 지나 갔지만, 달의 인력을 받을 만큼 가깝지는 않았다. 포탄의 직선운동은 아주 빠른 원운동으로 바뀌었다. 포탄은 이제 달의 위성이 되어 타원 궤도로 달 주위를 돌고 있다.

이 새로운 천체에 대해 우리는 아직 어떤 데이터도 확정하지 못했다. 자전 속도도 공전 속도도 모른다. 달과의 거리는 약 4400킬로미터로 추정된다.

현재 상황에서는 두 가지 가설을 세울 수 있다.

달의 중력이 결국 포탄을 달 표면으로 끌어들여 여행자들이 목적을 달성하게 되든가,

또는, 바꿀 수 없는 자연 질서에 따라 포탄이 고정된 궤도에 붙잡혀 이 세상이 끝날 때까지 달 주위를 계속 돌든가.

관측을 계속하면 언젠가는 결론이 나오겠지만, 지금까지 대포 클럽의 실험이 낳은 결과는 우리 태양계에 새로운 천체 하나를 보탠 것뿐이다.

J.M. 벨파스트

이 예기치 않은 결과는 얼마나 많은 의문을 새롭게 제기했는가! 과학 연구를 요하는 수수께끼가 얼마나 많이 축적되었는가! 포탄을 달에 보내는 계획은 처음에는 좀 무모해 보였지만, 세 남자의 용기와 헌신 덕분에 헤아릴 수 없이 엄청난 결과를 낳았다. 새로운 위성 속에 갇힌 세 여행자는 목적지에 도달하

지 못했지만, 적어도 달세계의 일부가 되었다. 그들은 달 주위를 돌고 있고, 처음으로 인간의 눈이 달의 모든 신비를 들여다볼 수 있게 되었다. 니콜과 바비케인과 아르당의 이름은 천문학사에 길이 남을 것이다. 이 대담한 탐험가들은 인간의 지식을 넓히려는 열망으로 과감하게 우주에 몸을 던졌고, 현대의 가장 기상천외한 사업에 목숨을 걸었기 때문이다.

롱스피크 보고서가 공표되자 전세계가 놀라움과 두려움에 사로잡혔다. 그 용감한 지구인들을 구하러 갈 수는 없는가? 그것은 절대 불가능하다. 그들은 신이 지구의 생물에 부과한 한계를 넘어 인류의 테두리 밖으로 나가버렸기 때문이다. 그들에게는 두 달치 공기와 일 년치 식량이 있다. 하지만 그후에는? 이 가공할 질문에는 아무리 비정한 사람도 가슴이 두근거렸다.

상황이 절망적이라는 사실을 인정하려 들지 않고 아직도 확신을 버리지 않은 사람이 하나 있었다. 그는 탐험가들의 헌신적인 친구이며 그들 못지않게 대담하고 결연한 사람, 바로 용감한 J.T. 매스턴이었다.

매스턴은 친구들한테서 눈을 떼지 않았다. 그의 집은 이제 롱스피크 천문대였고, 그의 시계(視界)는 거대한 망원경의 반사경이었다. 밤마다 달이 뜨자마자 그는 망원경의 시계 속에 달을 집어넣고, 하늘을 가로지르는 달을 한순간도 놓치지 않고 열심히 추적했다. 끝없는 인내심으로 달의 은빛 표면을 가로지르는 포탄을 지켜보았고, 그리하여 세 친구와 끊임없는 영적 교류를 유지할 수 있었다. 언젠가는 세 친구를 다시 만날 수 있으리라는 희망을 그는 아직도 버리지 않았다.

누구든 그의 말에 귀를 기울이는 사람이 있으면 매스턴은 이렇게 말하곤 했다.

"상황이 좋아지면 당장 그들과 연락할 수 있게 될 겁니다. 그쪽에서는 우리 소식을 듣고, 우리는 그쪽 소식을 듣게 될 겁니다! 나는 그들을 압니다. 그들은 천재예요. 세 사람이 함께라면, 예술과 과학과 산업의 모든 역량을 우주로 가져간 셈입니다. 그것만 있으면 원하는 일은 뭐든지 할 수 있어요! 두고 보세요. 그들은 반드시 방법을 찾아낼 겁니다."

■ 옮긴이 주

1) 이 작품이 발표된 1865년에 볼티모어의 주민은 4명 가운데 1명이 외국 태생이라고 한다. 국제적인 성격으로 전세계에 알려진 이 도시는 종종 일어나는 폭동과 선거를 좌우하는 무장 갱단의 존재로도 유명하다.

2) 소사(掃射): 쓸듯이 연달아 쏘는 것.

감사(瞰射): 높은 데서 내려다보고 쏘는 것.

3) 카농포(canon砲): 포신이 길고(구경의 20배 이상), 장전되는 화약의 양도 많고, 고속으로 발사되는 탄환은 길고 '평탄한' 탄도를 그린다. 멀리 있는 목표를 평사(平射)로 쏠 때 좋다.

유탄포(榴彈砲): 곡사포의 일종으로, 포신이 비교적 짧고(구경의 10~20배), 장전되는 화약의 양도 적다. 초속도는 보통이고, 높은 사각(射角)으로 발사한다. 포탄이 떨어지는 각도가 큰 곡사탄도다. 목표가 멀리 있고 낮은 사각으로는 겨눌 수 없을 때, 예를 들면 적군이 요새나 언덕 같은 차단물 너머에 있을 때 좋다.

구포(臼砲): 곡사포의 일종으로, 포신이 짧고(구경의 10배 이하) 땅딸막한 포다. 장전되는 화약의 양도 적다. 수직탄도여서 사각은 높고 크다. 목표가 가까운 곳에서 위력을 발휘한다. 저속으로 무거운 포탄을 발사한다.

4) 로버트 P. 패럿(1804~77): 미국의 대포 기술자. 나중에 아이젠하워가 '군산복합체'라고 부른 군대와 산업의 제휴 관계의 원형을 만든 인물로, 남북전쟁 당시 그가 개발한 패럿포(砲)가 1700문이나 주조되었다.

존 달그렌(1809~70): 미국 해군의 기술장교로, 포신은 거기에 가해지는 압력을 견디는 데 필요한 만큼만 두꺼우면 충분하고 그 이상의 두께는 필요 없다는 혁신적인 원리를 발견했다.

토머스 J. 로드먼(1815~71): 남북전쟁 때 활동한 대포 기술자. 그가 이 책에서 몇 번이나 인용되는 것은 최대한 큰 대포를 주조하는 데 노력을 쏟았기 때문이다.

5) 윌리엄 암스트롱(1810~1900): 영국의 기술자로, 크림전쟁에 사용된 대포가 갑자기 폭발해버리는 사고를 자신의 현안으로 삼았다.

윌리엄 팔리저(1830~82): 영국 육군이 채택한 '팔리저식' 대포와 영국 해군이 장갑판을 뚫기 위해 사용한 포탄으로 유명해졌다.

트뢰유 드 볼리외(1809~86): 프랑스의 장군으로, 1854년의 세바스토폴 포위전에서 영국의 선조포(旋條砲)가 고장난 것을 해결하여 새로운 방식의 대포를 개발했다.

6) 쿠트라에서 프랑스 신교도는 강력한 대포를 믿고 규모가 두 배나 큰 가톨릭 군대를 분쇄했다. 초른도르프에서 프로이센 군대는 러시아 군대의 절반을 살상했다. '보병 40명'은 1000m 너머에서 날아온 포탄 한 발에 쓰러진 러시아군 보병을 말한다. 케셀도르프에서는 오스트리아 군대가 그 살인 대포를 가지고도 프로이센 군대를 이기지 못했다. 예나에

서는 1806년 10월 14일 나폴레옹이 프로이센 군대를 절반이나 죽였다. 아우스터리츠 전투(1805년 12월 2일)는 나폴레옹의 '걸작'으로 평가된다. 나폴레옹은 러시아·오스트리아 연합군을 거대한 함정으로 유인했다. 사방을 포위한 뒤, 주변 고지대에서 포탄을 비 오듯 쏟아부었기 때문에 연합군은 얼어붙은 호수 위로 퇴각할 수밖에 없었다. 그러자 나폴레옹은 호수를 포격하여 얼음을 깨버렸다. 여기서 2만 명이 목숨을 잃었는데, 대부분 익사였다. 베른 시대에 가장 치열한 포격전이라면 남북전쟁 중의 게티즈버그 전투(1863년 7월 1일~3일)일 것이다. 3km에 걸쳐 북군 쪽 362문과 남군 쪽 272문의 대포가 대치했고, 발사된 포탄은 무려 5만 발에 달했다. 북군 사상자 2만 3000명과 남군 사상자 2만 7000명의 대다수가 이 포격전에서 발생했다. 로버트 리 장군이 이끄는 남군이 철수할 때, 7월 13일에서 14일로 넘어가는 밤중에 건넌 것이 포토맥 강이다.

7) 윌리엄 T. 셔먼(1820~91), 조지 B. 매클렐런(1826~85): 미국 남북전쟁 때의 북군 장군.

8) 성녀 바버라: 포병의 수호성인. 이 성녀의 초상은 무기고나 대포나 화약고에서 자주 볼 수 있다. 그녀의 순교지는 이집트(306년) 또는 아비시니아(235년)라고 한다.

9) 보위 나이프(bowie knife): 날이 넙적한 사냥칼. 미국의 군인·개척자인 제임스 보위(1799~1836)의 이름에서 유래했다.

10) 베른은 사람 이름으로 말장난하기를 좋아했다. 임피(Impey)는 영어로 '꼬마 도깨비'를 뜻하는 '임프'(imp)의 애칭 같은 것이고, 프랑스어로 'impie'는 '신앙심이 없는 자'라는 뜻도 갖고 있다. 바비케인(Barbicane)의 경우, 'barbican'은 성의 문루를 지키는 탑을 말한다.

11) 포이(砲耳): 대포의 중심 부근에서 양쪽으로 돌출한 원통. 이것은 포신을 포가 위에 받치는 동시에 포신이 선회할 때 회전축 구실을 한다.

12) 카로네이드포: 포신이 짧고 굵은 포로, 1779년 스코틀랜드의 카론에서 개발된 이후 반세기쯤 유행했다. 다루기가 쉽고 다른 대포보다 큰 포탄을 쏠 수 있어서 파괴력이 컸다.

13) 비스케이탄: 총신이 긴 머스킷총에 사용하는 철제 총탄.

14) 능보(稜堡): 성벽의 돌출부.

막보(幕堡): 두 개의 탑과 능보를 연결하는 방벽.

15) 원두당: 영국 청교도로서 국왕을 적대하고 의회파를 지지한 사람들은 머리를 박박 밀었기 때문에 '원두당(roundhead)'이라고 불렸다.

16) 미국의 36번째 주는 네바다 주로, 미국-멕시코 전쟁 후 1864년에 미국에 편입되었다.

17) 다비드 파브리키우스(1564~1617): 독일의 신부이자 천문학자. 망원경을 처음 과학적으로 이용한 개척자적 인물이다.

18) 사비니안 시라노 드 베르주라크(1619~55): 프랑스의 작가. 사후에 발표된 《달나라 여행기》(1656)와 《해나라 여행기》(1662)는 우주여행이라는 발상 자체를 야유하고 있다.

19) 베르나르 드 퐁트넬(1657~1757): 프랑스의 극작가·아마추어 과학자·계몽사상가. 극작가 코르네유의 조카.

20) 존 허셜(1792~1872): 영국의 천문학자. 1833년부터 1838년까지 남반구 하늘을 관찰하여 연성과 다중성을 1200개, 새로운 성운을 1300개 발견했으며, 1864년에는 5079개의 성운과 성단 목록을 왕립협회에 제출했다.

21) 에드거 앨런 포(1809~49): 미국의 시인·소설가·평론가.

22) 카를 프리드리히 가우스(1777~1855)를 말한다. 그는 천문학자로도 유명했는데, 피타고라스의 정리를 증명하는 데 쓰이는 기하 도형을 땅 위에 그리자고 제안했다.

23) 케임브리지 천문대: 미국 매사추세츠 주 케임브리지에 있는 하버드 대학교 부속 천문대의 속칭. 1839년에 설립되었다.

24) 윌리엄 크런치 본드(1789~1859): 케임브리지 천문대의 초대 대장을 지냈다.

25) 앨번 클라크(1832~97): 원래는 초상화가로 명성을 얻었지만, 40대에는 망원경 제작에 열을 올려 클라크 부자(父子) 회사를 세우고, 행운으로 유명한 천문학자가 되었다. 1862년에 클라크 부자는 그들이 처음 만든 대구경 렌즈(지름 47.5cm)를 시험하려고 시리우스를 바라보았다.

26) 원지점(遠地點): 지구 둘레를 도는 달(과 인공위성)이 궤도상에서 지구에 가장 멀어지는 점. 반대로 가장 가까워지는 점을 근지점(近地點)이라고 한다.

27) 오늘날의 천문학자들이 계산한 달의 원지점은 40만 6697km, 근지점은 35만 6410km.

28) 천정(天頂): 관측자의 위치에서 연직선을 하늘 위로 연장할 때 천체와 만나게 되는 가상의 점.

29) 만약 포탄이 '12월 1일 자정이 되기 1시간 13분 20초 전에 발사'되어 97시간 13분 20초를 비행에 소비한다면 달에는 12월 5일 자정에 도달하게 될 것이다. 반대로 '12월 4일 자정'에 달에 도달하게 하려면 11월 30일에서 12월 1일로 넘어가는 밤에 발사해야 하고, 베른도 실제로는 그렇게 구상하고 있었을 것이다. 이 소설은 잡지에 먼저 발표된 뒤 아무도 실수를 깨닫지 못한 채 책으로 출간되었는데, 그것도 베른이 독자를 착각에 빠뜨린 이유의 하나였다. 속편인《달나라 탐험》(1870) '서장'에서 베른은 이 실수를 바로잡았다. "그들은 달이 보름달이 되는 12월 5일 자정에 비로소 달에 도착했다. 두세 개 신문은 12월 4일에 도착했다고 잘못 보도했지만, 12월 4일에는 절대 도착하지 못했을 것이다."

30) 베른이 책을 쓸 당시 하버드 대학 천문대장은 실제로는 이 천문대를 세계적으로 유명하게 만든 본드 부자 가운데 아들인 조지 P. 본드(1826~65)였다. 그는 1859년에 아버지가 사망하자 그 자리를 이어받았다.

31) 오늘날이라면 수억 개라고 말할 것이다. 그것을 은하(Galaxy)라고 부른다.

32) 베른이 말하고 싶어한 것—저 광활한 우주에 비하면 우리 인류는 얼마나 작은 존재인가! 오늘날의 천문학에 따르면 우리 은하계에만 1천억 개의 별이 포함되어 있다고 한다.

33) 베른이 이렇게 쓴 지 65년 뒤인 1930년에 아홉 번째 행성인 명왕성이 발견되었다. 발견자는 미국 로웰 천문대의 클라이드 W. 톰보(1906~97).

34) 97번째 소행성은 이름이 '크로토'이다.

35) 우주과학의 급속한 진보 때문에 베른이 든 수치는 모조리 시대에 뒤떨어지게 되었다. 오늘날이라면 천왕성의 위성은 5개, 토성은 20개, 목성은 112개, 해왕성은 8개가 된다.

36) 여기서 베른은 포이베를 아르테미스와 동일시했다. 아르테미스는 고대 그리스 신화에 나오는 달의 여신이고, 태양신 아폴론의 누이다.

37) 헤라클레스에게 주어진 열두 가지 과업의 첫 번째 임무가 '네메아의 사자'를 죽이는 것이었다.

38) 월리학(月理學, selenography): 달 표면을 연구하는 학문으로, 달 천체의 모양, 무게중심의 위치 등을 결정하며, 달 표면의 지세를 조사하여 달의 운동·일식·엄폐의 연구에 도움을 준다.

39) 아르카디아: 고대 그리스의 펠로폰네소스 반도에 있었던 고원. 이곳 주민들은 목양을 업으로 삼고 목가적이며 평화로운 도원경을 이루고 살았다는 전설이 있다.

40) 타티우스: 로마 전설에서 사비니의 왕. 약탈당한 사비니의 여인

들을 되찾으려고 로마를 공격했으나 로마의 건국자 로물루스와 화해하고 로마를 공동 지배했다.

41) 탈레스: 그리스 최초의 철학자. '철학의 아버지'라고 불리는데, 우주만물에 일관하며 유일하게 파괴되지 않는 본질적인 것을 처음으로 추구한 사람이기 때문이다. 그 원리(아르케)는 탈레스에 따르면 물이었다. 그는 또한 달이 태양을 가리는 일식을 정확하게 예언했다. 오늘날의 학자들은 그를 기원전 7세기의 사람으로 보고 있다.

42) 아리스타르코스: 기원전 3세기에 살았던 그리스의 천문학자. 그가 추정한 달의 지름은 오늘날의 측정치와 비슷하고, 그의 논문에는 달이나 태양까지의 거리를 재는 방법도 적혀 있다.

43) 클레오메데스: 서기 1세기에 활동한 그리스의 천문학자. 달 표면에 그의 이름을 딴 크레이터가 있다.

44) 베로수스: 기원전 3세기에 활동한 바빌론의 사제이자 역사가.

45) 히파르코스(기원전 160?~125?): 그리스의 천문학자. 오늘날에 와서 최대의 천문학자라는 평가를 받고 있다. 그는 태양년 1년의 길이와 태음력 한 달의 길이를 놀랄 만큼 정확하게 산정하고, 1080개나 되는 별의 목록을 만들고, 그 별들의 황위와 황경만이 아니라 6등급의 광도를 토대로 한 광도까지 기록하는 등 수많은 업적을 세웠다.

46) 프톨레마이오스(85?~165?): 그리스의 천문학자. 알렉산드리아에서 활동했으며, 고전시대 천문학을 정리한 《알마게스트》('위대한 책'이라는 뜻)를 썼다. 그의 우주 체계는 코페르니쿠스, 갈릴레이, 케플러의 발견 시대까지 이론천문학과 현실의 항해술에 지대한 영향을 미쳤다.

47) 아불 웨파(940~998): 아랍의 천문학자. '바그다드 최후의 천문학자'로 일컬어진다. 그도 《알마게스트》라는 책을 썼는데, 이 책은 프톨레마이오스의 책을 번역한 것이라는 말을 자주 듣지만, 실제로는 새로

운 사고방식을 많이 담았고, 프톨레마이오스의 《알마게스트》와는 다른 구상을 바탕으로 씌어졌다.

48) 니콜라우스 코페르니쿠스(1473~1543): 폴란드의 천문학자. 지구를 비롯한 행성이 태양 주위를 돈다는 근대적 이론(지동설)을 발표했다. 이 이론은 모든 천체가 지구 주위를 돈다는 기존의 이론(천동설)을 타파했다.

49) 티코 브라헤(1546~1601): 덴마크의 천문학자. 그가 행한 천체 관측은 망원경이 발명(1608)되기 이전에는 가장 훌륭한 것이었으며, 그가 남긴 방대한 관측 자료는 제자이자 조수인 J. 케플러(1571~1630)에게 넘겨져, 케플러가 행성 운동의 세 법칙을 확립하는 기반이 되었다. 그러나 당시로서는 장비가 부족한 탓에, 코페르니쿠스의 지동설을 부정하고, 지구가 우주의 중심이라고 믿었다.

50) 갈릴레오 갈릴레이(1564~1642)는 1609년에 망원경으로 달을 본 최초의 인간이 되었다. 요한네스 헤벨리우스(1611~87)는 《셀레노그라피아》(1647)에서 처음으로 자세한 '달지도'를 발표했다. 조반니 리촐리(1598~1671)는 《새로운 알마게스트》(1651)에서 달의 지형에 이런저런 이름을 붙였다. 그 이름의 대부분이 오늘날에도 쓰이고 있다.

51) 베른 시대에 천문학 기사를 애독한 사람들에게 이런 이름은 모두 친숙했다. 윌리엄 허셜(1738~1822)은 1781년에 천왕성을 발견하여 유명해졌다. 요한 히에로니무스 슈뢰터(1745~1816)의 달에 관한 저작은 후세 연구자들을 크게 자극했다. 슈발리에 드 루빌(1671~1732)은 뉴턴 학설의 초기 옹호자였다. 에드먼드 핼리(1656~1742)는 혜성은 타원 궤도로 운행하기 때문에 규칙적인 간격을 두고 우리 앞에 나타난다는 유명한 발견을 했다. 제임스 내스미스(1808~90)는 증기 해머와 항타기의 발명가로 유명했지만, 강력한 망원경을 제조한 것으로도 유명하다. 프

란체스코 비앙키니(1662~1729)는 1728년에 금성에 관한 중요한 책을 출판했다. 요한 빌헬름 파스토르프(1767~1838)는 태양 흑점을 연구했다. 그가 사용한 135cm 굴절망원경은 그가 죽은 뒤에 베어와 뫼들러의 소유가 되었다. 빌헬름 고트헬프 로르만은 수학자로 1824년에 달의 지형을 논한 책을 출판했다. 프란츠 폰 그루이튀젠은 뮌헨의 대학교수로, 금성에 식물을 심거나 달에서 토목공사를 하는 것을 상상하여 다른 세계에 대한 사람들의 흥미를 불러일으킨 공이 크다.

52) 은행가인 빌헬름 베어(1797~1850)와 전문 천문학자인 요한 폰 뫼들러는 베를린의 티어가르텐에 있는 사설 천문대에서 600일 동안 달 표면을 관측했다.

53) 오늘날의 측정에 따르면 달의 최고봉은 높이가 9000m에 이른다.

54) 크레이터: 달과 같은 위성이나 화성 같은 행성 표면에 널려 있는 크고 작은 구멍. 생성 원인에 대해서는 두 학설이 대립해왔는데, 그 하나는 달의 화산이 분화한 자국이라는 '화산설'이고, 다른 하나는 달이 만들어져 굳어질 때 우주 공간을 떠돌아다니던 운석들이 달 표면에 떨어져 생긴 것이라는 '운석설'이다.

55) 베른이 '하얀 선'과 '검은 선'이라고 부른 것은 오늘날에는 각각 '광조(光條, ray)'와 '열구(裂溝, rill)'로 알려져 있다. 운석이 달 표면에 충돌하여 크레이터가 생기면 그 분출물―크레이터에서 날아올라 흩어지는 물질―이 크레이터 주변의 땅을 스쳐서 밝게 빛나는 방사상의 빛줄기를 만들어낸다. 베른이 '홈'이라고 부른 것은 요한 슈뢰터(1745~1816)가 발견했는데, 슈뢰터는 갈라진 어두운 벽이 깎아지른 듯 솟아 있다는 의미를 담아 그것을 '열구'라고 이름지었다.

56) 프란츠 폰 그루이튀젠은 크레이터의 운석 기원설을 맨 먼저 제창한 사람인 동시에 달의 지형물 가운데 일부는 달 주민들의 건축물의 폐

허가 아닐까 하고 말한 인물이기도 하다.

57) '늑대들의 태양' : 늑대는 야행성 동물이니까 달은 그들의 태양인 셈이다. 베른 시대에 특히 남프랑스에는 보름달이 뜰 때 인간이 늑대로 둔갑한다는 미신이 널리 퍼져 있었다. 예로부터 이런 미신은 늑대가 배회하며 포효하는 곳이면 어디에나 만연했다.

58) 오늘날에는 이 평균 거리가 38만 4310km로 되어 있다.

59) 프랑스의 비극작가 피에르 코르네유(1606~84)의 《르 시드》에서 인용한 것임.

60) 조반니 카시니(1625~1712) : 4대에 걸쳐 파리 천문대를 맡은 카시니 가문의 첫 번째 인물로, 목성의 자전을 발견하고 그 위성의 움직임을 표로 정리했다.

61) 칭동(秤動) : 역학계에서 각변수(角變數)가 0~360도에 이르지 않고 어떤 범위에 머물러 있는 현상. 천문학에서는 천체의 자전 또는 공전에 대하여 1주기마다 그 회전에 과부족이 생기는 현상을 말한다. 예를 들면 달은 그 공전 주기와 자전 주기가 완전히 일치하므로, 항상 같은 면이 지구를 향하고 있으나, 칭동에 의해서 극히 적은 부분이나마 뒷면의 일부가 보인다.

62) 오늘날에는 100분의 59로 여겨지고 있다. 달이 언제나 정확하게 동일한 면을 보이지는 않는다는 사실을 맨 처음 깨달은 사람은 갈릴레이였다.

63) 삭망월은 초승달부터 다음 초승달까지의 기간으로 약 29.5일이다. 이것이 태음력의 한 달이다.

64) 앞에서 보았듯이 행성이 타원 궤도를 그리는 것을 발견한 사람은 케플러다. 하지만 이른바 '만유인력의 역제곱법칙'에 따르는 물체는 모두 타원을 그린다는 것을 밝혀낸 공적은 뉴턴에게 있다.

65) 중세 아랍의 천문학자들은 규칙적이고 체계적이며 끊임없는 천체

관측으로 유명했다. 이슬람 세계의 지배자로 마호메트를 계승한 칼리프 들은 천체 관측을 위해 바그다드와 다마스쿠스에 천문대를 세웠다.

66) 피에르 시몽 드 라플라스(1949~1827): 프랑스의 수학자·천문 학자. 1773년에 수리론(數理論)을 태양계의 천체 운동에 적용하여 태양 계의 안정성을 발표했으며, 《천체 역학》(1799~1825, 전5권)은 뉴턴의 《프린키피아》와 맞먹는 명저로 평가된다.

67) 리처드 미드(1673~1754): 영국의 의사. 앤 여왕의 임종에 입회 했고, 조지 2세의 시의였다. 그가 쓴 《의학》(1762)은 예방의학의 명저로 꼽힌다.

68) 오늘날이라면 매스턴은 태양계의 가장 바깥쪽에 있는 것으로 알 려진 명왕성까지 가는 데 걸리는 시간도 계산해야 할 것이다. 해왕성은 태양에서 45억km, 명왕성은 59억km 떨어져 있다. 매스딘의 포탄은 470 년 만에 명왕성에 도착한다.

69) "미국인들은 이 웅장한 파괴 무기에 '콜럼비아드'라는 이름을 바 쳤다"라고 베른은 주를 달았다. 실제로 미영전쟁(1812) 이후 미국인들 은 대포를 '콜럼비아드'라고 불렀다. '콜럼비아'(콜럼버스의 이름과 관 련하여)는 미국을 의인화한 여성 이름이다.

70) 이 포탄은 약 6.5km를 날아간 셈이 된다. 사실 이 문장에서 베른 은 여러 역사적 사건을 두 개의 대립항으로 응집시켜 보여주고 있다. 바 스티유는 루이 11세(재위 1461~83) 치하에서 단순한 요새에 불과했으 나, 나중에 확장되어 너비 25m의 해자 안에 30m 높이의 탑 8개가 높이 30m 방벽으로 연결되는 구조가 된 뒤에는 유럽 전역을 지배하게 되었 다. 18세기에는 위대한 볼테르 같은 '위험한' 사상가를 유폐하기 위해, 또는 《백과전서》 같은 몰수된 서적을 '안전하게' 보관하기 위해 바스티 유가 이용되었다. 전제정치의 상징으로 오랫동안 군림한 뒤, 1789년 7월

14일 혁명군의 급습을 받았다.

샤랑통은 파리 근교에 있는 마을로, 이곳에는 '환자 50명을 수용할 수 있는 정신병원'이 있었는데, 이곳은 정적이나 반정부 인사를 정신병자라는 이름으로 감금하여 세상과 강제로 격리시키는 시설로도 이용되었다. 예컨대, 사디즘으로 유명한 작가 사드 후작(1740~1814)은 납치해 온 소년 소녀들과 난잡한 쾌락을 즐겼다는 혐의로 체포되어 뱅센 감옥에 갇혀 있다가 1789년 바스티유 해방의 날 석방된 뒤, 루이 나폴레옹의 숙부인 나폴레옹 1세 치하에서 필화사건으로 또다시 붙잡혀 샤랑통 정신병원에 종신 유폐되었다.

하지만 '정신병자'가 '멀쩡한 사람들'을 가둔다는 말은 베른과 동시대의 독자들에게는 생생한 의미를 띠고 있었다. 1852년에 루이 나폴레옹은 제2공화정을 뒤엎고, 많은 정적을 유형지로 귀양보내고, 황제 나폴레옹 3세가 된 자신에게 거의 모든 권력을 집중시켰다. 그는 언론·출판·집회의 자유를 축소하고, 입법부가 법률을 제정하는 권한까지 억제했다. 당시 24세였던 베른이 부모에게 보낸 편지에서 말했듯이 "말 한마디만 잘못해도 교수형을 당할 수 있는" 상황이었다. 베른의 책을 출판한 피에르 쥘 에첼과 문단의 거물 빅토르 위고를 비롯한 많은 지식인들이 강제로든 자발적으로든 몇 년 동안 망명생활을 해야 했다. 그래서 베른은 여기서 그 일을 말하고 있는 것이다. '정신병자'가 '멀쩡한 사람들'을 가둔다고.

71) 이들 세 사람은 성격과 생김새가 그들이 각각 추천하는 세 가지 대포와 서로 닮았다. 이들 세 가지 대포의 특징에 대해서는 역주 3)을 참조할 것.

72) 애틀랜타 포위전: 남북전쟁 기간에 벌어진 이 유명한 전투는 베른과 동시대의 독자들에게는 기억에 생생하게 남아 있었다. 1864년까지

애틀랜타는 남부연합의 철도·교역·생산의 중심지였다. 윌리엄 서먼 장군이 이끄는 북군이 조지아 주로 진격해오자, 남부연합의 제퍼슨 데이비스 대통령은 용맹하기로 이름난 존 후드 장군에게 애틀랜타 방위를 맡겼다. 후드 장군은 두터운 방위선을 펴고, 넓은 지역에 걸쳐 세 번이나 총반격을 시도했지만 무운이 따르지 않아 9월 2일 후퇴했다. 서먼은 애틀랜타를 전진기지로 삼아 해안으로 공격해 내려갔다.

73) 이 액수는 매스턴, 아니, 쥘 베른이 잘못 계산한 것이다. 제대로 계산하면 약 300만 달러가 된다(독자들도 한번 계산해보시기를!). 이를 오늘날의 가치로 환산하면 1000만 달러 정도가 된다.

74) 프란체스코회 수도사인 베르톨트 슈바르츠(검은 베르톨트)는 연금술이라는 흑마술에 손을 댔기 때문에 이런 별명을 얻었는지도 모른다. 또는 흑색 화약을 실험했는지도 모르고, 실제로 폭사했다. 그런데 이것이 '14세기'의 일이라면 그를 화약 발명자라고 부르기는 어려워진다. 이미 중국에서 영국에 이르기까지 수천 명이 화약 제조법을 알고 있었기 때문이다. 하지만 화기(火器)의 역사에서 슈바르츠가 일정한 역할을 했다고는 말할 수 있다. 어쨌든 화기 폭발 사고로 죽었기 때문이다. 그의 시대부터 화약에 대한 기록이 많아졌다. 예를 들면 1314년에 이미 대포와 화약이 영국에 들어왔다.

75) 673년에 사라센(중세 유럽인들이 서아시아의 이슬람교도를 부르던 호칭) 함대가 콘스탄티노플을 공격했을 때, 비잔틴의 갤리선은 뱃머리에 기묘한 청동 원통을 장착하고 반격에 나섰다. 갑자기 그 원통에서 액체 불꽃이 뿜어져 나와 사라센 함대는 불타고 콘스탄티노플은 구원받았다. 717년부터 718년까지 사라센 함대는 또다시 같은 꼴을 당했다. 그리스 화약이 정확히 무엇인지는 비잔틴 제국의 국가 기밀이었다.

76) 앙리 브라코노(1781~1855)는 당·전분·셀룰로오스 같은 탄수

화물 분석의 개척자였다. 면이 질산의 작용으로 가연성이 아주 강한 물질로 변하는 것을 발견한 사람은 T. J. 펠루즈(1807~67)였다. 그리고 오존을 발견한 크리스티안 쇤바인(1799~1868)이 질산에 황산을 넣는 방법으로 펠루즈의 방법을 한 걸음 진전시켰다. 면화약을 화약으로 기술하고 화기의 추진제로 쓸 수 있다는 사실을 처음으로 밝혀낸 인물이 이 쇤바인이다.

77) 베른은 공익을 위한 테크놀로지와는 동떨어져 사리사욕의 도구로 변한 테크놀로지의 횡포를 계속 걱정했다. 생각해보면 《해저 2만리》(1870)의 주제 가운데 하나는 은밀한(파우스트적) 과학과 공적인(베이컨적) 과학의 대결이었다. 이 주제를 중심에 놓은 작품은 그것만이 아니다. 《인도 왕비의 유산》과 《세계의 지배자》에서는 양키가 또다시 악역을 맡았다. 그 밖에도 《카르파티아 성》과 《깃발을 바라보며》 같은 만년의 작품에 악마적 과학자가 등장하는 것이 눈길을 끈다.

78) [원주] 천체의 적위는 천구에서 그 천체가 차지하고 있는 위도이고, 적경은 경도다.

79) 기원전 8세기에는 출생증명서도 없었고, 호메로스 같은 음유시인은 언제나 여행을 하고 있었기 때문에, 그가 여러 장소와 결부된 것도 별로 이상한 일은 아니다. 아마 그 자신도 선전을 위해 주요한 기항지에서는 그곳 토박이처럼 행세했을 것이다. 호메로스의 출생지라고 주장하는 곳은 소아시아 연안의 스미르나와 콜로폰, 키오스 섬, 로도스 섬, 키프로스 섬, 그리스 본토의 아르고스와 아테네 등으로 광범위하게 흩어져 있다. 그리스의 이오스 섬은 호메로스가 죽은 곳이라고 자칭한다.

80) 1835년에 텍사스가 독립을 선언하자, 멕시코의 독재자 산타 아나(1794~1876) 장군은 5천여 명을 이끌고 샌안토니오로 가서 알라모 요새를 포위했다. 당시 알라모에는 윌리엄 트래비스 대령 휘하의 187명만

있을 뿐이었다. 이들은 중과부적의 병력으로 멕시코 군대와 13일 동안 용감하게 맞서다가 모두 전사했다. 이렇게 전세가 멕시코 쪽으로 기울었을 때 텍사스 군대를 수습한 인물이 테네시 주지사 출신의 샘 휴스턴(1793~1863)이다. 독립선언과 함께 군사령관에 임명된 휴스턴은 1836년 4월 21일 산타 아나의 군대를 샌저신토로 유인, 격파함으로써 텍사스 독립을 지켜냈다. 그러나 텍사스는 10년에 걸친 공화국 시절을 줄곧 전시 체제로 보내야 했다. 멕시코의 위협과 침략이 끊이지 않았기 때문이다. 1845년에 텍사스는 결국 독립을 포기하고 미합중국 산하로 들어가 28번째 주가 되었다.

안토니오 로페스 데 산타 아나(1794~1876)는 베른 시대의 독자들에게 멕시코의 풍운아로 널리 알려져 있었다. 그는 집권과 망명을 거듭하면서 다섯 차례나 독재자-대통령이 되었고, 1853년에는 혁명을 선동하여 종신 대통령이 되었으나 유럽의 왕을 흉내내어 '폐하'를 자칭하고 무법적인 폭정을 했기 때문에 추방되었다가, 1874년에 가난에 찌들고 장님이 된 몸으로 귀국한 지 2년 만에 죽었다.

81) 탬파는 미국 우주 과학의 메카인 '케이프 케네디 우주 센터'에서 200km쯤 떨어진 곳에 있다.

82) 베른 시대에 미국은 결투로 악명 높은 나라였다. 사적인 다툼을 칼이나 총으로 해결하는 악습은 대부분의 문명국에서 사라져가고 있었지만, 19세기 미국(특히 남부)에서 잔인하게 부활했다. 대부분의 남부 신사가 생활의 지혜로 사격술을 익혔고, 언제라도 도전에 응했다.

83) '라코니즘(laconism)'이라는 말의 유래를 고전을 아는 베른 시대의 독자들은 잘 알고 있었을 것이다. 라코니아 왕국의 수도 스파르타의 주민은 표현이 간결하고 말수가 적기로 유명했다. 페르시아 전쟁(기원전 5세기 초) 때 테르모필레에서 전사한 스파르타인들에게 바친 시모니

데스(기원전 556~468)의 유명한 묘비명은 정말로 '라코닉' 하다.

　　길 가는 사람아

　　라코니아 사람들에게 전할지어다

　　그들의 명령으로 우리 이곳에 잠들어 있다고.

　84) 원문은 'Urbi et Orbi' ('도시와 세계' 라는 뜻의 라틴어). 크리스마스나 부활절 같은 특별한 때, 로마 교황이 성 베드로 성당 발코니에 나타나 도시(로마) 안팎에 축복의 메시지를 발표하는 것은 잘 알려져 있다. 전세계가 '지구의 위성과 관련된 프로젝트'에 참여하려는 이 특별한 때에 베른도 볼티모어라는 '도시'에서 전세계를 향해 축복을 보낸다는 것인데, 이제 세계를 움직이는 힘이 정신적인 것(교회)에서 기술문명으로 옮아갔다는 의미가 함축되어 있다.

　85) 그 이유는 빈 회의(1815)에서 노르웨이를 스웨덴과의 '연합'으로 합병한다고 결정했을 때 '민족자결 원칙'이 깨진 데 있다. 스웨덴인은 노르웨이인을 피정복 민족으로 취급할 때가 많았다. 양국의 이해가 다른 문제에서는 항상 스웨덴의 권익이 우선했다.

　86) 라마단: 이슬람력(曆)의 제9월. 27일은 일출부터 일몰까지 의무적으로 단식한다.

　87) 베른이 이 소설을 쓰기 직전인 1864년에 덴마크는 프로이센·오스트리아와 전쟁에 져서 영토의 3분을 1을 빼앗겼다. 베른 시대에 덴마크인은 해양 탐험으로 유명했다. 1845년에 해군 장교인 스텐 안데르센 빌레는 자신의 코르베트함 '갈라테아' 호를 타고 2년에 걸쳐 세계일주 항해를 했고, 이 배에 동승한 과학자들은 해양생물학에 크게 이바지했다. 빌레는 이 항해기를 세 권의 책으로 묶어서 출판했다.

　88) 이것도 나폴레옹 3세를 빗대어 빈정거린 말이다. 외국의 지배를 받고 있는 이탈리아 영토를 해방한다는 명목으로 나폴레옹 3세는 1859

년에 오스트리아에 선전포고를 했다. 그와 이탈리아 연합군이 마젠타와 솔페리노에서 승리하고 이제 곧 베네치아로 진입하려 할 때, 나폴레옹 3세는 이탈리아 쪽에 알리지도 않고 오스트리아와 단독 강화를 맺는다. 오스트리아는 롬바르디아 할양에는 응했지만 베네치아는 내놓지 않았다. 이탈리아가 '베네치아를 영유' 한 것은 1866년의 일이다.

89) 윌리엄 바트럼(1739~1823): 미국의 탐험가·식물학자. 젊은 시절에 '영국 국왕 직속 미국 식물학자' 라는 직함을 가진 아버지 존 바트럼(1699~ 1777)을 따라 플로리다로 과학 탐사를 하러 갔다. 그 후 1773년에 윌리엄은 혼자서 플로리다와 조지아와 남북 캐롤라이나 주를 조사하며 돌아다녔다. 이때 쓴 여행기《플로리다 기행》은 미국에서 생산된 고전적 명작으로 꼽힌다.

90) 종려주일: 부활절 직전의 일요일. 그리스도가 베다니아에서 어린 나귀를 타고 예루살렘에 입성한 것을 기념하는 주일이다. 그러나 예루살렘에 입성한 예수는 그 후 6일째에 골고다 언덕에서 처형당했다.

91) 폰세 데 레온(1460~1521): 스페인의 탐험가. 도원경을 이야기하는《사제 요하네의 나라》의 전승에 이끌려 탐험을 떠난 수많은 해양 모험가 중의 하나였다. 1508년에 푸에르토리코를 정복한 뒤, 쿠바 북쪽의 커다란 섬에 대한 소문, 즉 젊음과 원기를 주는 '청춘의 샘' 에 대한 소문을 듣고 찾아가다가 1513년에 플로리다를 발견했다.

92) 파에톤: 쇠오리의 일종. 열대 지방에 살며, 부리는 노란색이고 남쪽에서 건너온다.

93) '서경 5도 7분' 에 대해 베른은 "워싱턴 자오선을 기준으로 계산했다"라고 주를 달았다. 당시 많은 나라가 자국의 수도를 기준으로 경도를 측정했다. 워싱턴 자오선은 그리니치에서 서쪽으로 77도 3분의 위치에 있으니까, 바비케인이 선정한 장소는 '서경 82도 10분, 북위 27도 7

분'이 된다. 이곳은 오늘날 플로리다에서 가장 급속히 개발된 노스포트 시의 중심가다.

94) 남북전쟁의 종식은 곧 미국의 인종차별 역사의 종말이기도 하다고 베른이 지레짐작한 것은 이해할 수 없는 일도 아니다. 어쨌든 그가 말한 상태가 달성되는 데 시일이 얼마나 걸릴지, 그는 상상도 할 수 없었을 것이다. 그는 미국을 자유의 나라로 생각했기 때문에 미국의 가장 큰 결점인 흑인차별이 하루라도 빨리 철폐되기를 열망했고, 여기서도 자신의 정치적 신념을 우선 표명하고 싶은 마음이 앞섰을 것이다.

95) 살라딘(1173~93): 이슬람 왕조인 아이유브 왕조의 창설자로, 이집트에서 시리아 · 메소포타미아에 이르는 대제국을 건설했다. 제3차 십자군의 리처드 1세(사자왕)와 휴전협정을 맺어 예루살렘을 탈환하고 이 지역에 평화를 이룩했다.

요셉: 구약성서 〈창세기〉(37~50장)에 나오는 인물. 야곱이 노년에 얻은 아들로, 아버지의 사랑을 독차지하여 형제들의 미움을 샀다. 형제들은 그를 죽일 음모를 꾸미고 깊은 '우물' 속에 던져버렸다. 그러나 지나가던 대상들이 그를 구하여 이집트로 데려가서 노예로 팔았다. 그 후 그는 이집트 재상으로 출세했고, 곤궁에 몰린 아버지와 형들을 맞아들여 원수를 은혜로 갚았다.

96) 헤라클레스의 과업: 헤라 여신의 저주로 미쳐버린 헤라클레스는 처자식을 죽여버렸고, 제정신이 돌아오자 죄책감과 두려움에 어쩔 줄 몰랐다. 그는 고민 끝에 델피 신전으로 가서 속죄할 수 있는 길을 알아보았다. 미케네 왕 에우리스테우스의 종이 되어 그가 시키는 대로 하면 죄를 씻을 수 있다는 것이었다. 에우리스테스는 아주 교활한 자였다. 그는 헤라클레스에게 불가능에 가까운 일을 열두 가지나 부과했다. 이것이 헤라클레스가 12년 동안에 완수해야 하는 열두 과업이었다.

97) 인성(靭性): 물리학에서, 다른 힘에 의해 파괴하기 어려운 성질.

연성(延性): 물체를 잡아당겼을 때, 탄성 한계를 넘어도 파괴되지 않고 가늘고 길게 늘어나는 성질.

가단성(可鍛性): 물질이 탄성 한계 이상의 힘을 받아도 균열이 생기거나 부러지지 않는 성질.

98) 안내역: 여기서 베른은 '키케로 역(cicerone)'이라고 표현하고 있다. 이것은 로마의 문호이자 웅변가인 마르쿠스 툴리우스 키케로(기원전 106~43)의 이름에서 유래한다. 중세 이래 에드워드 기번 같은 작가들과 에드먼드 버크 같은 웅변가들은 '키케로풍' 문체를 이상으로 삼았다. 키케로가 그들의 안내자였던 셈이다. 한편 이탈리아에서는 명소나 유적의 안내역을 맡는 박식한 사람을 '치체로네(cicerone)'라고 부르는데, 이것은 키케로의 이탈리아어 이름이다.

99) 에로스트라투스(기원전 4세기): 세계 7대 불가사의 가운데 하나인 에페소스의 아르테미스(디아나) 신전에 불을 질렀다. 그를 체포하여 범행 이유를 묻자, "내 이름을 천고에 남기고 싶었기 때문"이라고 대답했다고 한다. 그는 소원을 이루었다.

100) 극치: 원문은 'ne plus ultra'(극치·정점·최고점을 의미하는 라틴어). 문자 그대로 해석하면 '더 이상은 불가하다'는 뜻이다. 고대 전승에 따르면 지브롤터 해협의 '헤라클레스의 기둥'에 이 명구가 새겨져 있어서, 지중해의 뱃사람들에게 '여기서부터는 미지의 대서양이니 더 이상 나아가지 말라'고 경고했다고 한다.

101) 이 소설이 1865년에 쓰인 것을 생각하면, 여기서 대서양 해저 케이블 이야기를 하는 것은 예언이고, 따라서 베른은 또다시 대도박에 나선 셈이다. 1857~58년과 1863년에 사일러스 필드(1819~92)의 해저 케이블 부설 계획은 실패로 끝났다. 그렇게 긴(3000km) 해저 케이블을 완공하고

유지하는 것은 불가능하다고 여겨지기 시작했다. 이 소설이 베스트셀러가 된 지 1년이나 지난 1866년 7월에 필드는 또다시 도전하여, 아일랜드와 뉴펀들랜드 사이에 해저 케이블을 부설하는 데 마침내 성공했다.

102) 1865년에 처음 이 소설을 읽은 프랑스 독자들은 베른이 누구를 모델로 아르당을 조형했는지 금방 알 수 있었다. 아르당(Ardan)이 나다르(Nadar)의 애너그램(문자의 위치를 바꾸는 놀이)인 것은 분명하다. '나다르'는 베른의 친구인 가스파르 펠릭스 투르나숑(1820~1910)의 필명으로, 만화가·작가·여행가·사진가 등 다재다능한 활동을 벌였다. 1853년 파리에 개설한 스튜디오는 예술가·지식인들에게 만남의 장소가 되었다. 1859년에는 보들레르·도미에·밀레·고티에 등을 모델로 한 초상사진을 출판하여 화제를 불러일으켰고, 1858년에는 기구를 타고 세계 최초의 공중 촬영을 감행했다. 이 성공은 베른에게 자극을 주었고, 그는 처녀작《기구를 타고 5주간》(1863)에서 새로운 활로를 찾아낼 수 있었다.

103) 카리아티드(caryatids): 고대 그리스의 신전 건축에서 지붕을 머리로 떠받치고 있는 형태의 여인상 기둥. 가장 유명한 것은 아테네의 아크로폴리스 언덕에 있는 에레크테이온 신전을 떠받치고 있는 6개의 카리아티드이다.

104) 요한 카스파어 라파터(1741~1801): 스위스의 신비주의 신학자이며, 골상학의 아버지였다. 그의 견해에 따르면 정신과 육체의 상호작용은 반드시 얼굴 생김새에 '정신의 흔적'을 남긴다.

루이 피에르 그라시올레(1815~65): 프랑스의 생리학과 박물학의 태두로, 라파터의 혈통을 잇는 연구 성과를 남겼고, 베른 시대에도 골상학이 번성하는 데 크게 이바지했다.

105) 아드 호미넴(ad hominem): '(지성·이성이 아니라) 편견(또는

감정)에 호소하여'라는 뜻의 라틴어.

106) 원문은 'a sublime ignoramus'. 볼테르가 셰익스피어를 평한 명문이다.

107) 이상한 나라: 원문은 '산과 경이(monts et merveilles)의 나라'. 무엇이든 다 이루어지는 나라라는 뜻. 프랑스어로 'promettre monts et merveilles'는 '허황된 약속을 하다'라는 뜻이 된다.

108) 파에톤: 태양신 헬리오스의 아들. 성급하고 무분별한 그는 태양 마차를 하루만 빌려달라고 아버지를 졸랐다. 무리라는 아버지의 충고도 듣지 않고 마차에 올라탔지만, 태양 마차를 몰기에는 힘이 너무 약했기 때문에 마차는 궤도를 벗어나 지구에 너무 가까이 내려와서 지구 문명이 불타버릴 위기에 빠진다. 그러자 최고신 제우스가 벼락으로 파에톤을 내리쳤고, 소년의 주검은 강으로 떨어졌다. 아르당은 대포 클럽의 포탄에 타고 싶나고 고집을 부리니까 그 '무분별한' 파에톤과 매우 비슷하다.

109) 이카로스: 그리스 신화에 나오는 명장(明匠) 다이달로스의 아들. 이들 부자는 미노스 왕을 위해 크레타 섬에 미궁을 지었지만 여기에 갇히고 말았다. 다이달로스는 미궁에서 탈출하려고 아들과 자신을 위해 밀랍과 새깃털로 날개를 만든다. 하지만 이카로스는 태양에 너무 가깝게 날아올랐기 때문에 밀랍이 녹아서 바다에 빠져 죽는다. 그런데 베른은 이 신화에 중대한 수정을 가했다. 아르당은 무모하게도 태양에 가까이 가기는 하지만, 여분으로 예비 부품을 가져갈 만큼은 주도면밀하다는 것이다.

110) 아가토클레스(기원전 361~289): 시라쿠사(헬레니즘 시대에 시칠리아 섬에 건설된 도시국가)의 폭군으로, 평시에도 전시에도 계산된 무모함이라고 말해야 할 억지스러운 방식을 고집했다. 기원전 317년에 시라쿠사의 참주가 되자 포고령을 내려 부자의 재산을 빼앗아 민중에게

분배했다. 카르타고 군대가 시라쿠사를 포위하고 육상에서 그를 에워쌌지만, 그는 해로로 달아나 아프리카의 카르타고 땅을 전쟁터로 삼았다. 이 땅에 상륙하자마자 그는 군대의 배를 모조리 불태우고 '배수진'을 쳤다. 배를 적의 손에 넘겨주지 않기 위해서였지만, 그의 병사들은 돌아갈 배를 얻으려고 필사적으로 싸웠다고 한다.

111) 지배적인 감정(ruling passion): 영국의 시인·비평가인 알렉산더 포프(1688~1744)의 서간시 《인간론》(1723~34)에 나오는 말. 이 개념은 멀리 중세의 '체액설'까지 거슬러 올라간다. 인간의 기질은 그의 몸속을 흐르는 혈액·점액·흑담즙·황담즙이라는 네 가지 액체의 비율로 결정된다는 생리 이론이다.

112) 아르고스의 신화적인 왕 다나오스에게는 50명의 딸이 있었는데, 이 딸들을 이집트 왕 아이기프토스의 아들 50명에게 시집보내야 할 처지가 되었다. 다나오스는 결혼 첫날밤 남편들을 찔러 죽이라고 딸들에게 명령한다. 그의 딸들 가운데 49명은 이 명령에 따라 남편을 죽였고, 제우스는 이들에게 명계에서 밑빠진 독에 영원히 물을 부어야 하는 벌을 내렸다.

113) 현실 세계에서 이 대비는 베른의 친구 나다르와 베른의 아버지 피에르의 대비 그대로였다. 나다르와 피에르는 각각 아르당과 바비케인의 모델이었다.

114) '진보의 법칙'은 프랑스의 이성 시대에 중심적인 사상이었고, 베른 시대의 철학과 사회사상에 큰 영향을 주었다.

115) 오늘날 공인된 측정치는 다음과 같다. 명왕성—16,850km(시속), 해왕성—19,580km, 천왕성—24,520km, 토성—34,740km, 목성—47,020km, 화성—86,690km, 지구—107,210km, 금성—126,070km, 수성—170,490km.

116) 포필리우스의 동그라미: 기원전 168년, 시리아 왕 안티오코스가 이집트를 침공했다. 로마 사절인 가이우스 포필리우스는 전쟁을 그만두라고 공공연히 안티오코스를 압박했다. 왕은 잘 생각해보겠다고 말했다. 그러자 포필리우스는 안티오코스 주위의 땅에 동그라미를 그리고, 결심이 서기 전에는 그 밖으로 나오면 안 된다고 말했다. 왕은 상대의 참뜻을 눈치채고 이집트에서 철수했다.

117) 이런 장거리를 300일 만에 주파하는 급행열차는 시속 50km로 달린다는 계산이 나온다. 아르당의 시대에는 고속열차의 부류에 들어간다.

118) 수(sou): 옛날 프랑스에서 사용된 동전. 1수는 현재의 5상팀(20분의 1프랑)에 상당한다.

119) 로트실트: 유럽의 금융업자 가문. 영어식 이름은 로스차일드. 약 200년 동안 유럽 경제에 커다란 영향을 끼치면서 정치사에도 간접적으로 큰 영향을 주었나. 이 십안을 세운 사람은 마이어 암셀 로트실트(1744~1812). 그는 독일 프랑크푸르트에 은행을 창설한 뒤, 빈·런던·파리·나폴리 등지에 지점을 두어 아들들에게 관리를 맡겼다. 이들은 각기 그 나라 정부와 밀착하여 귀족의 칭호를 받는 한편 정치적으로도 활약하여 국제 금융자본의 바탕을 마련했다. 파리 지점을 맡은 것은 막내인 야코프(또는 제임스, 1792~1868)이다.

120) 아르당이 무심코 입에 올린 과거의 세 저술가는 그의 시대에도 최소한 프랑스에서는 인기가 대단했다. 플루타르코스(46~120)는 《영웅전》을 쓴 그리스의 전기작가로, 이 책은 자크 아미요(1513~93)의 명번역에 힘입어 아직까지도 널리 읽히고 있다. 에마누엘 스웨덴보리(1688~1772)는 스웨덴이 낳은 박학다식한 천재로 기술(특히 광산학)·과학·신학·신비주의에 능했다. 자크 앙리 베르나르댕 드 생피에르(1737~1814)는 프랑스의 작가·박물학자로, 그의 《자연 연구》(1784)는

낭만주의에 영향을 주었다.

121) 이 소설이 나오기 1년 전인 1864년 5월 15일에 프랑스 오르그유 근처에 거대한 운석이 떨어졌다. 고명한 화학자들이 모여서 지구 이외의 천체에 관해 가르쳐주는 것이 없을까 하고 분석을 거듭한 결과, 유기물질을 많이 발견하고 깜짝 놀랐다. 하지만 20세기의 과학자들은 게오르크 폰 라이헨바흐(1788~1869)나 오르그유의 화학자들이 몰랐던 것까지도 알아버렸다. 자연에는 아주 복잡한 유기분자이면서도 전혀 생명을 갖지 못하는 것이 존재한다는 사실이다. 그래서 운석 속에 유기물질이 존재한다는 것을 입증해도 그것만으로는 그 모체인 천체에 생명체가 존재한다는 것이 입증되지 않는다.

122) 볼테르의 소설 《캉디드》(1759)에 나오는 말.

123) [원주] 목성의 궤도에 대한 자전축의 기울기는 겨우 3도 5분에 불과하다.

124) 아르키메데스(기원전 287~212): 시라쿠사에 거주한 그리스의 학자·발명가. 그는 지레의 원리를 설명할 때 "나한테 설 땅과 충분히 긴 지렛대를 주면 이 지구도 움직여 보이겠다"고 말했다고 한다.

125) 슈발리에 드 루빌(1671~1732)은 뉴턴적 원리를 논한 글을 썼으며, 파리 과학 아카데미에서 책으로 출판되었다(1710). 에드먼드 핼리 박사(16 56~1742)는 1682년에 나타난 큰 혜성이 1531년과 1607년에 목격된 것과 동일한 혜성임을 간파하고, 이 혜성—자신의 이름을 따서 '핼리 혜성'이라고 불렀다—이 반드시 돌아온다는 것을 맨 처음 예언한 천문학자로 일찍부터 명성이 높았으며, 1720년에는 왕실에 딸린 천문학자가 되었다.

126) 이 책이 출간되었을 때 에메 로스다(1819~1907)는 에콜 폴리테크니크(프랑스 국립 이공과대학) 천문학 교수직을 그만두고 중앙공예대

학 기하학 교수가 되어 있었다. 오늘날에는 사진측량법의 아버지로 알려져 있다.

127) 달의 중심이 한쪽으로 치우쳐 있다는 설은 덴마크 태생의 독일 천문학자 페터 안드레아스 한센(1795~1874)이 제기한 것인데, 한센의 유명한 《달의 운행표》(1857)가 그때까지 나온 것으로는 가장 정확한 자료이기도 해서 베른 시대에는 대단한 인기를 모았다.

128) 1966년 8월, 아폴로 3호가 시속 3만km로 대기권을 통과했을 때, 그 내열판의 온도는 섭씨 1500도에 이른 반면 내부 온도는 20도에 머물렀다.

129) 이것이야말로 베른 최대의 예언이다. 이 문장이 중요한 힌트가 되어, 초기의 우주 과학자들은 우주 여행의 열쇠로 로켓을 생각해냈다. '우주 비행학의 아버지'라고 불리는 러시아의 콘스탄틴 치올코프스키(1857~1935)는 로켓 추진을 수학적으로 이론화한 인물인데, "이 발상의 첫 씨앗을 뿌린 것은 위대한 판타지 작가 쥘 베른이었다. 베른이야말로 내 생각의 인도자였다"고 말했다. 또한 로켓 연구의 개척자적 존재인 독일의 헤르만 오베르트(1894~1989)는 "나는 언제나 쥘 베른이 고안한 로켓을 염두에 두고 있었다"고 말했다.

130) '여럿으로 이루어진 하나(E pluribus unum)'는 1955년까지 미국의 표어였고, 지금은 '우리는 신을 믿는다(In God we trust)'가 표어로 쓰여, 미국 지폐의 뒷면에 이 문구가 들어가 있다.

131) 프랑수아 아라고(1786~1853)는 프랑스의 물리학자·천문학자로 당대 최고의 과학자라는 평판을 얻었다. 그의 동생인 자크 아라고(1790~1855)는 작가로 《세계일주》(1844)를 썼으며, 쥘 베른과 절친한 사이였다.

132) 영국의 과학철학자 프랜시스 베이컨(1561~1626)은 월식 때만이 아니라 날씨가 조금만 변해도 자주 기절했다고 한다.

133) 샤를 6세는 1379년부터 1422년까지 프랑스의 명목상 국왕이었다. 처음에는 애경왕(愛敬王)이라는 별명으로 알려져 있었지만, 나중에는 미치광이 샤를이라는 이름이 더 잘 통하게 되었다. 풍문에 따르면 갑자기 '누더기옷을 걸친 미치광이'가 나타나 왕의 말을 세우고 "가면 안 됩니다, 폐하. 폐하는 배신당하고 있습니다" 하고 외쳤기 때문에 겁을 먹은 나머지 최초의 '광기 발작'을 일으켰다고 한다. 어릴 적부터 그의 섭정이 되려고 음모만 꾸미는 친척들에게 둘러싸여 있었으니 겁을 먹은 것도 무리는 아니다. 그러므로 그의 광기의 주기를 결정한 것은 달이 아니라 일족의 끊임없는 음모였던 것이다.

134) 리처드 미드: 역주 67) 참조.

135) 프란츠 요제프 갈(1758~1828): 독일 태생의 해부학자로, 이런 단순한 관계 짓기가 그의 전문이었다.

136) 피어스 테일러 바넘(1810~91): 미국의 유명한 흥행사. 1871년에 대규모 서커스단을 조직하여, 대중의 기호를 적절히 이용하고 속임수까지 써가며 흥행의 황제로 살았다.

137) 베른은 이 대목을 쓰고 있을 때, 이것이 그 자신에게 예언이 될 줄은 꿈에도 몰랐을 것이다. 이 소설이 〈주르날 데 데바〉지에 연재되자, 남자들만이 아니라 여자들도 그의 우주선에 꼭 타고 싶다는 내용의 팬레터를 수없이 보내왔다.

138) 마리 조제프 라파예트 후작(1757~1834)은 프랑스에서 '두 세계의 영웅'으로 불렸으며, 미국의 명예 시민권을 충분히 활용한 것으로도 유명하다. 미국 독립전쟁에서는 육군 소장으로 활약했고(정예 사단을 이끌었다), 프랑스에서도 같은 계급을 받았다. 하지만 자코뱅당의 독재 치하에서 권력자의 노여움을 사게 되자 1792년에 프랑스를 탈출하여 네덜란드로 도망치다가 오스트리아 수비대에 붙잡혔다. 5년 동안 감옥에

간혀 지낸 뒤, 함부르크 주재 미국 영사에게 구출되었다. 그가 미국 시민이었기 때문이다. 1824~25년에 그는 다시 미국을 방문하여, 독립전쟁에 참전한 소장 가운데 마지막 생존자로 열렬한 환영을 받았다.

139) 앙리 빅토르 르뇨(1810~78): 프랑스의 물리학자 · 화학자. 세브르의 유명한 도자기 공장 소장이었는데, 기체의 특성에 관한 그의 유명한 연구는 이 공장에서 이루어졌다.

쥘 레제(1818~96): 유명한 화학자 · 농학자였고, 르뇨와 협력하여 기체 혼합을 연구했다. 《동물의 호흡에 대한 화학적 고찰》(1849)은 두 사람의 공동 저작이다.

140) 1609년에 갈릴레이는 적어도 세 개의 망원경을 만들었다. 첫 번째 망원경은 배율이 겨우 세 배, 두 번째 것은 여섯 배가 조금 넘었는데, 베른이 '빈약한 망원경'이라고 부른 것은 아마 이것일 것이다. 세 번째 망원경은 배율이 30배였다.

141) 윌리엄 허셜 경이 1781년에 천왕성을 발견했기 때문에 조지 3세가 돈을 내어 이 유명한 반사망원경이 윈저 근처의 슬로에 설치되었다 (1789년에 완성). 실제 길이는 12m, 반사경의 지름은 1.2m다.

142) [원주] 이보다 훨씬 긴 굴절망원경에 대한 이야기를 자주 듣는다. 그중에서도 파리 천문대에 카시니(역주 60 참조)가 설치한 망원경은 길이가 무려 90m나 된다. 그런데 이런 망원경에는 경통이 없다는 것을 잊어서는 안 된다. 대물렌즈는 기둥에 매달려 허공에 떠 있고, 관측자는 손에 접안렌즈를 들고 대물렌즈의 초점과 되도록 가까운 곳에 자리를 잡아야 한다. 이런 장치를 사용하기가 얼마나 어려운지, 그런 상태에서 두 렌즈를 조정하기가 얼마나 어려운지는 쉽게 이해할 수 있다.

143) 1845년에 완성된 로스 경의 망원경을 어떤 사람은 '지금까지 알려진 가장 웅장한 기계'라고 평했지만, 권양기와 튼튼한 쇠사슬, 도르래

와 무거운 평형추를 사용하지 않으면 가동할 수 없었다. 로스 경은 제3대 로스 백작 윌리엄 파슨스(1800~67)를 말한다. 그는 반사망원경의 반사경을 거대화하는 데 이바지했고, 1845년에 아일랜드의 파슨스타운에 만든 망원경의 반사경은 지름이 1.8m로 사상 최대의 것이었다. 로스는 이 망원경을 이용하여 여러 성운의 소용돌이 구조를 발견했고, 여러 성운을 성단으로 '해상' 했다.

144) 장 베르나르 레옹 푸코(1819~68): 프랑스의 물리학자. 처음에는 의학에 뜻을 두어 의사가 되었으나, 사진술 발명에 자극을 받아 실험 물리학으로 바꾸어 광학(光學) 연구에 몰두했다. 그는 특히 빛의 파동설을 확정한 것으로 유명하고, 자이로스코프의 발명과 '푸코의 진자' 로도 유명하다. 그는 이 단진자를 이용하여 1851년에 지구의 자전을 결정적으로 증명했다.

145) 로버트 훅(1635~1703): 영국의 화학자·물리학자·천문학자. 1677~83년에 왕립협회 회장을 지냈다. 빛의 파동설 연구, 탄성체의 응력과 변형의 비례를 말하는 '훅의 법칙' 을 발견한 것으로 유명하다.

146) 베른 시대에는 뉴햄프셔 주의 워싱턴 산이 애팔래치아 산맥의 '최고봉' 으로 여겨지고 있었다. 하지만 실제로는 노스캐롤라이나 주의 미첼 산이 높이 2037m로 '최고봉' 이다.

147) 이 소설을 쓰고 있을 당시, 베른은 로키 산맥에 해발 4300m가 넘는 봉우리가 몇 개나 있다는 것을 몰랐던 모양이다. 그가 천문대 설치 장소로 고른 롱스피크는 해발 4336m로 최고봉인 엘버트 산(4399m)보다 낮다. 또한 베른은 '히말라야 산맥의 최고봉 칸첸중가' 라고 말했지만, 이것도 나중에 산악 조사로 수정되었다. 늦어도 1875년에는 해발 8840m인 에베레스트 산이 '지구상의 최고봉' 으로 여겨지고 있었다. 오늘날 에베레스트 산은 그보다 8m가 더 높은 것으로 측정되어 있다.

148) 하인리히 다니엘 룸코르프(1803~77): 독일의 물리학자 · 발명가로, 베른 시대에는 파리에 살고 있었다. 뭐니뭐니 해도 1851년에 발명한 유도 코일로 유명하다. 그가 발명한 '룸코르프 램프'는《지구 속 여행》과《해저 2만리》에도 나온다.

149) 로베르트 빌헬름 분젠(1811~99): 독일의 화학자. 백금 대신 옹기 원통에 든 탄소봉을 사용하여 최초의 염가 전지를 만들어냈다.

150) 되르펠 산맥과 라이프니츠 산맥은 달의 남극을 사이에 두고 각각 동쪽과 서쪽에 자리잡고 있다.

'되르펠'은 17세기의 독일 목사인 게오르크 사무엘 되르펠의 이름을 딴 것이다. 이 인물은 9권의 천문학 저서를 출판했는데, 그중 하나를 보면 혜성의 궤도는 '포물선을 그리고, 그 초점은 태양의 중심일 것'이라고 씌어 있다. 천문학자들은 일부 혜성의 궤도를 추적할 때 이 가설이 유효함을 알았다.

'라이프니츠'는 독일의 합리주의 철학자 고트프리트 빌헬름 라이프니츠(1646~1716)의 이름을 딴 것이다. 라이프니츠는 '모나드(단자)론'과 '예정조화설'로도 유명하다. 우주라는 하나의 체계는 실재적 개체인 모나드의 합성체다. 각 모나드는 대우주(매크로코스모스)를 비추는 소우주(미크로코스모스)이며 거울이지만, '창문을 갖지 않아서' 서로 영향을 주고받지 못하고 다만 신의 '예정 조화'를 토대로 서로 조화를 이루면서 그 하나하나가 우주 전체를 표현하고 우주를 합성한다. 그는 이처럼 포에지와 풍부한 이미지로 가득 찬 '존재의 위대한 연쇄'의 형이상학을 전개했다.

151) 갈릴레이는 망원경으로 달을 연구한 최초의 인물이다. 1609년에 그 '빈약한 망원경'을 달에 돌린 그는 어두운 지역이 바다가 틀림없다고 생각하고 그것을 'mare(바다)'라고 불렀다. 이것을 단서로 삼아 헤벨리

우스(역주 50 참조)는 달의 '바다'에 지구의 바다를 본뜬 이름을 붙였다. 달의 태평양은 평화의 바다니까 '마레 셀레니타티스'가 되었다. 오늘날에는 많은 천문학자들이 어둡고 평탄한 이런 지역은 일찍이 용암의 바다였지만 30억 년쯤 전에 굳었을 거라고 생각하고 있다.

152) 1969년 7월 20일 아폴로 11호의 우주비행사 닐 암스트롱과 에드윈 올드린이 달 표면에 위대한 첫 발자국을 찍었을 때, 그들은 어둡게 빛나고 있는 부분이 '젖어' 있을 거라고 생각했다. 하지만 주의 깊게 살펴본 결과, 달 표면은 바싹 말라 있다는 결론에 도달했다.

153) 튀렌 자작 앙리 드 라 투르 도베르뉴(1611~75): 프랑스의 군인으로, 영원한 영웅 가운데 하나로 꼽힌다. 30년전쟁에 종군하여 1640~43년에 스페인 군대를 격파했고, 프롱드의 난(1648~53) 때는 궁정군 총사령관으로서 반란군을 괴멸시켰다. 네덜란드 전쟁(1672~78)에도 총사령관으로 참전했으나, 전선을 시찰하던 중 적탄에 맞아 전사했다. 그는 최고사령관이었지만 부하들과 함께 기거했기 때문에 병사들은 그를 동료로 존경했다고 한다.

154) 1969년 7월 16일 아침, 역사가 마침내 쥘 베른을 따라잡아 세 명의 미국인—닐 암스트롱, 에드윈 올드린, 마이클 콜린스—이 달세계로 여행을 떠날 준비를 하고 있을 무렵, 케이프 케네디 우주 센터 주변에는 약 100만 명의 인파가 모여들었다.

155) 베른은 현실 세계의 인물이나 사건을 작품 속에 끌어다 쓰는 경우가 많다. 그가 이 대목을 쓰고 있을 무렵, 30년 가량 인기를 모은 로버트 피츠로이(1805~65)라는 해군 중장이 실제로 존재하고 있었다. 영국 해군의 측량함 '비글'호의 선장인 그는 1831년에 젊은 찰스 다윈(1809~82)을 배에 태우고 5년에 걸친 유명한 항해를 떠났다.

156) 영국의 낭만파 시인 바이런(1788~1824)은《차일드 해럴드의 편

력》이라는 장편 서사시로 하루아침에 유명해졌다. 베른은 바이런을 탕아라는 이유로 싫어했고, 그래서 '차일드 해럴드' 호라는 배를 만들어 침몰시켰다.

157) 고레 섬: 아프리카 세네갈 다카르의 동쪽에 있는 섬. 길이 900m, 너비 300m의 작은 섬으로, 16~19세기에 아프리카 노예무역의 중심지로 번영했다.

시에라리온: 서아프리카 남쪽, 대서양 연안에 있는 나라. 18세기 말에 영국에서 끌려온 북아메리카의 해방노예들과 백인 여성들(런던의 매춘부)이 정착하면서 식민지가 되었고, 1961년에 영연방의 일원으로 독립했다.

158) 아르당 일행과 달이 '만나는' 시각은 실제로는 12월 5일 자정이다. 역주 29) 참조.

159) 이늘 세 명의 과학자는 앞에서 이미 만났다. 존 허셜 경의 망원경은 희망봉으로 운반되었지만, 다시 영국의 슬로로 돌아와 있었다. 로스 경의 망원경은 아일랜드 파슨스타운에 있는 사저에 있고, 레옹 푸코의 망원경은 파리 천문대에 있었다.

> "쥘 베른은 과거의 낭만주의와
> 미래의 사실주의가 만나는
> 문학의 교차로에 서 있었다."
>
> 빅터 코헨, 〈컨템퍼러리 리뷰〉(1966년)에서

.

1. 쥘 베른과 그의 시대

쥘 베른(Jules Verne)은 과학의 시대가 시작될까 말까 한 1828년에 태어나 20세기가 막 시작된 1905년에 세상을 떠났다. 그러니 그는 19세기 사람이었다. 게다가 그는 기술자도 아니고 과학자도 아니었다. 그런데도 그는 20세기에 이룩된 놀라운 과학기술의 진보에 실질적으로 참여했다. 그는 영감을 받은 몽상가, 앞으로 인류에게 일어날 일을 오래전에 미리 '보고' 글로 쓴 예언자였기 때문이다.

베른의 주요 업적은 분명 동시대인들의 과학적·낭만적 열망을 표출한 것이었다. 그는 언뜻 보기에 불가능해 보일 수도 있는 것에다 기존 지식과 그럴듯한 추론을 적용하여, 독자 대중이 미래를 미리 맛볼 수 있게 해주었다. 하지만 그는 거기에서 그치지 않았다. 베른은 진보와 과학과 산업주의에 대한 믿음을 자극하는 한편, 산업시대와 불가피하게 결부될 것으로 여겨진 비인간성과 비참한 사회 현실에서 벗어날 수 있는 탈출구를 제공했다.

하지만 무엇보다도 그는 뛰어난 몽상가였다. 그는 내면의 눈으로 본 장면들을 놀랄 만큼 정확하고 생생하게 묘사했기 때문에, 수많은 독자들도 저자만큼 또렷하게 그 장면들을 볼 수 있을 정도였다. '경이의 여행'(Voyages extraordinaires) 시리즈를 이루고 있는 60여 편(중편과 작가 사후에 발표된 작품을 포함하면 80편에 이른다)의 책을 보면, 지상이나 지하나 하늘에 그가 묘사하지 않은 곳이 한 군데도 없고, 실제 과학에서 이루어진 발전들 가운데 그가 풍부한 상상력으로 미래의 상황을 정확하게 예측하고 과감하게 이용하지 않은 것이 하나도 없었다.

간단히 말해서 쥘 베른은 이 세상에 'SF'(Science Fiction)를 가져다주었다. 물론 신기한 이야기는 오래전부터 존재해왔다. 베른이 한 일은 당시의 과학적 성취를 넘어서지만 인간의 꿈을 이루는 아이디어를 진지하게 다루고 체계적으로 개발한 것이었다. 그는 정보와 이야기를 결합했고, 이 새로운 공식을 근대 테크놀로지의 테두리 안에 도입함으로써 모험과 판타지를 과학소설로 변화시켰다.

하지만 베른이 문학에 이바지한 것이 과학소설뿐이라고 생각하는 것은 잘못이다. 좀더 자세히 살펴보면, 모험소설 작가들도 모두 베른에게 큰 빚을 지고 있다는 것을 알 수 있기 때문이다. 베른의 소설을 읽다 보면 작가는 동시대의 과학자나 탐험가들을 실명 그대로 등장시켜, 그들의 현재진행형 업적을 끊임없이 독자들에게 일깨운다. 그럼으로써 베른이 만들어낸 허구의 과학자들과 그들의 장래 계획도 독자들이 믿지 않을 수 없게 한다. 현재의 과학을 언급함으로써 미래의 과학을 '실재'시킨다고나 할까. 베른 연구의 권위자인 I.O. 에번스는 이런 기법의 소설을 일컬어 '테크니컬 픽션'이라고 불렀다.

이렇게 놀라운 상상력과 천재적인 통찰력을 가진 작가 쥘 베른은 어떤 사람이었는가? 그는 어떤 인생을 살았을까? 사실은 놀랄 만큼 평범하다.

쥘 베른은 1828년 2월 8일에 프랑스 북서부의 항구도시 낭트의 페이도 섬에서 태어났다. 낭트는 1598년에 앙리 4세가 '낭트 칙령'을 발표하여 36년간에 걸친 종교전쟁에 마침표를 찍은 곳으로 유명하지만, 대서양으로 흘러드는 루아르 강 연안에 위치한 지리적 여건 때문에 예로부터 해외무역 기지로 발달한 도시다. 특히 18세기 초에는 프랑스의 잡화와 아프리카의 노예와 아메리카 대륙의 산물을 교환하는 이른바 '삼각무역'으로 프랑스 제1의 무역항이 되어 번영을 누렸다.

쥘 베른의 외가는 15세기에 귀족의 지위를 얻은 지방 명문 집안이지만, 일찍부터 낭트로 나와 해운업과 무역업에 종사하고 있었다. 쥘의 어머니 소피 드 라 퓌의 친할아버지는 유복한 선주였고 외할아버지는 항해사였다고 한다. 한편 베른 집안은 대대로 법관을 배출한 법률가 가문인데, 원래 낭트에 연고가 있었던 것은 아니지만 1825년에 쥘의 아버지 피에르가 낭트에 법률사무소를 차리고 이곳으로 이주했다. 이렇게 낭트에서 두 집안이 인연을 맺어, 이윽고 쥘이 태어나게 된 것이다.

그 무렵 낭트는 혁명기의 내란과 동인도회사 폐지 등의 영향으로 100년 전의 활기는 잃어버렸지만, 이국정서가 풍부한 항구도시로서 번영의 흔적을 간직하고 있었다. 그런 환경 속에서 태어나 자란 덕에 쥘 소년의 마음에도 일찍부터 바다와 이국에 대한 동경이 싹튼 모양이다.

그의 생애를 이야기할 때면 반드시 인용되는 에피소드가 하나 있다. 열한 살 때인 1839년, 동갑내기 사촌누이에게 연정을 품고 있던 쥘은 산호목걸이를 구해다 선물하려고 인도로 가는 원양선에 몰래 탔다가 배가 프랑스 해안을 벗어나기 직전에 루아르 강어귀에서 아버지에게 붙잡혀 호된 꾸지람을 들었다. 그때 소년은 "앞으로는 상상 속에서만 여행하겠다"고 맹세했다고 한다. 이 유명한 '전설'이 사실인지 아닌지는 알 수 없지만, 낭만적인 꿈을 좇아 미지의 나라로 여행을 떠나려는 소년의 모습은 과연 쥘 베른답다는 생각이 든다.

현실의 여행을 금지당한 쥘은 집안의 전통과 아버지의 뜻에 따라 법조계에 진출하려고 파리로 나와 법률 공부를 시작한다. 베른 집안처럼 법조계와 관계가 깊은 가문이 아니더라도 19세기 부르주아 집안의 자제들은 법률가가 되는 것이 일반적인 진로의 하나였다. 유명한 작가들 중에도 발자크, 메리메, 플로베르, 모파상 등이 젊은 시절에 법률을 공부했다.

파리로 나온 베른은 샤토브리앙(프랑스 낭만주의의 선구적 작가)의 누나와 결혼한 삼촌의 소개로 문학 살롱에 드나들게 되었고, 거기서 알렉상드르 뒤마(아버지)와 사귀게 되었다. 뒤마는 《삼총사》와 《몬테크리스토 백작》의 작가로 유명하지만, 무엇보다도 연극계의 거물이었다. 소년 시절부터 문학(특히 극작)에 관심을 가지고 있었던 베른은 1849년에 법학사 학위를 받았지만, 낭트로 돌아가지 않고 문학의 길을 걷기로 결심한다. 20대 초반부터 30대 초반까지 그는 희극이나 중편소설, 특히 오페레타의 대본을 쓰고, 셰익스피어와 에드거 앨런 포의 작품, 여행기, 과학서 등 많은 책을 읽었다. 베른에게는 화려한 비약을 앞둔 수련기였다.

1857년에 베른은 두 아이가 딸린 젊은 과부 오노린과 결혼했다. 이 결혼에는 수수께끼 같은 부분이 많고, 그후의 생활에 대해서도 베른 자신은 거의 언급하지 않았다. 이윽고 아들도 태어나고, 겉보기에는 죽을 때까지 평온한 가정생활이 계속되지만, 여러 가지 점으로 보아 그에게는 여성과 결혼을 혐오하는 경향이 있었던 것 같다. 작품의 등장인물을 보아도 독신 남자가 압도적으로 많고, 여성 등장인물은 거의 판에 박힌 조역에 머물러 있다.

어쨌든 이 결혼으로 베른의 생활은 가정 밖에서도 크게 달라지게 되었다. '생계를 위해' 처남의 소개로 증권거래소에 취직한 것이다. 베른과 주식은 전혀 어울리지 않는 듯 보이지만, 19세기 후반부터 20세기 초까지 주식시장의 발전과 함께 투자는 대중적으로 널리 보급되어 있었고, 당시 문인들 중에도 주식에 관여한 사람이 많았다. 베른도 주식거래를 통해 과학기술과 산업의 발전 및 사회생활의 변화를 실감하고, 전 세계의 정보를 간접적으로 얻고 있었다. 그런 관점에서 생각하면 당시 문인과 주식의 관계는 재미있는 연구 과제가 될지도 모른다.

증권거래소에 드나들면서도 베른의 문학 활동은 계속되었다. 작품은 역시 가벼운 희곡이 중심이었지만, 〈가정박물관〉이라는 잡지가 그의 주된 활동 무대였다. 이 월간지는 가족용 교양오락잡지로서, 문학 이외에 과학이나 지리적 발견을 삽화와 함께 게재하고 있었다. 베른은 나중에 소설의 원형이나 소재가 될 만한 이야기를 이 잡지에 많이 발표했다.

1862년, 베른은 기구를 타고 아프리카를 탐험하는 이야기를 썼다. 기구는 당시 사람들의 관심을 모으고 있었고, 특히 유명한 사진작가이자 소설가 · 저널리스트 · 평론가 · 만화가로도 활약한 나다르(Nadar, 1820~1910)가 1863년에 기구 '거인호'로 실험 비행을 한 것은 엄청난 센세이션을 불러일으켰다. 베른과 나다르는 기구에 대한 열정을 계기로 의기투합하여 평생 친구가 되었지만, 나다르의 비행 계획은 유럽 전역에서 큰 반향을 얻은 반면 베른의 소설은 출판할 전망조차 보이지 않았다. 그는 원고를 들고 여기저기 출판사를 찾아다니는 형편이었다. 그 무렵, 베른의 생애에서 가장 중요한 만남이 이루어진다. 피에르 쥘 에첼(Pierre-Jules Hetzel, 1814~86)과의 만남이었다.

에첼은 단순한 출판업자가 아니었다. 직접 펜을 들고 많은 작품을 쓴 작가였고, 철저한 공화주의자로서 2월혁명 이후 수립된 임시정부에서는 각료급 요직을 맡기도 했다. 출판에서는 빅토르 위고나 조르주 상드 같은 위대한 낭만주의 작가들의 보급판 책을 펴내고 있었지만, 나폴레옹 3세의 제2제정이 시작되자 벨기에로 잠시 망명했다가 파리로 돌아온 뒤에는 아동도서 출판에 힘을 쏟게 된다. 당시 프랑스에서는 교회가 아동 교육을 지배하고 있었다. 프랑스의 미래는 교육에 달려 있다고 생각한 에첼은 젊은 두뇌가 시대에 뒤떨어진 교육에 묶여 있는 현실을 개탄하고, '재미있고 유익한 책', 특히 당시의 교회 교육에서는 무시되고 있던 유용한 과학 지식을 알기 쉽게 가르치는 서적을 출판하여 새 시대에 어울리는 아이들을 키우려고 한 것이다.

1862년 당시, 에첼은 청소년용 잡지인 〈교육과 오락〉을 창간할 계획을 세우고 집필자를 찾고 있었다. 따라서 두 사람의 만남은 양쪽에 결정적인 사건이 되었다. 에첼은 아직 다듬어지지 않은 베른의 원고를 읽고 그 재능을 간파하여 장기 계약을 제의했다. 베른은 물론 크게 기뻐하며 승낙하고, 이리하여 소설가 베른이 탄생하게 된 것이다.

베른의 원고는 에첼의 조언에 따라 수정된 뒤, 1863년에《기구를 타고 5주간》이라는 제목으로 출판되어 대성공을 거두었다. 그 후 풍부한 결실을 맺은 2인3각의 활동이 시작된다. 베른은 쌓여 있던 것을 토해내듯 차례로 작품을 써냈고, 그의 작품은 대부분〈교육과 오락〉을 비롯한 잡지나 신문에 연재된 뒤 에첼의 출판사에서 단행본으로 간행되고, 다시 삽화를 넣은 선물용 호화장정본으로 재출간된다. 수많은 판화로 장식된 호화장정본은 당시 선물용으로 인기를 끌었을 뿐 아니라 지금도 애호가들이 군침을 흘리는 대상이고, 파리에는 '쥘 베른'이라는 전문 고서점까지 있을 정도다.

이리하여 '경이의 여행' 시리즈로 지금도 전 세계 독자들에게 사랑받고 있는 걸작들이 1년에 두세 권이라는 놀랄 만한 속도로 잇따라 태어났다. '알려져 있는 세계와 알려지지 않은 세계'라는 부제로도 알 수 있듯이 '경이의 여행'은 인간이 아직 발을 들여놓지 않은 미개지, 망망대해에 떠 있는 무인도로의 여행으로 끝나는 것은 아니다. 지구의 중심으로 들어가거나, 극지방으로 가거나, 공중으로 떠오르거나, 바다 밑바닥으로 내려가거나, 지구의 대기권을 뚫고 우주로 날아가는 등 웅장한 규모를 갖는 모험 여행이다. '경이의 여행'에는 지리학·천문학·동물학·식물학·고생물학 등 많은 정보와 지식이 들어 있기 때문에 '백과사전 여행'으로도 볼 수 있다. 또한 인간 형성의 통과의례가 아니라 유럽인의 근저에 숨어 있는 신화나 종교에 도달하기 위한 '통과의례 여행'이기도 하다.

'경이의 여행'은 요즘 말하는 SF의 선구이기도 했다. 실제로 잠수함, 포탄에 의한 우주여행, 비행기계, 입체 영상 장치, 움직이는 해상 도시 등 현실보다 앞선 작품 속에서 '발명'되거나 실용화된 기계와 장치도 많다. 그런 것이 등장하지 않는 경우에도 베른의 작품은 언제나 학문적인 지식이나 기술적인 정보를 많이 담고 있어서, 계몽적 과학소설의 면모를 갖추고 있다.

이런 작품들이 태어난 배경에는 물론 당시의 과학기술이나 산업의 발달, 그에 수반되는 세계의 확대, 정보량의 증가 등의 현상이 있다. 19세기 후반에는 전기를 중심으로 하는 온갖 발명과 발견이 잇따랐을 뿐 아니라, 철도와 기선이 눈부시게 발달했고 전신망이 전 세계로 뻗어갔으며, 증권거래소는 활기에 넘쳤고, 신문발행 부수는 크게 늘어났다. 런던과 파리에서는 세계박람회가 열려, 최신 과학기술과 전 세계의 문물을 전시하여 사람들의 꿈을 자극했다. 인류는 지식을 통해 커다란 힘을 얻고 끝없이 진보할 거라고 당시 사람들은 믿었다. 베른은 그런 낙관적인 미래를 작품 속에 끌어들여 소년의 꿈과 결부시킨다. 그의 작품에 자주 등장하는 만물박사는 그런 세계에서의 이상적인 인물상이라고 할 수 있다.

물론 현대의 관점에서 보면 과학기술의 진보가 좋은 결과만 가져온 것은 아니다. 산업의 발달은 한편으로는 빈부격차와 생활환경 악화를 낳았고, 과학의 발달은 전쟁 기술의 진보를 가져왔다. 유럽인의 세계 진출은 인종차별과 결부된 식민지 지배가 되어, 이윽고 20세기에 일어난 두 차례의 세계대전으로 이어진다.

베른이 평화사상과 인도주의의 입장에 선 작가였다는 것은 작품에 묘사된 이상사회의 모습과 전쟁 비판, 노예제 폐지, 민족해방 등의 메시지를 보아도 분명하지만, 한편으로는 졸라나 디킨스와는 달리 현실의 사회적 모순에는 별로 눈을 돌리지 않았음도 인정해야 한다. 또한 그의 작품에 되풀이 묘사되는 탐험이나 건설의 꿈이 당시 제국주의적인 식민지 확대 경쟁과 보조를 맞춘 것도 부인할 수 없다. 휴머니즘을 호소하면서 식민지 지배를 긍정하는 것은 모순된 태도지만, 당시 사람들에게는 그런 의식이 거의 없었다. 베른도 미개지에 문명을 가져다주는 한 식민지 지배도 나쁘지 않다고 생각한 것 같다. 문학에 과학기술을 도입하고 소년 독자층을 개척했다는 면만이 아니라 그런 면에서도 베른은 시류를 탄 작가, 또는 시류보다 한 걸음 앞서 나아간 작가였다고 말할 수 있다.

1869년에 《해저 2만리》를 발표한 뒤, 1872년에는 전쟁(1870년의 프랑스-프로이센 전쟁)과 혁명(1871년의 파리코뮌)으로 불안정해진 파리를 떠나 아내의 고향인 아미앵으로 이주한다. 이 무렵부터 그는 국민적, 아니 세계적인 명성을 얻게 되었다. 《80일간의 세계일주》 연재가 유럽과 미국의 독자들까지 들끓게 한 것을 비롯하여 《신비의 섬》과 《황제의 밀사》 등이 차례로 베스트셀러가 되었고, 연극으로 각색되어 대성공을 거두었다. 레지옹도뇌르 훈장, 아카데미 프랑세즈 문학상 등의 영예도 얻었고, 사교계에서도 인기를 얻게 된다.

하지만 만년에 가까워질수록 베른의 사상은 차츰 염세적인 색채를 띠기 시작한다. 진보에 대한 의문, 미래에 대한 회의, 나아가서는 인간에 대한 불신이 작품 속에 감돌게 된다. 물론 《해저 2만리》의 네모 선장의 모습에서 볼 수 있듯이, 그의 작품에는 원래 수수께끼 같은 어두운 정념이 숨어 있었다. 하지만 《카르파티아 성》과 《깃발을 바라보며》 등 후기로 갈수록 회의적인 분위기가 짙어지는 것도 분명하다.

이런 작풍 변화에 대해서는 베른의 사생활에 일어난 불행이 영향을 미쳤다는 설도 있다. 1886년 3월, 정신장애를 가진 조카의 총에 맞아 상처를 입었고, 그로부터 일주일 뒤에는 그의 문학적 아버지라고 해야 할 에첼이 여행지인 몬테카를로에서 죽는다. 그의 시신은 파리로 운구되어 장례식이 치러지지만 베른은 참석하지 않았다. 에첼의 죽음은 베른에게 깊은 슬픔을 안겨주었을 뿐 아니라, 그의 몽상의 어두운 면을 억제하는 역할을 맡아온 인물이 없어진 것을 의미하기도 했다. 다시 이듬해에는 어머니가 세상을 떠난다. 부와 명예가 늘어나면서 세 번이나 바꾼 호화 요트도 처분하고, 그후로는 여행도 떠나지 않게 되었다.

1888년에 그는 아미앵 시의회 의원에 당선되었다. 하지만 사생활에서는 인간혐오증이 더욱 심해져, 사교를 좋아하는 아내가 아무리 부탁해도 좀처럼 사람을 만나려 하지 않은 모양이다. 그런 가운데서도 창작에 대한 정열만은 결코 잃지 않았다. 백내장으로 말미암은 시력 저하와 싸우면서도 규칙적인 집필 생활을 계속하여 해마다 꾸준히 작품을 발표했다.

1905년, 전부터 앓고 있던 당뇨병이 악화했다. 증상이 시시각각 전 세계에 보도되는 가운데, 3월 24일 베른은 가족에게 둘러싸여 숨을 거둔다. 향년 77세. 장례식에는 수많은 사람들이 모여들었고, 전 세계에서 조사(弔詞)가 밀려들었다고 한다.

최근 유네스코(UNESCO)가 조사한 바에 따르면, 쥘 베른은 외국어로 가장 많이 번역된 작가 순위에서 다섯 손가락 안에 꼽히는 것으로 밝혀졌다.* 이처럼 그는 상당히 널리 알려져 있는 작가지만, 좀더 들여다보면 상당히 잘못 알려져 있는 작가이기도 하다.

---

* 유네스코에서 펴내는 《번역서 연감》(Index Translationum)에는 해마다 전 세계에서 새로 출간된 번역서의 총수가 실려 있다. 이 통계 조사가 실시되기 시작한 1948년 이래 쥘 베른은 'Top 10'의 자리를 벗어난 적이 없는데, 21세기에 들어선 이후에는 순위가 더욱 높아져 줄곧 3~5위를 차지하고 있다. 2006년 6월에 발표된 자료에 따르면 베른을 앞선 저자는 월트 디즈니사와 애거사 크리스티뿐이다.

많은 사람들이 베른을 아동용 판타지 작가로만 알고 있는데, 이렇게 된 데에는 물론 그만한 이유가 있다. 그가 성공을 거둔 것은 아동도서 출판업자와 손잡은 결과였고, 베른의 작품 중에는 아동도서 시장을 겨냥한 것도 여럿 있었다. 또한 그의 작품에 나오는 발명품들은 그것을 난생처음 접하는 19세기 독자들에게는 경탄할 만한 것이었지만, 과학 발전의 현실은 곧 그것을 능가해버렸기 때문에 그후의 세대에게는 시시하고 평범해 보였을 것이다.

하지만 이제 그는 더 이상 아동문학가로 여겨지지 않는다. 오히려 과학기술 전문 잡지가 그의 작품을 연구 분석하는 일이 점점 늘어나고 있다. 사실 베른만큼 독특하고 다양한 작품을 창작했거나 교양과 오락을 겸비한 소설을 쓴 작가는 거의 없었다.

이 고독하고 부지런하고 창의적인 작가가 불멸의 존재가 된 이유를 프랑스의 평론가인 장 셰노는 이렇게 설명하고 있다.

"쥘 베른과 '경이의 여행'이 아직도 살아 있다면, 그것은 그 작품들이 20세기가 피하지 못했고, 앞으로도 피하지 못할 문제들을 일찌감치 제기하고 있었기 때문이다."

2. 작품 해설

《지구에서 달까지》(De la Terre à la Lune)는 '경이의 여행' 시리즈의 네 번째 작품으로, 《지구 속 여행》(1864년)에 뒤이어 1865년 10월에 발표되었다. 그러므로 이 소설에서 베른은 '지구 속'으로 향했던 시선을 그 반대 방향인 지구 밖으로 돌려, '지구에서 달까지'가는 우주여행을 모색한 셈이다.

그의 다른 작품들에 비해 《지구에서 달까지》는 좀더 광범위한 서사적 요소를 포함하고 있으며 소재를 좀더 솜씨 좋게 통제하고 있음을 보여준다. 여기에는 풍자, 자연과학과 인문과학, 변증법, 그의 모든 작품의 특징인 계몽주의가 섞여 있다. 베른은 이야기를 여러 층에서 동시에 전개하여 오락과 사회 비평, 그리고 과학 해설로서 기능을 발휘하게 했다.

소설은 미국을 무대로 하고 있다. 메릴랜드 주 볼티모어 시에 창설된 대포 클럽. 남북전쟁이 끝나는 바람에 무기 개발과 애호의 명분을 잃어버린 클럽 회원들은 무기력하고 따분한 일상에 빠져 허우적거린다. 그때 바비케인 회장이 새로운 사업을 제의한다. 그들의 노하우를 이용하여 달나라에 포탄을 쏘아 보낼 대포를 만들자고 제의한 것이다. 이 야심적인 계획에 매료된 프랑스인 미셸 아르당이 나타나, 포탄을 타고 달나라로 가겠다고 자원한다. 전쟁 때 바비케인의 라이벌이었던 캡틴 니콜은 이 계획에 반대하면서 결투를 신청한다. 하지만 아르당이 둘 사이의 불화를 해결하고, 자신과 함께 달 여행을 하자고 권한다.

이야기는 여행 준비와, 거기에 따르는 갖가지 문제들을 해결해 나가는 과정을 다루고 있다. 포탄은 언제 어디서 발사할 것인가. 대포와 포탄은 얼마나 크게, 어떤 재료로 만들 것인가. 대포는 어떻게 발사할 것인가. 지구인들이 달에 접근하는 포탄의 궤적을 추적할 수 있게 하려면 어떤 종류의 망원경을 어디에 설치하는 것이 좋은가. 이런 문제들은 모두 해결되고, 이야기는 포탄이 성공적으로 발사되고 천문대에서 과학자들이 이제 지구의 위성인 달의 위성이 되어 달 주위를 돌고 있는 캡슐을 관측하는 장면으로 끝난다.

이 스토리의 열쇠는 하나의 중심적인 이미지다. 다른 서사적 요소들은 대부분 그 이미지를 중심으로 돌아간다. 그것은 대포로서의 지구가 표적으로서의 달을 맞히기 위해 포탄을 발사한다는 이

미지다. 플롯 차원에서 바비케인의 목표는 달을 향해 거대한 포탄을 발사할 거대한 대포를 만드는 것이다. 하지만 300미터짜리 대포를 떠받치는 받침대로 변형된 지구의 이미지는 훨씬 많은 것을 암시한다.

우선 베른은 이야기 첫머리에서 인간들, 특히 미국인들의 폭력적 성향을 보여준다. 지구를 거대한 '무기', 달에 포탄을 쏘아 보낼 수 있을 만큼 커다란 무기로 변형시키는 것은 '자연'에 대한 신성모독이다. 어머니인 지구는 더럽혀지고, 파괴의 대행자로 변질된다.

과거에는 신비롭고 '금지된' 영역이었던 우주를 침략하는 우주 여행은 인간들이 자신의 운명을 스스로 결정하기 위해 애쓰고 있다는 것을 암시한다. 인간은 자신의 성공을 결정할 수 있을 만큼 충분한 지식을 얻었다. 인간은 이제 신의 섭리를 우회할 능력을 갖고 있다.

예를 들면 제16장에서 베른은 J.T. 매스턴을 에페소스의 아르테미스 신전에 불을 지른 그리스인 에로스트라투스(역주 99 참조)에 비유한다. 에로스트라투스는 자신의 이름을 천고에 남기기 위해 신성모독을 저지른 것이다. 바비케인이 과학을 이용하여 외계─신의 사적 영역으로 지정된 '하늘'─를 침범하는 것도 그와 마찬가지다. 또 다른 이미지에서 탬파 시는 바벨탑과 비슷하다. 여러 나라에서 온 수많은 사람들이 그곳에 모여 국제적인 공동체를 만든다. 그 공동체는 하나의 목표─'하늘'에 닿는 '탑'을 짓는 것─로 단결한 여러 '언어'들의 공동체다. 얄궂게도 목표는 '하늘'이지만, 이 '탑'은 지옥에 닿으려는 것처럼 땅속을 향해 지어진다. 사실 거대한 대포 '콜럼비아드'의 포신을 만들기 위해 쇳물을 인공 심연으로 흘려보내면서 검은 연기를 토해내는 용광로들은 지옥과 동일시된다.

오염의 가장 유력한 상징이 되는 것은 지구-대포의 이미지를 창조하는 '콜럼비아드'다. 그것은 지구를 파괴의 대행자로 변질시켜 과학이 자연을 더럽히는 것을 암시할 뿐만 아니라, 대포가 땅속에 '삽입'되는 것은 어머니 지구에 대한 강간과 자연이 테크놀로지에 침범당하는 것을 암시한다. 이 강간의 이미지는 또 다른 사건으로 확대된다. 인간은 달을 향해 포탄을 발사함으로써 우주를 '관통'하여 그 공간의 프라이버시까지 침범하려 든다. 달을 여성(디아나, 셀레네, 포이베)으로 언급한 것은 우주선 발사를 남성의 공격적인 성행위로 해석하게 한다. 등장인물이 모두 남성이고 계획을 입안하고 실행하는 사람이 모두 남성이라는 점도 유의할 필요가 있다.

지구-대포의 이미지에서 남녀의 결합 이외에 성적 의미를 함축하고 있는 또 다른 사물은 망원경이다. 베른은 망원경과 남녀의 관련성을 나타내기 위해 두 가지 유형의 망원경—굴절망원경과 반사망원경—과 두 가지 유형의 대물렌즈—볼록렌즈와 오목렌즈—를 대비시킨다. 볼록렌즈로 '양쪽 끝이 막혀 있는' 파이프 모양의 굴절망원경은 남성을 상징한다. '위쪽 끝이 열려 있고' 오목렌즈를 사용하는 반사망원경은 여성을 상징한다. 반사망원경은 오목렌즈와 볼록렌즈를 둘 다 사용한다. 이것은 '콜럼비아드'의 이미지에 나타나 있는 성적 이중성을 반영하는 특징이다. 굴절망원경이 더 큰 이점을 갖고 있는데도(상이 더 선명하게 나타나고 더 밝다) 베른은 남-녀 대포를 보완하기 위해 남-녀의 성적 이중성을 가진 반사망원경을 선택한다. 대비는 그것만이 아니다. 망원경은 미국에서 가장 높은 지점에서 만들어지는 반면, 대포는 미국에서 가장 낮은 지점, 해수면보다 조금 높은 플로리다에 자리잡고 있다.

지구-대포와 달-표적에 포함되어 있는 이 성적 이중성은 등장 인물들에게도 확대된다. 제10장에서 우리는 바비케인과 그의 경쟁자 캡틴 니콜의 불화가 전쟁 때 수행한 그들의 특별한 역할에 달려 있다는 것을 알게 된다. '바비케인은 위대한 대포 제작자였고, 니콜은 위대한 장갑판 제작자였다.' 프로이트적 용어로 말하면 대포를 만드는 바비케인은 성적 대상의 방어막을 꿰뚫으려 애쓰는 남성 공격자를 상징하고, 완벽한 강철판을 만드는 니콜은 자신의 명예를 지키려 애쓰는 정숙한 여성을 상징한다. 그들의 갈등은 따라서 두 가지 차원에서 다루어진다. 그들은 명시적으로는 기업가적 경쟁자이고, 상징적으로는 남성과 여성의 전투를 벌이고 있다.

바비케인과 니콜의 대립을 화해시키기 위해 베른은 여러 가지 이미지에 의존한다. 켄터키식 결투를 앞둔 상황에서, 니콜은 총을 내려놓고 커다란 거미줄에서 작은 새를 구출한다. 또한 결투를 막으려고 달려간 매스턴과 아르당이 바비케인을 발견했을 때, 그의 총은 공이치기가 내려진 채 땅바닥에 놓여 있고, 그는 '대포가 발사될 때 포탄 내부의 충격을 완화시키는' 문제에 열중한 나머지 결투를 까맣게 잊고 있다. 우주여행에 대한 공통된 관심은 그들을 하나로 묶어주는 요소가 된다. 아르당이 우주여행에 함께 가자고 권할 때, 그들이 더 높은 선(善)인 과학 발전을 위해 불화를 제쳐놓을 수 있었던 것은 이 공통된 관심사 때문이다.

베른은 니콜과 바비케인을 한 쌍으로 확립했을 뿐만 아니라, 다른 상황을 이용하여 매스턴과 아르당을 바비케인과 연결시킨다. 한 가지 관련성은 아르당이 '대중 집회'에서 연설할 때 세 인물에 대한 묘사에서 나타난다.

3시에 미셸 아르당이 대포 클럽의 주요 회원들과 함께 나타났다. 오른쪽에는 바비케인 회장, 왼쪽에는 매스턴 간사를 거느린 미셸 아르당은 한낮의 태양보다 더 찬란하게 빛났다. 아르당은 연단에 올라가, 검은 모자들의 바다를 내려다보았다.

이 이미지는 십자가에 못박힌 그리스도를 연상시킨다. '3시'는 그리스도가 죽은 시간으로 알려져 있고, 검은 모자는 죽음이나 애도를 연상시킨다. 그리스도는 착한 도둑과 악한 도둑 사이에 못박혔고, 성경에는 어느 쪽이 착한 도둑인지를 입증하는 구절이 없지만, '오른쪽' 도둑이 전통적으로 '착한' 도둑으로 여겨진다. 그리스도는 그 도둑의 믿음 때문에 그를 위로하고 "오늘 너는 나와 함께 천국에 있으리라"고 약속한다. 인쪽 도둑은 그리스도가 그의 권능을 이용하여 세 사람의 목숨을 구하지 않는 것을 조롱한다.

아르당은 과학을 위한 순교자로서 목숨을 걸고 자진하여 하늘로 '올라가' 다시는 지구로 돌아오지 못할 것을 예상한다는 점에서 그리스도 역할을 한다. 그 후 바비케인은 그와 함께 우주에 가기로 동의한다. 즉 그는 착한 도둑처럼 '천국/하늘'에서 그리스도와 만날 것이다. 매스턴은 악하게 묘사되지는 않았지만(그러나 그는 걸핏하면 전쟁을 선동한다), 하늘로(천국으로) 올라가는 여행에 동행하는 것을 허락받지 못한다는 점에서 악한 도둑과 결부된다. 게다가 매스턴은 자신을 바비케인의 '분신'이라고 불러, 착한 도둑과 악한 도둑의 이미지를 반어적으로 강화하고 있다.

소설은 불협화음을 이루는 두 음조—승리의 음조와 불안의 음조—가 뒤섞인 가운데 끝난다. 포탄을 타고 우주로 날아간 최초의 우주비행사들은 어떻게 되었을까.

4년 뒤(1869년)에 베른은 속편인 《달나라 탐험》을 잡지에 연재하고, 그 이듬해에 단행본으로 출판했다. 작가는 이 기회를 이용하여 '머리말'에서 달과 포탄이 만나는 날짜를 정정한다(역주 29 참조). 뿐만 아니라, 천문학과 탄도학의 이론적 오류를 파고들어, 케임브리지 천문대장 벨파스트와 매스턴이 놓친 세 번째 가능성을 교묘하게 이야기로 만들어 보인다. 장을 더해갈수록 고조되는 서스펜스는 책을 통해 독자들이 각자 맛보기로 하고, 여기서는 이렇게만 말해두겠다. 역학 법칙을 이길 도리가 없어서 아르당과 니콜과 바비케인은 온갖 노력을 쏟은 보람도 없이 달을 한 바퀴 돌기만 하고 지구로 돌아온다. 벨파스트가 망원경으로 포탄을 관측했다고 생각한 12월 12일 밤, 포탄은 캘리포니아에서 400킬로미터 떨어진 태평양에 떨어진다……

《달나라 탐험》이 나온 뒤 1세기가 지나는 동안, 천문학자와 SF 마니아들은 베른의 '제3의 가능성'을 일으킨 천문 현상을 둘러싸고 갑론을박을 벌였다. 그리고 1969년에 우주비행사 프랭크 보먼(1968년 12월에 달까지 날아간 최초의 유인 우주선 아폴로 8호의 선장)은 베른의 손자에게 편지를 보내 이렇게 말했다. "우리의 우주선은 바비케인의 우주선과 마찬가지로 플로리다에서 발사되어…… 태평양의 착수(着水) 지점은 소설에 나온 지점에서 겨우 4킬로미터밖에 떨어지지 않은 곳이었습니다."

이처럼 풍부한 알레고리와 유쾌한 풍자, 예언적일 만큼 정확한 과학적 통찰로 가득 차 있는 《지구에서 달까지》는 단순한 과학소설이 아니라 문학적 특질을 두루 갖춘 걸작으로서, 베른의 소설 가운데 가장 뛰어난 작품으로 꼽혀도 좋을 것이다.

본문 속의 삽화는 앙리 드 몽토(Henri de Montaut, 1840~1905)가 판화로 제작한 것이다. 그는 '경이의 여행' 시리즈를 위해 에첼이 동원한 삽화가의 한 사람으로, 베른의 첫 소설《기구를 타고 5주간》의 삽화를 에두아르 리우와 함께 제작했으며,《지구에서 달까지》의 삽화로 이름을 날렸다. 그 후 잡지 만화가·삽화가로 활동했으며, 자신이 직접 잡지―《아르 에 모드》―를 창간하기도 했다.

올해는 쥘 베른의 사망 100주기가 되는 해여서, 프랑스를 비롯한 유럽과 미국에서는 그에 대한 재평가 작업이 더욱 활발해지고 있다. 이런 추세와 더불어, 그의 작품 가운데 상대적으로 덜 평가 받아온《지구에서 달까지》에 대한 인식이 새로워지고 있는 것은 참 다행한 일이 아닐 수 없다. 미국의 쥘 베른 연구자이고 시인·극작가·비평가·번역가인 뉴욕 대학의 월터 제임스 밀러 교수의 에세이를 부록으로 실어,《지구에서 달까지》를 읽는 데 보탬이 되기를 기대한다. 이 평론은 밀러 교수가 영어로 번역하고 주석한 책에 실린 것이며, '옮긴이의 주'도 그의 책에서 많은 도움을 받았음을 밝힌다.

《지구에서 달까지》 재평가

월터 제임스 밀러

　유럽의 독자나 비평가들은 왜 베른을 과학적 예언자만이 아니라 사회적 예언자로도 파악하고 있는가.

　진정한 베른에 다가가려는 시도는 발견과 경이에 가득 찬 작업이다. 베른은 달 여행에 포함되어 있는 여러 가지 문제를 우리가 생각하고 있는 것보다 훨씬 깊이 이해하고 있었다. 그는 우주 과학을 인간 문화의 전체적인 맥락에서 다시 파악하여 사회 비평가로서의 면모를 획득하고, 우주 개발의 경제적·정치적 측면까지 예언했다. 게다가 그는 오늘날 초현실주의풍이나 정신분석적이라고 부르는 소설 기법을 여기서 앞질렀다. 실로 베른은 일반적으로 평가받고 있는 것보다 훨씬 감각적이고 상상력이 풍부한 '성인을 위한 소설가'였다.

　우선 과학적 예언자로서 그가 얻은 점수부터 살펴보자. 인간을 우주에 보내는 문제에 탄도학이라는 과학을 체계적으로 응용한 소설가는 베른 이전에는 있었을 리가 없다. 탄도 계산에서 그가 제시한 숫자는 오늘날 유인 우주선이 달에 가는 표준적 비행 시간을 알 아맞힌 결과가 되었다. 그는 과학적으로 타당한 근거에서 미국의 달 여행 기지는 플로리다가 될 거라고 예언했다. 베른의 발사 기지 는 케이프 케네디의 로켓 발사대에서 200킬로미터밖에 떨어져 있 지 않다. 오늘날의 유인 우주선의 무게와 크기도 베른은 거의 비슷 하게 예언했고, 역추진 로켓도 예언했다. 초기 우주과학자들이 로 켓의 전면적 활용을 생각할 때 베른한테서 영감을 얻었다면, 이것 은 적중하는 것이 당연한 예언이었다고 말해야 할 것이다. 우주여 행이 생명체에 미치는 영향을 조사하기 위해 동물을 이용하고, 착 륙의 충격을 줄이기 위해 스플래시다운(우주선의 해상 착수)이라 는 방법을 생각해냈다는 점에서도 그는 미래를 앞질렀다. 로켓 발 사가 땅속에 지진을 일으켜 그 충격파가 사람들을 덮치는 것도 그 가 예언한 대로다.

그와 동시에 그는 팔로마 산의 망원경(1948년)이나 카프카스 산 맥의 망원경(1976년) 같은 천체망원경의 구경이 5미터를 넘으리라 는 것, 미국 과학자들이 '열구'(裂溝, 역주 55 참조)의 수수께끼에 매달려 완충 장치로 물을 사용하고 날씨를 통제하려고 생각하리라 는 것까지 예언했다. 알루미늄, 면화약, 대서양 해저 케이블은 돈 만 들이고 실패한다는 당시의 지배적 견해에 베른은 과감하게 이 의를 외쳤다. 그는 우주 과학자들이 언젠가는 '빛이나 전기를 매 개로 한 훨씬 빠른 속도'를 생각하리라는 것까지 예언했다.

그런데 베른은 이런 식으로 홈런을 뻥뻥 치는가 하면 이따금 삼 진도 당한다. 전류 속도를 재는 잘못된 실험을 편들거나 화약의 기 원에 대한 수상쩍은 설을 채택하거나 지상에 있는 망원경의 위력 을 과대평가하기도 한다. 공기 저항에서 우주선을 지키고 발사의 충격에서 비행사를 지키는 방법도 미비하다. 실제로 그는 달로켓 발사를 위한 원동력을 잘못 선택했다. 9할 6분 6리의 타율을 올릴 생각이라면 로켓을 전면적으로 활용했어야 한다. 하지만 그가 로켓이 아니라 대포를 선택한 큰 이유는 (당시 로켓공학이 전혀 발달하지 않은 것은 제쳐놓고) 오로지 대포를 이용한 우주선 발사가 사회 풍자가인 그의 목적에 훨씬 잘 맞았기 때문이다.

그러면 사회적 예언자로서 베른이 어떤 성적을 올리고 있는지 살펴보자. 그는 세실 로즈(영국의 아프리카 식민지 정치가) 같은 동시대의 제국주의자들이 탐욕스러운 눈을 하늘로 돌리고 있는 것을 알고 있었다. 그리고 우주 시대의 개막을 담당하는 것이 '군산복합체'—즉 무기 제조자와 사용자—가 되리라는 것도 예언했다. 우주 개발이야말로 평화로운 시기에 세계의 도깨비 같은 전쟁광들이 쌓이고 쌓인 에너지를 분출할 수 있는 절호의 배출구가 될 거라고 그는 예언했다. 달에 맨 먼저 가려는 경쟁이 전쟁 의식이 될 가능성도 예언했다. 그래서 베른은 이 작품에 우주여행은 전쟁 찬미의 도구가 아니라 민간의 기획으로 이루어져야 한다는 바람을 담았다. 그리고 우주 시대에 플로리다 주의 인구가 급증하고 경제가 급속히 발전하리라는 것도 구체적으로 예언했다. 외계인을 만났을 때 우리가 무엇에 신경을 써야 하는가 하는 심리 문제도 예언했다. 실제로 베른을 읽으면 읽을수록 우리는 지금의 우주 개발이—아폴로 계획이나 파이오니어 계획의 세부에 이르기까지—사실은 쥘 베른의 말을 노력과 시간을 들여 재생하고 있을 뿐이라는 기묘한 생각에 사로잡히게 된다.

그의 달로켓 계획이 당시 지구상의 과학을 나름대로 응용해 보인 것과 마찬가지로, 그의 사회적 예언들은 당시의 세계 정세에 대한 그의 통찰에 근거한 것이다. 현대의 근시안적 비평가가 '과학소설'이라고 이름붙인 소설에 베른은 군국주의에 대한 철저한 풍자를 가득 담아놓았다. 살아 있는 의수와 살아 있는 의족 같은 사람들이 모여 있는 대포 클럽 회원들이 평화의 '불모성'을 한탄하는 장면을 생각해보라. 그들의 회의장을 장식하고 있는 물건들을 생각해보라. 당장 선전포고할 거리를 냄새 맡는 J.T. 매스턴의 단순함을, 또는 자신들의 계획을 우주적 규모의 사격 훈련으로밖에 생각지 않는 그들의 천박함을 생각해보라. 그러면 전쟁이나 호전적 기질에 대해 베른만큼 가차 없이 풍자의 붓을 휘두른 작가는 없다는 것을 알 수 있을 것이다. 이 점에서 베른은 아리스토파네스(고대 그리스의 최대 희극작가), 볼테르(프랑스의 작가·대표적인 계몽사상가), 《캐치 22》의 저자인 조지프 헬러(미국의 소설가. 처녀작 《캐치 22》는 전쟁소설의 형식을 빌려 미국 자본주의 체제를 신랄하게 풍자했다)를 능가한다. 또는 셰익스피어의 연극 제목을 둘러싼 장면에서 어떻게 관객들이 야만적인 파괴자로 돌변했는지 생각해보라. 스커스노 숲을 무대로 하는, 처음에는 살벌하고 다음에는 감상적이기 이를 데 없는 결투의 멜로드라마라도 좋다. 그러면 베른이 미국인의 폭력성은 실제로는 민주주의적 자유가 기괴하게 도착된 형태라고 보았다는 사실을 이해할 수 있을 것이다.

베른이 야유하고 있는 것은 미국인만이 아니다. 프랑스 황제를 포함하여 모든 기독교도 전쟁광이 금과옥조로 삼고 있는 패러디판 황금률에는 베른의 빈정거림이 잘 적용된다. 멕시코를 침략할 터무니없는 구실을 찾으려는 매스턴의 우스꽝스러운 노력에는 미국과 프랑스에 대한 베른의 비난이 담겨 있다. 베른이 이렇게까지 자기 나라 정부의 지독한 내외 정책을 계속 지탄했기 때문에, 소설이 끝날 무렵에는 거기에서 유일하게 현상 수배되지 않은 악당은 바로 루이 나폴레옹 황제뿐이라는 인상을 준다. 프랑스의 비평가인 세노는 베른을 '정치소설가'라고 불렀는데 과연 그렇다.

이런 여러 가지 관심사를 담기에는 베른이 짠 줄거리가 얼핏 보기에 너무 단순하다. 이 작품의 줄거리는 두 개의 근본적인 테마—미지의 세계로 여행을 떠나기 위한 준비, 모든 것을 원만히 수습하는 '이방인'의 도착—를 강력하게 연결하는 것으로 성립되어 있다고 해도 좋다. 그리고 등장인물들이 사물을 보는 관점이 조금씩 넓어져가는 형태로 사건이 겹쳐진다. 이야기는 지극히 전문적인 문제를 둘러싼 논쟁으로 시작되어, 그들이 인간적인 문제에 관심을 갖게 되면서 과학적이고 인간적인 다면적 위업을 달성할 때까지 차례로 그 뒤를 추적한다.

베른은 대포 클럽 회원들을 우선 '나무인형'으로 묘사한다. 그 '이방인'이 올 때까지 그들은 인간이란 마땅히 이러해야 한다는 청사진 같은 존재로 묘사될 뿐이다. 아르당의 최대 사명은 이런 나무인형들에게 피와 살을 주고, 대포 클럽과 그 계획에 인간의 피가 흐르게 하고, 미국의 결투인간과 대포인간들을 '평화화'하는 것이라고 말할 수 있다.

아르당이 도착하기 전에 대포 클럽의 최고 인물은 바비케인이다. 다리를 벌린 가위 위에 시계가 얹혀 있는 듯한 느낌을 주는 인물로, 특수 전문기술의 천재이고 공리주의자이며 노동 윤리의 유효성을 보여주는 산 증인이고, 취미나 그 밖의 쓸데없는 것을 경멸하는 남자다. 매스턴이 그의 유쾌한 상대이기는 하지만, 매스턴도 독자들이 보기에 유쾌할 뿐이고 대포 클럽에서는 그렇게 유쾌한 인간도 아니다. 캡틴 니콜은 '진보'의 적이고 따라서 악역이다. 이런 우스꽝스러운 인물들이 아르당을 만나 '변모'해간다. 외국인이 무언가 훌륭한 일을 했다는 말을 들으면 배아파하는 철저한 배외주의자 매스턴은 갑자기 외국인 영웅 숭배자가 된다. 이성 일변도의 돌대가리 인간 바비케인도 이 프랑스인의 매력에 굴복한다. 처음 얼마 동안 바비케인은 자기분열에 빠졌다가 점점 부드러워져서 나중에는 편안한 잡담까지 하게 되고, 인생을 즐기려는 사람에게 마음을 열게 된다. 악역까지도 아르당에게 굴복한다. 니콜의 증오심이 사실은 애정이라는 것을 아르당은 올바로 꿰뚫어본다.

베른은 원형적인 인물과 상황을 사용하여 기본이 되는 꿈과 성적 상징을 파내고 있다. 그는 높이 솟은 '탑'의 이름(바벨탑)을 따서 바비케인의 이름을 짓고, 바비케인이 300미터 길이의 대포를 '세웠을' 때 니콜이 '질투심과 무력감'에 시달렸다고 말했다. 베른은 이 두 호적수가 꾼 꿈을 이용하여 그들의 호전적인 도취감이 사실은 성적 에너지와 성적 불안을 변형시킨 데 불과하다는 것을 밝혔다. 바비케인은 언제나 '구멍을 뚫으려' 하고, 니콜은 '구멍이 뚫리는 것을 막으려' 한다. 몇 가지 사건에서는 《해저 2만리》에서 그랬듯이 베른은 모태 회귀의 테마를 전개하고 있다. 대포 클럽 회원들은 땅속으로 깊숙이 들어가 300미터 길이의 탯줄로 영양분을 섭취하면서 남자들만의 파티를 연다. 매스턴은 캡슐 속에 일주일 동안 혼자 틀어박힌다. 그리고 결말에서는 청교도적인 대포 클럽 회장, 마음을 고쳐먹은 악역, 남에게 인간의 피가 흐르게 하는 주인공이 대망의 재생을 위해 우선 모태로 회귀한다.

베른의 상징 조작의 교묘함은 무엇보다도 그 숲의 장면에서 분명할 것이다. 그는 우선 켄터키식 결투가 어떤 것인지를 보여준다. 그 후 초점은 거미와 작은 새의 싸움으로 서서히 좁혀진다. 거미줄은 결투장인 숲을 축약한 축소형이고, 거미의 함정은 니콜이 바비케인에게 시도하는 매복을 상징한다. 이렇게 야생동물들의 싸움을 묘사하는 말이 '인간들의' 드라마를 묘사해낸다. 정말 볼 만한 대위법이다.

베른이 이렇게 음경 · 자궁 · 함정의 상징을 파내어 그 자신의 '무의식' 세계와 관계를 맺었기 때문에 소설이 모호해져버린 부분도 있다. 그가 어떤 망원경의 '길이'에 대해 우물거리고 허셜이나 로스의 망원경의 진짜 길이를 인정하지 못하는 것을 우리는 보았다. 어쨌든 베른은 자신의 '무의식'에 이렇게 충실했기 때문에—개인적으로는 당혹감과 고민이 많았겠지만—초현실주의풍에다 정신분석적인 소설 기법의 선구자가 되었다.

오늘날의 독자가 보기에 베른의 가장 큰 문학적 문제는 '시점의 일관성'을 파괴해버린 것이다. 제5장과 제6장에서 그는 드라마를 에세이로 만들어 등장인물들의 움직임을 허공에 매달아버린다. 그리고 제16장 초반에는 초대면인 사람의 시점에서 아르당을 묘사해놓고, 다음에는 아르당에 대해 초대면인 바비케인이 알 리도 없는 사항까지 늘어놓는다. 우리는 헨리 제임스(미국의 소설가 · 비평가) 이후의 인간이니까 이런 시점의 어긋남에 신경이 쓰이지만, 베른과 동시대의 독자들은 아무렇지도 않았을 것이다. 월터 스콧(영국의 시인 · 소설가)이나 제임스 쿠퍼(미국의 소설가)를 읽으면서 자란 그들은 등장인물의 의견과 작가 자신의 의견이 뒤죽박죽이 되어도 별로 개의치 않았다.

이 소설에서 베른은 《기구를 타고 5주간》에서 발명한 과학소설의 기법을 전개하고 있다. 우선 동시대의 진짜 과학자들—루빌, 레제, 메나르, 메이너드—의 현재진행형 위업을 끊임없이 독자들에게 일깨운다. 그럼으로써 베른이 만들어낸 허구의 과학자들과 그들의 장래 계획도 독자들이 믿지 않을 수 없게 한다. 현재의 과학을 언급함으로써 미래의 과학을 '실재'시킨다고나 할까. 만일 중력 가속도처럼 그가 해결할 수 없는 문제에 부닥치면 그는 거기에 대해 이러쿵저러쿵 논쟁을 되풀이하기 때문에 우리도 완전히 익숙해져버려서 어떤 흠을 잡을 마음도 나지 않는다. 하지만 그거야 어쨌든, 그는 다른 많은 문제를 어물어물 넘기지 않고 해결하기 때문에, 그가 모든 문제를 제대로 다루고 있다는 느낌이 드니 참 불가사의한 일이다.

지구에서 달까지

초판 1쇄 발행 2005년 3월 18일
2판 1쇄 발행 2008년 10월 31일
3판 1쇄 인쇄 2022년 6월 14일
3판 1쇄 발행 2022년 6월 30일

지은이 쥘 베른
옮긴이 김석희
펴낸이 정중모
펴낸곳 도서출판 열림원

출판등록 1980년 5월 19일(제406-2000-000204호)
주소 경기도 파주시 회동길 152
전화 031-955-0700
팩스 031-955-0661   페이스북 /yolimwon
홈페이지 www.yolimwon.com   트위터 @yolimwon
이메일 editor@yolimwon.com   인스타그램 @yolimwon

주간 김현정   마케팅 홍보 김선규 최가인
편집 조혜영 황우정 최연서   온라인사업 서명희
디자인 강희철   제작 관리 윤준수 이원희 고은정 원보람

ⓒ 김석희, 2022

ISBN 979-11-7040-105-6 04860
       979-11-7040-098-1   (세트)